COLLECTION FOLIO

André Gide

Les caves du Vatican

SOTIE

Gallimard

© *Éditions Gallimard, 1922.*

A JACQUES COPEAU

André Gide naît à Paris le 22 novembre 1869, au 19 de la rue de Médicis, d'un père protestant cévenol qui enseigne le droit romain et d'une mère issue d'une famille normande convertie au protestantisme. Son oncle est le célèbre économiste Charles Gide. Son père meurt alors qu'il a onze ans, et sa santé fragile fait que ses études sont irrégulières. Très vite passionné par la poésie et la littérature, il se trouve des compagnons qui partagent son enthousiasme : Pierre Louÿs, Franc-Nohain, Valéry. En 1891, il publie, sans le signer et à ses frais, *Les Cahiers d'André Walter*, qu'il condamne bientôt au pilon, ne gardant que les exemplaires de luxe. Suivent *Le Traité du Narcisse, Les Poésies d'André Walter, La Tentative amoureuse*. Vers cette époque aussi, il commence à voyager : Afrique du Nord, Afrique centrale, Italie. Sa mère meurt en 1895 et, peu de temps après, il épouse sa cousine Madeleine Roudeaux.

Les Nourritures terrestres paraît en 1897 et deviendra la bible de plusieurs générations. Alors commence vraiment une carrière littéraire dont les œuvres les plus marquantes sont *L'Immoraliste* (1902), *Les Caves du Vatican* (1914), *La Symphonie pastorale* (1919), *Si le grain ne meurt* (1921) et *Les Faux-monnayeurs* (1925). Il sera le premier écrivain vivant à entrer dans la collection de La Pléiade, avec son *Journal* (1939). Il a d'ailleurs été, avec Jacques Copeau, Jean Schlumberger et André Ruyters, un des fondateurs de *La Nouvelle Revue Française*, revue qui allait bientôt dominer la scène littéraire et devenir, avec l'arrivée de Gaston Gallimard, la maison d'édition que l'on sait.

Parallèlement, il fait preuve d'audace et de courage en parlant de façon nouvelle de la justice — *Souvenirs de la cour d'assises* (1914) —, de l'homosexualité — *Corydon* (1924) —, du colonialisme — *Voyage au Congo* et *Le retour du Tchad* (1928).

Engagé politiquement à gauche, il rompt spectaculairement avec le communisme par son *Retour de l'U.R.S.S.* (1936).

Il a été aussi, pour de grands écrivains étrangers, un traducteur et un propagandiste qui a mieux fait connaître aux Français Shakespeare, Conrad, Dostoïevski, Whitman, Tagore ou Blake.

André Gide a reçu le prix Nobel en 1947. Il est mort le 19 février 1951 au soir, dans son domicile de la rue Vaneau.

LIVRE PREMIER

Anthime Armand-Dubois

> *Pour ma part, mon choix est fait.*
> *J'ai opté pour l'athéisme social. Cet*
> *athéisme, je l'ai exprimé depuis une*
> *quinzaine d'années, dans une série*
> *d'ouvrages...*
>
> Georges Palante.
> Chronique philosophique
> du *Mercure de France*
> (déc. 1912).

I

L'an 1890, sous le pontificat de Léon XIII, la renommée du docteur X..., spécialiste pour maladies d'origine rhumatismale, appela à Rome Anthime Armand-Dubois, franc-maçon.

— Eh quoi? s'écriait Julius de Baraglioul, son beau-frère, c'est votre corps que vous vous en allez soigner à Rome! Puissiez-vous reconnaître là-bas combien votre âme est plus malade encore!

A quoi répondait Armand-Dubois sur un ton de commisération renchérie :

— Mon pauvre ami, regardez donc mes épaules.

Le débonnaire Baraglioul levait les yeux malgré lui vers les épaules de son beau-frère; elles se trémoussaient, comme soulevées par un rire profond, irrépressible; et c'était certes grand-pitié que de voir ce vaste corps à demi perclus occuper à cette parodie le reliquat de ses disponibilités musculaires. Allons! décidément leurs positions étaient prises, l'éloquence de Baraglioul n'y pourrait rien changer. Le temps peut-être? le secret conseil des saints lieux... D'un air immensément découragé, Julius disait seulement :

— Anthime, vous me faites beaucoup de peine (les épaules aussitôt s'arrêtaient de danser, car Anthime aimait son beau-frère). Puissé-je, dans trois ans, à l'époque du jubilé, lorsque je viendrai vous rejoindre, puissé-je vous trouver amendé!

Du moins Véronique accompagnait-elle son époux dans des dispositions d'esprit bien différentes : pieuse autant que sa sœur Marguerite et que Julius, ce long séjour à Rome répondait à l'un des chers entre ses vœux; elle meublait de menues pratiques pieuses sa monotone vie déçue, et, bréhaigne, donnait à l'idéal les soins que ne réclamait d'elle aucun enfant. Hélas! elle ne gardait pas grand espoir de ramener à Dieu son Anthime. Elle savait depuis longtemps de quel entêtement était capable ce large front barré de quel déni. L'abbé Flons l'avait avertie :

— Les plus inébranlables résolutions, lui disait-il, madame, ce sont les pires. N'espérez plus que d'un miracle.

Même, elle avait cessé de s'attrister. Dès les premiers jours de leur installation à Rome, chacun des deux époux, de son côté, avait réglé son existence retirée : Véronique dans les occupations du ménage et dans les dévotions, Anthime dans ses recherches scientifiques. Ils vivaient ainsi l'un près de l'autre, l'un contre l'autre, se supportant en se tournant le dos. Grâce à quoi régnait entre eux une manière de concorde, planait sur eux une sorte de demi-félicité, chacun d'eux trouvant dans le support de l'autre l'emploi discret de sa vertu.

L'appartement qu'ils avaient loué par l'entremise d'une agence présentait, comme la plupart des logements italiens, joints à d'imprévus avantages, de remarquables inconvénients. Occupant tout le premier étage du palais Forgetti, via in Lucina, il jouissait

d'une assez belle terrasse, où tout aussitôt Véronique
s'était mis en tête de cultiver des aspidistras, qui
réussissent si mal dans les appartements de Paris;
mais, pour se rendre sur la terrasse, force était de
traverser l'orangerie dont Anthime avait fait aussitôt
son laboratoire, et dont il avait été convenu qu'il
livrerait passage de telle heure à telle heure du jour.

Sans bruit, Véronique poussait la porte, puis glissait
furtivement, les yeux au sol, comme passe un convers
devant les *graffiti* obscènes; car elle dédaignait de voir,
tout au fond de la pièce, débordant du fauteuil où
s'accotait une béquille, l'énorme dos d'Anthime se
voûter au-dessus d'on ne sait quelle maligne opération.
Anthime, de son côté, affectait de ne la point entendre.
Mais, sitôt qu'elle avait repassé, il se soulevait lourde-
ment de son siège, se traînait vers la porte et, plein
de hargne, les lèvres serrées, d'un coup d'index autoritaire, vlan! poussait le loquet.

C'était l'heure bientôt où, par l'autre porte, Beppo
le procureur entrait prendre les commissions.

Galopin de douze ans ou treize, en haillons, sans
parents, sans gîte, Anthime l'avait remarqué peu de
jours après son arrivée à Rome. Devant l'hôtel où
le couple était d'abord descendu via di Bocca di
Leone, Beppo sollicitait l'attention du passant au
moyen d'un criquet blotti sous une pincée d'herbe
dans une petite nasse de jonc. Anthime avait donné
dix sous pour l'insecte, puis, avec le peu d'italien qu'il
savait, tant bien que mal avait fait entendre à l'enfant
que, dans l'appartement où il devait emménager le
lendemain, via in Lucina, il aurait bientôt besoin de
quelques rats. Tout ce qui rampait, nageait, trottait
ou volait servait à le documenter. Il travaillait sur la
chair vive.

Beppo, procureur-né, aurait fourni l'aigle ou la

louve du Capitole. Ce métier lui plaisait qui flattait
son goût de maraude. On lui donnait dix sous par
jour; il aidait, d'autre part, au ménage. Véronique
d'abord le regardait d'un mauvais œil; mais du
moment qu'elle le vit se signer en passant devant la
Madone à l'angle nord de la maison, elle lui pardonna
ses guenilles et lui permit de porter jusqu'à la cuisine
l'eau, le charbon, le bois, les sarments; il portait
même le panier quand il accompagnait Véronique
au marché — le mardi et le vendredi, jours où Caroline, la bonne qu'ils avaient amenée de Paris, était
trop occupée par le ménage.

Beppo n'aimait pas Véronique; mais il s'était épris
du savant, qui bientôt, au lieu de descendre péniblement dans la cour prendre livraison des victimes,
permit à l'enfant de monter au laboratoire. On y
accédait directement par la terrasse, qu'un escalier
dérobé reliait à la cour. Dans sa revêche solitude, le
cœur d'Anthime battait un peu lorsque approchait
le faible claquement des petits pieds nus sur les dalles.
Il n'en laissait rien voir : rien ne le dérangeait de
son travail.

L'enfant ne frappait pas à la porte vitrée : il grattait;
et, comme Anthime restait courbé devant sa table
sans répondre, il avançait de quatre pas et jetait de
sa voix fraîche un « permesso? » qui remplissait d'azur
la pièce. A la voix on eût dit un ange : c'était un aide-
bourreau. Dans ce sac qu'il posait sur la table à
supplice, quelle nouvelle victime apportait-il? Souvent,
trop absorbé, Anthime n'ouvrait pas le sac aussitôt;
il y jetait un rapide coup d'œil; du moment que la
toile tremblait, c'était bien : rat, souris, passereau,
grenouille, tout était bon pour ce Moloch. Parfois
Beppo n'apportait rien; il entrait tout de même :
il savait qu'Armand-Dubois l'attendait, fût-ce les
mains vides; et, tandis que l'enfant silencieux aux

côtés du savant se penchait vers quelque abominable expérience, je voudrais pouvoir assurer que le savant ne goûtait pas un vaniteux plaisir de faux dieu à sentir le regard étonné du petit se poser, tour à tour, plein d'épouvante, sur l'animal, plein d'admiration sur lui-même.

En attendant de s'attaquer à l'homme, Anthime Armand-Dubois prétendait simplement réduire en « tropismes » toute l'activité des animaux qu'il observait. Tropismes! Le mot n'était pas plus tôt inventé que déjà l'on ne comprenait plus rien d'autre; toute une catégorie de psychologues ne consentit plus qu'aux *tropismes*. Tropismes! Quelle lumière soudaine émanait de ces syllabes! Évidemment l'organisme cédait aux mêmes incitations que l'héliotrope lorsque la plante involontaire tourne sa fleur face au soleil (ce qui est aisément réductible à quelques simples lois de physique et de thermo-chimie). Le cosmos enfin se douait d'une bénignité rassurante. Dans les plus surprenants mouvements de l'être on pouvait uniment reconnaître une parfaite obéissance à l'agent.

Pour servir à ses fins, pour obtenir de l'animal maté l'aveu de sa simplicité, Anthime Armand-Dubois venait d'inventer un compliqué système de boîtes à couloirs, à trappes, à labyrinthes, à compartiments contenant les uns la nourriture, les autres rien, ou quelque poudre sternutatoire, à portes de couleurs ou de formes différentes : instruments diaboliques qui tôt après firent fureur en Allemagne et qui, sous le nom de *Vexierkasten*, servirent à la nouvelle école psycho-physiologique à faire un pas de plus dans l'incrédulité. Et pour agir distinctement sur l'un ou l'autre sens de l'animal, sur l'une ou l'autre partie du cerveau, il aveuglait ceux-ci, assourdissait ceux-là, les châtrait, les décortiquait, les écervelait, les dépouillait de tel ou tel organe que vous eussiez juré indispensable, dont l'animal, pour l'instruction d'Anthime, se passait.

Son *Communiqué sur les « réflexes conditionnels »* venait de révolutionner l'Université d'Upsal; d'âpres discussions s'étaient élevées, auxquelles avait pris part l'élite des savants étrangers. Dans l'esprit d'Anthime, cependant, s'ameutaient les questions nouvelles; laissant donc ergoter ses collègues, il poussait ses investigations dans d'autres voies, prétendant forcer Dieu dans de plus secrets retranchements.

Que toute activité entraînât une usure, il ne lui suffisait pas de l'admettre *grosso modo*, ni que l'animal, par le seul exercice de ses muscles ou de ses sens, dépensât. Après chaque dépense, il demandait : combien? Et le patient exténué cherchait-il à récupérer, Anthime, au lieu de le nourrir, le pesait. L'apport de nouveaux éléments eût compliqué par trop l'expérience que voici : six rats jeûnants et ligotés entraient quotidiennement en balance; deux aveugles, deux borgnes, deux y voyant; de ces derniers un petit moulin mécanique fatiguait sans cesse la vue. Après cinq jours de jeûne, dans quels rapports étaient les pertes respectives? Sur de petits tableaux *ad hoc*, Armand-Dubois, chaque jour, à midi, ajoutait de nouveaux chiffres triomphaux.

II

Le jubilé était tout proche. Les Armand-Dubois attendaient les Baraglioul d'un jour à l'autre. Le matin que parvint la dépêche annonçant leur arrivée pour le soir, Anthime sortit pour s'acheter une cravate.

Anthime sortait peu; le moins souvent possible, se remuant malaisément; Véronique faisait volontiers

pour lui ses emplettes; on amenait à lui les fournisseurs, qui prenaient commande d'après modèle.
Anthime ne se souciait plus des modes; mais, pour
simple qu'il désirât sa cravate (modeste nœud de
surah noir), encore la voulait-il choisir. Le plastron
en satin carmélite, qu'il avait acheté pour le voyage
et mis durant son séjour à l'hôtel, s'échappait constamment du gilet, qu'il avait accoutumé de porter très
ouvert; Marguerite de Baraglioul trouverait certainement trop négligé le foulard crème qui l'avait remplacé,
et que maintenait, monté sur épingle, un vieux gros
camée sans valeur; il avait eu bien tort de quitter
les petits nœuds noirs tout faits qu'il portait à Paris
communément, et surtout de n'en pas garder un pour
modèle. Quelles formes allait-on lui proposer? Il ne
se déciderait pas avant d'avoir visité plusieurs chemisiers du Corso et de la via dei Condotti. Les coques,
pour un homme de cinquante ans, étaient trop libres;
décidément c'était un nœud tout droit, d'un noir
bien mat, qui convenait...

Le déjeuner n'était que pour une heure. Anthime rentra vers midi avec l'emplette, à temps pour peser ses animaux.

Ce n'était pas qu'il fût coquet, mais Anthime
éprouva le besoin d'essayer sa cravate avant de se
mettre au travail. Un débris de miroir gisait là, qui
lui servait naguère à provoquer des tropismes; il le
posa de champ contre une cage et se pencha vers son
propre reflet.

Anthime portait en brosse des cheveux encore
épais, jadis roux, aujourd'hui de cet inconstant jaune
grisâtre que prennent les vieux objets d'argent doré;
ses sourcils avançaient en broussaille au-dessus d'un
regard plus gris, plus froid qu'un ciel d'hiver; ses
favoris, arrêtés haut et coupés court, avaient conservé
le ton fauve de sa moustache bourrue. Il passa le

revers de la main sur ses joues plates, sous son large menton carré :

— Oui, oui, marmonna-t-il, je me raserai tantôt.

Il sortit de l'enveloppe la cravate, la posa devant lui; enleva l'épingle-camée, puis le foulard. Sa nuque était puissante, qu'encerclait un col demi-haut, échancré par-devant et dont il rabattait les pointes. Ici, malgré tout mon désir de ne relater que l'essentiel, je ne puis passer sous silence la loupe d'Anthime Armand-Dubois. Car, tant que je n'aurai pas plus sûrement appris à démêler l'accidentel du nécessaire, qu'exigerais-je de ma plume sinon exactitude et rigueur? Qui pourrait affirmer en effet que cette loupe n'avait joué aucun rôle, qu'elle n'avait pesé d'aucun poids dans les décisions de ce qu'Anthime appelait sa *libre* pensée? Plus volontiers il passait outre sa sciatique; mais cette mesquinerie, il ne la pardonnait pas au bon Dieu.

Ça lui était venu il ne savait comment, peu de temps après son mariage; et d'abord il n'y avait eu, au sud-est de son oreille gauche, où le cuir devient chevelu, qu'un cicer sans autre importance; longtemps, sous l'abondant cheveu qu'il ramenait en boucle par-dessus, il put dissimuler l'excroissance; Véronique, elle-même, ne l'avait pas encore remarquée, lorsque, dans une caresse nocturne, sa main soudain la rencontrant :

— Tiens! qu'est-ce que tu as là? s'était-elle écriée.

Et comme si, démasquée, la grosseur n'avait plus à garder de retenue, elle prit en peu de mois les dimensions d'un œuf de perdrix, puis de pintade, puis de poule et s'en tint là, tandis que le cheveu plus rare se partageait à l'entour d'elle et l'exposait. A quarante-six ans, Anthime Armand-Dubois n'avait plus à songer à plaire; il coupa ras ses cheveux et adopta cette forme de faux cols demi-hauts dans lesquels une sorte d'alvéole réservée cachait la loupe, et la révélait à la fois. Suffit pour la loupe d'Anthime.

Il passa la cravate autour de son cou. Au centre de la cravate, à travers un petit couloir de métal, devait glisser le ruban d'attache, que s'apprêtait à coincer un bec en levier. Ingénieux appareil, mais qui n'attendait que la visite du ruban pour abandonner la cravate; celle-ci retomba sur la table d'opération. Force était de recourir à Véronique; elle accourut à l'appel.

— Tiens, recouds-moi ça, dit Anthime.

— Travail à la machine : ça ne vaut rien, murmurat-elle.

— Il est de fait que ça ne tient pas.

Véronique portait toujours, piquées à son caraco d'intérieur, sous le sein gauche, deux aiguilles tout enfilées, l'une de blanc, l'autre de noir. Près de la porte-fenêtre, sans même s'asseoir, elle commença la réparation. Anthime cependant la regardait. C'était une assez forte femme, aux traits marqués; entêtée comme lui, mais accorte après tout, et la plupart du temps souriante, au point qu'un peu de moustache ne durcissait pas trop son visage.

— Elle a du bon, pensait Anthime en la voyant tirer l'aiguille. J'aurais pu épouser une coquette qui m'eût trompé, une volage qui m'eût planté là, une bavarde qui m'eût rompu la tête, une bécasse qui m'eût fait sortir de mes gonds, une grinchue comme ma belle-sœur...

Et sur un ton moins rogue que de coutume :

— Merci, dit-il, comme Véronique, son travail achevé, repartait.

La cravate neuve à son cou, Anthime à présent est tout à ses pensées. Plus aucune voix ne s'élève, ni au-dehors, ni dans son cœur. Il a déjà pesé les rats

aveugles. Qu'est-ce à dire? Les rats borgnes sont sta-
tionnaires. Il va peser le couple intact. Tout à coup
un sursaut si brusque que la béquille roule à terre.
Stupeur! les rats intacts... il les repèse à neuf; mais
non, il faut bien s'en convaincre : les rats intacts,
depuis hier, *ont augmenté!* Une lueur traverse son cerveau :

— Véronique!

Avec un grand effort, ayant ramassé sa béquille, il
se rue vers la porte :

— Véronique!

Elle accourt de nouveau, obligeante. Alors lui, sur
le pas de la porte, solennellement :

— Qui est-ce qui a touché à mes rats?

Pas de réponse. Il reprend lentement, détachant
chaque mot, comme si Véronique avait cessé de
comprendre facilement le français :

— Pendant que j'étais sorti, quelqu'un leur a donné
à manger. Est-ce vous?

Alors elle, qui retrouve un peu de courage, se
retourne vers lui presque agressive :

— Tu les laissais mourir de faim, ces pauvres bêtes.
Je n'ai pas dérangé ton expérience; simplement je
leur ai...

Mais il l'a saisie par la manche et, clopinant, la
mène jusqu'à la table où, désignant les tableaux
d'observations :

— Vous voyez bien ces feuilles — où depuis quinze
jours je consigne mes remarques sur ces bêtes : ce sont
celles mêmes qu'attend mon collègue Potier pour en
donner lecture à l'Académie des Sciences en sa séance
du 17 mai prochain. Ce 15 avril, jour où nous sommes,
à la suite de ces colonnes de chiffres, que puis-je
écrire? que dois-je écrire?...

Et comme elle ne souffle mot, du bout carré de son

index, comme avec un stylet, grattant l'espace blanc
du papier :

— Ce jour-là, reprend-il, Madame Armand-Dubois,
épouse de l'observateur, n'écoutant que son tendre
cœur, commit la... qu'est-ce que vous voulez que je
mette ? la maladresse ? l'imprudence ? la sottise ?...

— Écrivez plutôt : eut pitié de ces pauvres bêtes,
victimes d'une curiosité saugrenue.

Il se redresse, très digne :

— Si c'est ainsi que vous le prenez, vous comprendrez, madame, que désormais je doive vous prier de
passer par l'escalier de la cour pour aller soigner vos
plantations.

— Croyez-vous que j'entre jamais dans votre galetas
pour mon plaisir ?

— Épargnez-vous la peine d'y entrer à l'avenir.

Puis, joignant à ces mots l'éloquence du geste, il
saisit les feuilles d'observations et les déchire en petits
morceaux.

« Depuis quinze jours », a-t-il dit : en vérité ses rats
ne jeûnent que depuis quatre. Et son irritation sans
doute s'est exténuée dans cette exagération du grief,
car à table il peut montrer un front serein; même, il
pousse la philosophie jusqu'à tendre à sa moitié une
dextre conciliatrice. Car, moins encore que Véronique,
il ne se soucie de donner à ce ménage si bien pensant
des Baraglioul le spectacle de dissensions dont ceux-ci
ne manqueraient pas de faire les opinions d'Anthime
responsables.

Vers cinq heures Véronique change son caraco d'intérieur contre une jaquette de drap noir et part à la
rencontre de Julius et de Marguerite, qui doivent
entrer en gare de Rome à six heures. Anthime va se
raser; il a bien voulu remplacer son foulard par un
nœud droit : voici qui doit suffire; il répugne à la
cérémonie et prétend ne pas désavouer devant sa belle-

sœur une veste d'alpaga, un gilet blanc chiné de bleu, un pantalon de coutil et de confortables pantoufles de cuir noir sans talons, qu'il garde même pour sortir, et qu'excuse sa claudication.

Il ramasse les feuilles déchirées, remet bout à bout les fragments, et recopie soigneusement tous les chiffres, en attendant les Baraglioul.

III

La famille de Baraglioul (le *gl* se prononce en *l* mouillé, à l'italienne, comme dans *Broglie* (duc de) et dans *miglionnaire*) est originaire de Parme. C'est un Baraglïoli (Alessandro) qu'épousait en secondes noces Filippa Visconti, en 1514, peu de mois après l'annexion du duché aux États de l'Église. Un autre Baraglioli (Alessandro également) se distingua à la bataille de Lépante et mourut assassiné en 1580, dans des circonstances qui demeurent mystérieuses. Il serait aisé, mais sans grand intérêt, de suivre les destinées de la famille jusqu'en 1807, époque où Parme fut réuni à la France, et où Robert de Baraglioul, grand-père de Julius, vint s'installer à Pau. En 1828, il reçut de Charles X la couronne de comte — couronne que devait porter si noblement un peu plus tard Juste-Agénor, son troisième fils (les deux premiers moururent en bas âge), dans les ambassades où brillait son intelligence subtile et triomphait sa diplomatie.

Le deuxième enfant de Juste-Agénor de Baraglioul, Julius, qui depuis son mariage vivait complètement rangé, avait eu quelques passions dans sa jeunesse. Mais, du moins, pouvait-il se rendre cette justice que son cœur n'avait jamais dérogé. La distinction fon-

cière de sa nature et cette sorte d'élégance morale
qui respirait dans ses moindres écrits avaient toujours
empêché ses désirs sur la pente où sa curiosité de
romancier leur eût sans doute lâché bride. Son sang
coulait sans turbulence, mais non pas sans chaleur,
ainsi qu'en eussent pu témoigner plusieurs aristocra-
tiques beautés... Et je n'en parlerais pas ici, si ses premiers romans ne l'avaient clairement laissé entendre;
à quoi ils durent en partie le grand succès mondain
qu'ils remportèrent. La haute qualité du public susceptible de les admirer leur permit de paraître : l'un
dans le *Correspondant*, deux autres dans la *Revue des
Deux Mondes*. C'est ainsi que, comme malgré lui,
encore jeune, il se trouva tout porté vers l'Académie :
déjà semblaient l'y destiner sa belle allure, la grave
onction de son regard et la pâleur pensive de son
front.

Anthime professait grand mépris pour les avantages
du rang, de la fortune et de l'aspect, ce qui ne laissait pas de mortifier Julius; mais il appréciait chez
Julius certain bon naturel, et une grande maladresse
dans la discussion, qui souvent laissait à la libre pensée l'avantage.

A six heures, Anthime entend stopper devant la
porte la voiture de ses hôtes. Il sort à leur rencontre
sur le palier. Julius monte le premier. Avec son chapeau cronstadt, son pardessus droit à revers de soie,
on le dirait en tenue de visite, non de voyage, n'était
le châle écossais qu'il porte sur l'avant-bras; la longueur du trajet ne l'a nullement éprouvé.

Marguerite de Baraglioul suit, au bras de sa sœur;
elle, très défaite au contraire, capote et chignon de
travers, trébuchant aux marches, un quartier de visage
caché par son mouchoir qu'elle tient en compresse...
Comme elle approche d'Anthime :

— Marguerite a un charbon dans l'œil, glisse Véronique.

Julie, leur fille, gracieuse enfant de neuf ans, et la bonne, qui ferment la marche, gardent un silence consterné.

Avec le caractère de Marguerite, il ne s'agit pas de prendre la chose en riant : Anthime propose d'envoyer quérir un oculiste; mais Marguerite connaît de réputation les médicastres italiens, et ne veut « pour rien au monde » en entendre parler; elle souffle d'une voix mourante :

— De l'eau fraîche. Un peu d'eau fraîche, simplement. Ah!

— Ma chère sœur, effectivement, reprend Anthime, l'eau fraîche pourra vous soulager un instant en décongestionnant votre œil; mais elle n'enlèvera pas le mal.

Puis, se tournant vers Julius :

— Avez-vous pu voir ce que c'était?

— Pas très bien. Dès que le train s'arrêtait et que je me proposais d'examiner, Marguerite commençait de s'énerver...

— Mais ne dis donc pas cela, Julius! Tu as été horriblement maladroit. Pour me soulever la paupière, tu as commencé par me retourner tous les cils...

— Voulez-vous que j'essaie à mon tour, dit Anthime : je serai peut-être plus habile?

Une facchino montait les malles. Caroline alluma une lampe à réflecteur.

— Voyons, mon ami, tu ne vas pas faire cette opération dans le passage, dit Véronique, et elle mène les Baraglioul à leur chambre.

L'appartement des Armand-Dubois se développait autour de la cour intérieure où prenaient jour les fenêtres d'un couloir qui, partant du vestibule, rejoignait l'orangerie. Sur ce couloir ouvraient les portes de la salle à manger d'abord, puis du salon (énorme

pièce d'angle, mal meublée, dont ne se servaient pas
les Anthime), de deux chambres d'amis préparées, la
première pour le couple Baraglioul, la seconde plus
petite pour Julie, auprès de la dernière chambre, celle
du couple Armand-Dubois. Toutes ces pièces, d'autre
part, communiquaient entre elles intérieurement. La
cuisine et deux chambres de bonnes donnaient sur
l'autre côté du palier...

— Je vous en prie, ne soyez pas tous autour de moi,
gémit Marguerite; Julius, occupe-toi donc des bagages.

Véronique a fait asseoir sa sœur dans un fauteuil
et tient la lampe, tandis qu'Anthime s'attentionne :

— Le fait est qu'il est enflammé. Si vous retiriez
votre chapeau.

Mais Marguerite, craignant peut-être que sa coiffure
en désordre ne laisse paraître ses éléments d'emprunt,
déclare qu'elle ne le retirera que plus tard; un chapeau
cabriolet à brides ne l'empêchera pas d'appuyer sa
nuque au dossier.

— Alors vous m'invitez à sortir la paille de votre
œil avant d'ôter la solive qui est dans le mien, dit
Anthime avec une sorte de ricanement. Voilà qui me
paraît bien contraire aux préceptes évangéliques!

— Ah! je vous en prie, ne me faites pas trop chère-
ment payer vos soins.

— Je ne dis plus rien... Avec le coin d'un mouchoir
propre... je vois ce que c'est... n'ayez pas peur, cré-
nom! regardez au ciel!... la voici.

Et Anthime enlève à la pointe du mouchoir une
escarbille imperceptible.

— Merci! merci. Laissez-moi, maintenant; j'ai une
affreuse migraine.

Tandis que Marguerite repose, que Julius déballe
avec la bonne et que Véronique surveille les prépa-
ratifs du repas, Anthime s'occupe de Julie qu'il a

emmenée dans sa chambre. Il avait quitté sa nièce toute petite et reconnaît mal cette grande fillette au sourire déjà gravement ingénu. Au bout d'un peu de temps, comme il la tient près de lui, causant des menues puérilités qu'il espérait pouvoir lui plaire, son regard s'accroche à une mince chaînette d'argent que l'enfant porte au cou et à laquelle il flaire que doivent être suspendues des médailles. D'un glissement indiscret de son gros index il ramène celles-ci sur le devant du corsage et, cachant sa maladive répugnance sous un masque d'étonnement :

— Qu'est-ce que c'est que ces machinettes-là ?

Julie comprend fort bien que la question n'est pas sérieuse ; mais pourquoi s'offusquerait-elle ?

— Comment, mon oncle ! vous n'avez jamais vu des médailles ?

— Ma foi non, ma petite, ment-il ; ça n'est pas joli-joli, mais je pense que cela sert à quelque chose.

Et comme la sereine piété ne répugne pas à quelque espièglerie innocente, l'enfant avise, contre la glace au-dessus de la cheminée, une photographie qui la représente et, la désignant du doigt :

— Vous avez là, mon oncle, le portrait d'une petite fille qui n'est pas non plus joli-joli. A quoi donc peut-il vous servir ?

Surpris de trouver chez une cagotine un si malicieux esprit de repartie, et sans doute tant de bon sens, l'oncle Anthime est momentanément désarçonné. Avec une fillette de neuf ans, il ne peut pourtant pas engager une discussion métaphysique ! Il sourit. La petite aussitôt se saisissant de l'avantage et montrant les piécettes saintes :

— Voici, dit-elle, celle de sainte Julie, ma patronne, et celle du Sacré-Cœur de Notre...

— Du bon Dieu, tu n'en as pas une ? interrompt absurdement Anthime.

L'enfant répond très naturellement :

— Non; du bon Dieu, on n'en fait pas... Mais voici la plus jolie : c'est celle de Notre-Dame de Lourdes, que m'a donnée la tante Fleurissoire; elle l'a rapportée de Lourdes; je l'ai mise à mon cou le jour où petit père et maman m'ont offerte à la Sainte Vierge.

C'en est trop pour Anthime. Sans chercher à comprendre un instant ce qu'évoquent d'ineffablement gracieux ces images, le mois de mai, le blanc et le bleu cortège des enfants, il cède à un maniaque besoin de blasphème :

— Elle n'a donc pas voulu de toi, la bonne Sainte Vierge, que tu es encore avec nous?

La petite ne répond rien. Se rend-elle compte déjà qu'à de certaines impertinences le plus sage est de ne rien répondre? Au reste, qu'est-ce à dire? après cette question saugrenue, ce n'est pas Julie, c'est le franc-maçon qui rougit, — trouble léger, compagnon inavoué de l'indécence, confusion passagère que l'oncle cachera en déposant sur le front candide de sa nièce un respectueux baiser réparateur.

— Pourquoi faites-vous le méchant, l'oncle Anthime?

La petite ne se méprend pas : au fond, ce savant impie est sensible.

Alors pourquoi cette résistance obstinée?

A ce moment Adèle ouvre la porte :

— Madame réclame Mademoiselle.

Apparemment Marguerite de Baraglioul redoute l'influence de son beau-frère et se soucie peu de laisser longtemps sa fille avec lui. C'est ce qu'il osera lui dire, à demi-voix, un peu plus tard, tandis que la famille se rend à table. Mais Marguerite lèvera sur Anthime un œil encore légèrement enflammé :

— Peur de vous? Mais, cher ami, Julie aurait converti douze de vos pareils avant que vos moqueries aient pu remporter le plus petit succès sur son âme.

Non, non, nous sommes plus solides que cela, nous autres. Tout de même songez que c'est une enfant... Elle sait tout ce qu'on peut attendre de blasphème d'une époque aussi corrompue et dans un pays aussi honteusement gouverné que le nôtre. Mais il est triste que les premiers motifs de scandale lui soient offerts par vous, son oncle, que nous voudrions lui apprendre à respecter.

IV

Ces paroles si mesurées, si sages, sauront-elles calmer Anthime?

Oui, pendant les deux premiers services (au reste le dîner, bon mais simple, n'a que trois plats) et tandis que la conversation familiale musardera le long de sujets non épineux. Par égard pour l'œil de Marguerite, on parlera d'abord oculistique (les Baraglioul feignent de ne point voir que la loupe d'Anthime a grossi), puis de la cuisine italienne, par gentillesse pour Véronique, avec allusions à l'excellence de son dîner. Puis Anthime demandera des nouvelles des Fleurissoire que les Baraglioul ont été voir dernièrement à Pau, et de la comtesse de Saint-Prix, la sœur de Julius, qui villégiature dans les environs; de Geneviève enfin, l'exquise fille aînée des Baraglioul, que ceux-ci auraient souhaité emmener avec eux à Rome, mais qui jamais n'avait consenti à s'éloigner de l'hôpital des *Enfants-Malades*, où chaque matin, rue de Sèvres, elle va panser les plaies des petits malheureux. Puis Julius jettera sur le tapis la grave question de l'expropriation des biens d'Anthime : il s'agit de terrains qu'Anthime avait achetés en Égypte lors d'un premier voyage qu'il fit, jeune homme, dans ce pays; mal situés, ces terrains n'avaient pas acquis jusqu'à présent grande valeur; mais il était question, depuis peu, que la nouvelle ligne de chemin de fer du Caire à Héliopolis les traversât : certes la bourse des Armand-Dubois, qu'ont surmenée de hasardeuses spéculations, a grand besoin de cette aubaine; pourtant Julius, avant son départ, a pu parler à Maniton, l'ingénieur-expert commis à l'étude de la ligne, et conseille à son beau-frère de ne point trop dorer son espérance : il pourrait bien rester Gros-Jean. Mais ce qu'Anthime ne dit pas, c'est que l'affaire est entre les mains de la Loge, qui n'abandonne jamais les siens.

Anthime à présent parle à Julius de sa candidature à l'Académie, de ses chances : il en parle en souriant, parce qu'il n'y croit guère; et Julius, lui-même, feint une indifférence tranquille et comme renoncée : à quoi bon raconter que sa sœur, la comtesse Guy de Saint-Prix, tient le cardinal André dans sa manche et, partant, les quinze immortels qui toujours votent avec lui? Anthime esquisse un compliment très léger, sur le dernier roman de Baraglioul : *L'Air des cimes*. Le fait est qu'il a trouvé le livre exécrable; et Julius, qui ne s'y méprend pas, se hâte de dire, pour mettre son amour-propre à couvert :

— Je pensais bien qu'un tel livre ne pourrait pas vous plaire.

Anthime consentirait encore à excuser le livre, mais cette allusion à ses opinions le chatouille; il proteste que celles-ci n'inclinent en rien les jugements qu'il porte sur les œuvres d'art en général, et sur les livres de son beau-frère en particulier. Julius sourit avec une accommodante condescendance et, pour changer de sujet, demande à son beau-frère des nouvelles de sa sciatique, qu'il appelle par erreur : son lumbago. Ah! pourquoi Julius ne s'est-il pas plutôt enquis de

ses recherches scientifiques? On aurait eu beau jeu
de lui répondre. Son lumbago! Pourquoi pas sa loupe,
bientôt? Mais ses recherches scientifiques, apparemment son beau-frère les ignore : il préfère les ignorer...
Anthime, tout échauffé déjà et que précisément le
« lumbago » fait souffrir, ricane et répond hargneux :

— Si je vais mieux?... Ah! ah! ah! vous en seriez
bien fâché!

Julius s'étonne et prie son beau-frère de lui apprendre
ce qui lui vaut le prêt d'aussi peu charitables sentiments.

— Parbleu! vous aussi vous savez appeler le médecin
sitôt qu'un des vôtres est malade; mais quand votre
malade guérit, la médecine n'y est plus pour rien :
c'est à cause des prières que vous avez faites pendant
que le médecin vous soignait. Celui-là qui n'a point
fait ses Pâques, parbleu! vous trouveriez bien imper-
tinent qu'il guérît!

— Plutôt que de prier, vous préférez rester malade?
dit d'un ton pénétré Marguerite.

De quoi vient-elle se mêler? D'ordinaire elle ne
prend jamais part aux conversations d'intérêt général
et fait la supprimée dès que Julius ouvre la bouche.
C'est entre hommes qu'ils causent; foin des ménage-
ments! Il se tourne abruptement vers elle :

— Ma charmante, sachez que si la guérison était
là, là, vous m'entendez bien, — et il désigne éperdument la salière — tout près, mais que je dusse, pour
avoir le droit de m'en saisir, implorer Monsieur le
Principal (c'est ainsi qu'il s'amuse, dans ses jours
d'humeur, à appeler l'Être Suprême) ou le prier
d'intervenir, de renverser pour moi l'ordre établi,
l'ordre naturel des effets et des causes, l'ordre véné-
rable, eh bien! je n'en voudrais pas, de sa guérison;
je lui dirais, au Principal : Fichez-moi la paix avec
votre miracle : je n'en veux pas.

Il scande les mots, les syllabes; il a haussé la voix au diapason de sa colère; il est affreux.

— Vous n'en voudriez pas... pourquoi? demanda Julius très calme.

— Parce que cela me forcerait de croire à Celui qui n'existe pas.

Ce disant, il donne du poing sur la table.

Marguerite et Véronique, inquiètes, ont échangé un clin d'œil, puis toutes deux reporté le regard vers Julie.

— Je crois qu'il est temps d'aller se coucher, ma fillette, dit la mère. Fais vite; nous viendrons te dire adieu dans ton lit.

L'enfant, que les atroces propos et l'aspect démoniaque de son oncle épouvantent, s'enfuit.

— Je veux, si je guéris, n'en être obligé qu'à moi-même. Suffit.

— Eh bien! et le médecin alors? hasarda Marguerite.

— Je paie ses soins, et je suis quitte.

Mais Julius, sur son registre le plus grave :

— Tandis que de la reconnaissance envers Dieu vous lierait...

— Oui, mon frère; et voilà pourquoi je ne prie pas.

— D'autres ont prié pour toi, mon ami.

C'est Véronique qui parle; elle n'avait jusqu'à présent rien dit. Au son de cette douce voix trop connue, Anthime sursaute, perd toute retenue. Des propositions contradictoires se bousculent sur ses lèvres : D'abord on n'a pas le droit de prier pour quelqu'un contre son gré, de demander une faveur pour lui sans qu'il en sache; c'est une trahison. Elle n'a rien obtenu; tant mieux! ça lui apprendra ce qu'elles valent, ses prières! Il y a de quoi être fier!... Mais peut-être, après tout, qu'elle n'a pas prié suffisamment?

— Soyez tranquille : je continue, reprend, aussi doucement que devant, Véronique. Puis toute souriante, et comme hors du vent de cette colère, elle raconte à Marguerite que, chaque soir, et sans en manquer un, elle brûle, au nom d'Anthime, deux cierges, aux côtés de la Madone triviale, à l'angle nord de la maison, celle-là même devant qui Véronique avait jadis surpris Beppo se signant. L'enfant gîtait, nichait, tout auprès dans un renfoncement du mur, où Véronique était sûre de le trouver à heure dite. Elle n'eût pu atteindre à la niche, placée hors de la portée des passants; Beppo (c'était à présent un svelte adolescent de quinze ans), s'agrippant aux pierres et à un anneau de métal, posait les cierges tout flambants devant la sainte image... Et la conversation, insensiblement se détournait d'Anthime, se refermait par-dessus lui, les deux sœurs à présent parlant de la piété populaire si touchante, par quoi la plus fruste statue est aussi la plus honorée... Anthime était tout submergé. Quoi! ne suffisait-il pas que, ce matin déjà, derrière son dos, Véronique eût nourri ses rats? A présent, elle brûle des cierges! pour lui! sa femme! et compromet Beppo dans cette inepte simagrée... Ah! nous allons bien voir!...

Le sang monte au cerveau d'Anthime; il étouffe, à ses tempes bat un tocsin. Dans un immense effort il se dresse en culbutant une chaise; il renverse sur sa serviette un verre d'eau; il éponge son front... Va-t-il se trouver mal? Véronique s'empresse : il la repousse d'une main brutale, s'échappe vers la porte qu'il claque; et déjà dans le corridor on entend sa marche inégale s'éloigner avec l'accompagnement de la béquille sourd et clopant.

Ce départ brusque laisse nos convives attristés et perplexes. Quelques instants ils demeurent silencieux.

— Ma pauvre amie! dit enfin Marguerite. Mais à

cette occasion s'affirme une fois de plus la différence
entre le caractère des deux sœurs. L'âme de Marguerite
est taillée dans cette étoffe admirable dont Dieu fait
proprement ses martyrs. Elle le sait et aspire à souffrir.
La vie malheureusement ne lui accorde aucun dommage; comblée de toutes parts, sa faculté de bon
support en est réduite à chercher dans de menues
vexations son emploi; elle met à profit les moindres
choses pour en tirer égratignure; elle s'accroche et
se raccroche à tout. Certes elle sait s'arranger de
manière à ce qu'on lui manque; mais Julius semble
travailler à désœuvrer toujours plus sa vertu; comment
s'étonner, dès lors, qu'elle se montre auprès de lui
toujours insatisfaite et quinteuse? Avec un mari
comme Anthime, quelle belle carrière! Elle se pique
à voir sa sœur savoir en profiter si peu; Véronique,
en effet, se dérobe aux griefs; sur son indéfectible
onction souriante tout glisse, sarcasme, moquerie — et
sans doute elle a pris son parti depuis longtemps de
l'isolement de sa vie; Anthime au demeurant n'est pas
méchant pour elle, et peut bien dire ce qu'il veut!
Elle explique que s'il parle fort, c'est qu'il est empêché
de remuer; il s'emporterait moins s'il était plus
ingambe; et comme Julius demande où il peut être
allé :

— A son laboratoire, répond-elle; et à Marguerite
qui demande si l'on ne ferait pas bien d'y passer voir
— car il pourrait être souffrant, après une telle
colère! — elle assure qu'il vaut mieux le laisser se
calmer tout seul et ne pas prêter trop d'attention à
sa sortie.

— Achevons de dîner tranquillement, conclut-elle.

V

Non, ce n'est pas à son laboratoire que s'est arrêté
l'oncle Anthime.

Il a traversé rapidement cette officine où achèvent
de souffrir les six rats. Que ne s'attarde-t-il sur la terrasse qu'inonde une occidentale lueur? Le séraphique
éclairement du soir, apaisant son âme rebelle, l'in-
clinerait peut-être... Mais non : il échappe au conseil.
Par l'incommode escalier tournant, il a gagné la cour,
qu'il traverse. Cette hâte infirme est tragique pour nous
qui connaissons au prix de quel effort il achète chaque
enjambée, au prix de quelle douleur chaque effort.
Quand verrons-nous dépenser pour le bien une aussi
sauvage énergie? Parfois un gémissement échappe à
ses lèvres tordues; ses traits se convulsent. Où le mène
sa rage impie?

La Madone — qui, de ses mains offertes laissant
couler la grâce et le reflet des célestes rayons sur le
monde, veille sur la maison et peut-être intercède
même pour le blasphémateur — n'est pas une de ces
statues modernes comme en fabrique de nos jours,
avec le carton-romain plastique de Blafaphas, la maison d'art Fleurissoire-Lévichon. Image naïve, expression de l'adoration populaire, elle n'en sera que plus
belle et plus éloquente à nos yeux. Éclairant la face
exsangue, les rayonnantes mains, le manteau bleu,
une lanterne, en face de la statue, mais assez loin en
avant d'elle, pend à un toit de zinc qui déborde la
niche et abrite à la fois les ex-voto accrochés aux côtés
des murs. A portée de la main du passant, une petite
porte de métal, dont le bedeau de la paroisse a la clef,
protège l'enroulement de la corde au bout de quoi

la lanterne pend. En plus, deux cierges brûlent jour
et nuit devant la statue, qu'a portés tantôt Véronique.
A la vue de ces cierges, qu'il sait brûler pour lui, le
franc-maçon sent se ranimer sa fureur. Beppo qui,
dans le retrait du mur où il niche, achevait de cro-
quer un croûton et quelques griffes de fenouil, est
accouru à sa rencontre. Sans répondre à son accorte
salutation, Anthime l'a saisi par l'épaule; penché sur
lui, que dit-il, qui fasse tressaillir l'enfant? — Non!
non! le petit proteste. De la poche de son gilet,
Anthime sort un billet de cinq lires; Beppo s'indigne...
Plus tard il volera peut-être; il tuera même; qui sait
de quelle éclaboussure sordide la misère tachera son
front? Mais lever la main contre la Vierge qui le
protège, vers qui, chaque soir, avant de s'endormir
il soupire, à qui chaque matin, au premier réveil, il
sourit!... Anthime peut essayer de l'exhortation, de la
corruption, du rudoiement, de la menace, il n'obtien-
dra de lui que refus.

Au demeurant ne nous y méprenons pas. Anthime
n'en veut point précisément à la Vierge; c'est spécialement aux cierges de Véronique qu'il en a. Mais
l'âme simple de Beppo ne consent pas à ces nuances;
et, du reste, ces cierges à présent consacrés, nul n'a
le droit de les souffler...

Anthime que cette résistance exaspère a repoussé
l'enfant. Il agira tout seul. Accoté contre la muraille,
il empoigne sa béquille par le bas, prend un terrible
élan en balançant le manche en arrière et, de toutes
ses forces, il la lance contre le ciel. Le bois carambole
contre la paroi de la niche, retombe à terre avec fracas, entraînant il ne sait quel débris, quel plâtras. Il
ramasse sa béquille et recule pour voir la niche... Par
l'enfer! les deux cierges brûlent toujours. Mais qu'est-ce
à dire? La statue, à la place de la main droite, ne
présente plus qu'une tige de métal noir.

Il contemple un instant, dégrisé, le triste résultat de son geste : aboutir à ce dérisoire attentat... Ah! fi donc! Il cherche des yeux Beppo; l'enfant a disparu. La nuit se clôt; Anthime est seul; il avise sur le pavé le débris que tout à l'heure avait décroché sa béquille, le recueille : c'est une petite main de stuc, qu'avec un haussement d'épaules il glisse dans la poche de son gilet.

La honte au front, la rage au cœur, l'iconoclaste à présent remonte à son laboratoire; il voudrait travailler, mais cet effort abominable l'a brisé; il n'a plus de cœur qu'à dormir. Certes, il va se mettre au lit sans souhaiter bonsoir à personne... A l'instant d'entrer dans sa chambre, un bruit de voix pourtant l'arrête. La porte de la chambre voisine est ouverte; dans l'ombre du couloir il se glisse...

Semblable à quelque angelet familier, la petite Julie, en chemise, est sur son lit, agenouillée; au chevet du lit baignant dans la clarté de la lampe, Véronique et Marguerite à genoux toutes deux; un peu reculé, debout au pied du lit, Julius, une main sur son cœur, l'autre couvrant ses yeux, dans une attitude à la fois dévote et virile : ils écoutent l'enfant prier. Un grand silence enveloppe la scène et tel qu'il fait souvenir le savant de certain soir tranquille et d'or, au bord du Nil, où, comme cette prière enfantine s'élève, s'élevait une fumée bleue, toute droite vers un ciel tout pur.

Sans doute, la prière touche à sa fin; l'enfant, à présent, laissant les formules apprises, prie d'abondance, selon la dictée de son cœur; elle prie pour les petits orphelins, pour les malades et pour les pauvres, pour sa sœur Geneviève, pour sa tante Véronique, pour son papa; pour que l'œil de sa chère maman soit vite guéri... Cependant le cœur d'Anthime se contracte; du pas de la porte, très haut, sur un ton

qu'il voudrait ironique, on l'entend à l'autre bout de
la pièce qui dit :

— Et pour l'oncle, on ne lui demande rien, au bon
Dieu ?

L'enfant alors, d'une voix extraordinairement assu-
rée, reprend, au grand étonnement de chacun :

— Et je Vous prie également, mon Dieu, pour les
péchés de l'oncle Anthime.

Ces mots atteignent l'athée en plein cœur.

VI

Cette nuit Anthime eut un songe. On frappait à la
petite porte de sa chambre ; non point à la porte du
couloir, ni à celle de la chambre voisine : on frappait
à une autre porte, une porte dont, à l'état de veille,
il ne s'était pas jusqu'alors avisé et qui donnait droit
sur la rue. C'est là ce qui fit qu'il eut peur et d'abord,
pour toute réponse, se tint coi. Une demi-clarté lui
permettait de distinguer les menus objets dans sa
chambre, une douce et douteuse clarté pareille à celle
qu'eût répandue une veilleuse ; pourtant aucune
flamme ne veillait. Comme il cherchait à s'expliquer
d'où provenait cette lumière, on heurta une seconde
fois.

— Qu'est-ce que vous voulez ? cria-t-il d'une voix
tremblante.

A la troisième fois une extraordinaire mollesse l'en-
gourdit, une mollesse telle que tout sentiment de peur
s'y fondit (ce qu'il appelait plus tard : une tendresse
résignée) ; soudain il sentit à la fois qu'il était sans
résistance et que la porte allait céder. Elle s'ouvrit
sans bruit, et durant un instant il ne vit qu'une

obscure embrasure, mais où, comme dans une niche,
voici que la Sainte Vierge apparut. C'était une courte
forme blanche, qu'il prit d'abord pour sa petite nièce
Julie, telle qu'il venait de la laisser, les pieds nus
dépassant un peu sa chemise; mais, un instant après,
il reconnut Celle qu'il avait offensée; je veux dire
qu'elle avait l'aspect de la statue du carrefour; et
même il distingua la blessure de l'avant-bras droit;
pourtant le mâle visage était plus beau, plus souriant
encore que de coutume. Sans qu'il la vît précisément
marcher, elle avança vers lui comme en glissant, et
quand elle fut tout contre son chevet :

— Crois-tu donc, toi qui m'as blessée, lui dit-elle,
que j'aie besoin de ma main pour te guérir — et
cependant elle levait sur lui sa manche vide.

Il lui semblait à présent que cette étrange clarté
émanait d'Elle. Mais, quand la tige de métal entra
tout à coup dans son flanc, une atroce douleur le
perça et il s'éveilla dans le noir.

Anthime resta peut-être un quart d'heure avant de
reprendre ses sens. Il sentait par tout le corps une
sorte de torpeur étrange, d'hébétude, puis un four-
millement presque agréable, de sorte que la douleur
aiguë à son flanc, il doutait maintenant s'il l'avait
vraiment éprouvée; il ne comprenait plus où commençait, où s'arrêtait son rêve, ni si maintenant il veillait,
ni s'il avait rêvé tout à l'heure. Il se palpa, se pinça,
se vérifia, sortit un bras du lit, et enfin gratta une
allumette. Véronique, à ses côtés, dormait la face
tournée vers le mur.

Alors, débordant les draps, et rejetant les couver-
tures, il se laissa glisser jusqu'à reposer la pointe des
pieds nus sur ses pantoufles. La béquille était là, dressée contre la table de nuit; sans la prendre, il se souleva sur les mains, repoussant le lit en arrière; puis

enfonça ses pieds dans le cuir; puis se dressa tout
droit sur ses jambes; puis, incertain encore, un bras
étendu en avant, l'autre en arrière, il fit un pas, deux
pas le long du lit, trois pas, puis à travers la chambre...
Sainte Vierge! était-il...? — Sans bruit il enfila ses
culottes, repassa son gilet, sa veste... Arrête, ô ma
plume imprudente! Où palpite déjà l'aile d'une âme
qui se délivre, qu'importe l'agitation malhabile d'un
corps paralysé qui guérit?

Lorsqu'un quart d'heure après, Véronique, avertie
par je ne sais quel pressentiment, s'éveilla, elle s'inquiéta d'abord de ne plus sentir Anthime auprès
d'elle; elle s'inquiéta plus encore lorsque, ayant gratté
une allumette, elle aperçut au chevet du lit la béquille,
compagne obligée de l'infirme. L'allumette acheva de
se consumer entre ses doigts, car Anthime en sortant
avait emporté la bougie; Véronique, à tâtons, se vêtit
sommairement, puis, quittant la pièce à son tour, fut
aussitôt guidée par le fil de lumière qui glissait sous
la porte du galetas.

— Anthime! Es-tu là, mon ami?

Pas de réponse. Cependant Véronique aux écoutes
percevait un bruit singulier. Avec angoisse, alors, elle
poussa la porte; ce qu'elle vit la cloua sur le seuil :

Son Anthime était là, en face d'elle; il n'était assis,
ni debout; le sommet de sa tête, à hauteur de la table,
recevait en plein la lumière de la bougie qu'il avait
posée sur le bord; Anthime le savant, l'athée, celui
dont le jarret perclus, non plus que la volonté insou-
mise, depuis des ans n'avait jamais fléchi (car il est
à remarquer combien chez lui l'esprit allait de pair
avec le corps), Anthime était agenouillé.

Il était à genoux, Anthime; il tenait à deux mains
un petit débris de stuc qu'il trempait de larmes, qu'il
couvrait de frénétiques baisers. Il ne se dérangea pas
d'abord, et Véronique, devant ce mystère, interdite,

n'osant ni reculer ni entrer, déjà pensait à s'agenouiller elle-même, sur le seuil, en face de son mari, quand celui-ci se relevant sans effort, ô miracle! marcha vers elle d'un pas sûr, et la saisissant à pleins bras :

— Désormais, lui dit-il en la pressant contre son cœur et le visage penché vers elle, — désormais, mon amie, c'est avec moi que tu prieras.

VII

La conversion du franc-maçon ne pouvait demeurer longtemps secrète. Julius de Baraglioul n'attendit pas un jour pour en faire part au cardinal André, qui l'ébruita dans le parti conservateur et dans le haut clergé français; tandis que Véronique l'annonçait au père Anselme, de sorte que la nouvelle en parvenait bientôt aux oreilles du Vatican.

Sans doute Armand-Dubois avait été l'objet d'une faveur insigne. Que la Vierge lui fût réellement apparue, c'est ce qu'il était peut-être imprudent d'affirmer; mais quand bien même il l'aurait vue seulement en rêve, sa guérison du moins était là, indéniable, démontrable, miraculeuse assurément.

Or, s'il suffisait peut-être à Anthime d'être guéri, cela ne suffisait pas à l'Église, qui réclama une abjuration manifeste, prétendant l'entourer d'un insolite éclat.

— Eh quoi! lui disait à quelques jours de là le père Anselme, vous auriez, au cours de vos erreurs, propagé par tous les moyens l'hérésie, et vous vous déroberiez aujourd'hui à l'enseignement supérieur que le ciel entend tirer de vous-même? Combien d'âmes les fausses lueurs de votre vaine science n'ont-elles pas détournées de la lumière! Il vous appartient de les rallier aujourd'hui, et vous hésiteriez à le faire? Que dis-je : il vous appartient? C'est votre strict devoir; et je ne vous ferai point cette injure de supposer que vous ne le sentiez pas.

Non, Anthime ne se dérobait pas à ce devoir; toutefois il ne laissait pas d'en redouter les conséquences. De gros intérêts qu'il avait en Égypte étaient, nous l'avons dit, entre les mains des francs-maçons. Que pouvait-il sans l'assistance de la Loge? Et comment espérer qu'elle continuerait à soutenir celui qui précisément la reniait. Comme il avait attendu d'elle sa fortune, il se voyait à présent tout ruiné.

Il s'en ouvrit au père Anselme. Celui-ci, qui ne connaissait pas le haut grade d'Anthime, s'en réjouit fort, en pensant que l'abjuration en serait d'autant remarquée. Deux jours après, le haut grade d'Anthime n'était plus un secret pour aucun des lecteurs de l'*Osservatore* ni de la *Santa Croce*.

— Vous me perdez, disait Anthime.

— Eh! mon fils, au contraire, répondait le père Anselme; nous vous apportons le salut. Quant à ce qui est des besoins matériels, n'en ayez cure : l'Église y subviendra. J'ai longuement entretenu de votre cas le cardinal Pazzi qui doit en référer à Rampolla; vous dirai-je enfin que, déjà, votre abjuration n'est pas ignorée de notre Saint-Père; l'Église saura reconnaître ce que vous sacrifiez pour elle et n'entend pas que vous soyez frustré. Au demeurant, ne pensez-vous pas que vous vous exagérez l'efficace (il souriait) des francs-maçons dans l'occurrence? Ce n'est pas que je ne sache qu'il faut trop souvent compter avec eux!... Enfin avez-vous fait l'estimation de ce que vous craignez que leur hostilité ne vous fasse perdre? Dites-nous la somme, à peu près et... (il leva l'index de la main gauche à hauteur du nez, avec une bénignité malicieuse) et ne craignez rien.

Dix jours après les fêtes du Jubilé, l'abjuration d'Anthime se fit au Gesu, entourée d'une pompe excessive. Je n'ai pas à relater cette cérémonie dont s'occupèrent tous les journaux italiens de l'époque. Le père T..., *socius* du général des Jésuites, prononça à cette occasion un de ses plus remarquables discours : Certainement l'âme du franc-maçon était tourmentée jusqu'à la folie, et l'excès même de sa haine était un présage d'amour. L'orateur sacré rappelait Saul de Tarse, découvrait entre le geste iconoclaste d'Anthime et la lapidation de saint Étienne de surprenantes analogies. Et pendant que l'éloquence du révérend père se gonflait et roulait à travers la nef comme roule dans une grotte sonore la houle épaisse des marées, Anthime songeait à la frêle voix de sa nièce, et dans le secret de son cœur remerciait l'enfant d'avoir appelé sur les péchés de l'oncle impie l'attention miséricordieuse de Celle qu'il voulait uniquement servir désormais.

A partir de ce jour, rempli de préoccupations plus hautes, c'est à peine si Anthime s'aperçut du bruit qui se faisait autour de son nom. Julius de Baraglioul prenait soin d'en souffrir pour lui, et n'ouvrait pas les journaux sans battements de cœur. Au premier enthousiasme des feuilles orthodoxes répondaient à présent les huées des organes libéraux : à l'important article de l'*Osservatore*, « Une nouvelle victoire de l'Église », faisait pendant la diatribe du *Tempo Felice*, « Un imbécile de plus ». Enfin, dans *La Dépêche de Toulouse*, la chronique d'Anthime, envoyée l'avant-veille de sa guérison, parut précédée d'une notice gouailleuse; Julius répondit au nom de son beau-frère une lettre à la fois digne et sèche pour avertir *La Dépêche* qu'elle n'aurait plus désormais à compter « le converti » parmi ses collaborateurs. La *Zukunft* prit les devants et remercia poliment Anthime. Celui-ci acceptait les coups de ce visage serein qu'apprête l'âme vraiment dévote.

— Heureusement le *Correspondant* va vous être ouvert; ça, j'en réponds, disait Julius d'une voix sifflante.

— Mais, cher ami, que voulez-vous que j'y écrive? objectait bénévolement Anthime; rien de ce qui m'occupait hier ne m'intéresse plus aujourd'hui.

Puis le silence s'était fait. Julius avait dû rentrer à Paris.

Anthime cependant, pressé par le père Anselme, avait docilement quitté Rome. Sa ruine matérielle avait vite suivi le retrait de l'appui des Loges; et les visites auxquelles Véronique, confiante dans l'appui de l'Église, le poussait, n'ayant pas eu d'autre résultat que de lasser et finalement d'indisposer le haut clergé, amicalement il avait été conseillé d'aller attendre à Milan la compensation naguère promise et les reliefs d'une faveur céleste éventée.

LIVRE DEUXIÈME

Julius de Baraglioul

*Puisqu'il ne faut jamais ôter le
retour à personne.*

Retz, VIII, p. 93.

I

Le 30 mars, à minuit, les Baraglioul rentrèrent à
Paris et réintégrèrent leur appartement de la rue de
Verneuil.

Tandis que Marguerite s'apprêtait pour la nuit,
Julius, une petite lampe à la main et des pantoufles
aux pieds, pénétra dans son cabinet de travail, qu'il
ne retrouvait jamais sans plaisir. La décoration de la
pièce était sobre; quelques Lépine et un Boudin pen-
daient aux murs; dans un coin, sur un socle tournant,
un marbre, le buste de sa femme par Chapu, faisait
une tache un peu crue; au milieu de la pièce, une
table Renaissance énorme où, depuis son départ,
s'amoncelaient livres, brochures et prospectus; sur un
plateau d'émail cloisonné quelques cartes de visite
cornées, et à l'écart du reste, appuyée bien en évidence contre un bronze de Barye, une lettre où Julius
reconnut l'écriture de son vieux père. Il déchira tout
aussitôt l'enveloppe et lut :

Mon cher fils,

*Mes forces ont beaucoup diminué ces derniers jours. A de
certains avertissements qui ne trompent pas, je comprends qu'il
est temps de plier bagage; aussi bien n'ai-je plus grand profit
à attendre d'une station plus prolongée.*

Je sais que vous rentrez à Paris cette nuit et je compte que vous voudrez bien me rendre sans tarder un service : En vue de quelques dispositions dont je vous aviserai tôt ensuite, j'ai besoin de savoir si un jeune homme, du nom de Lafcadio Wluiki (on prononce Louki, le W et l'i se font à peine sentir), habite encore au douze de l'impasse Claude-Bernard.

Je vous serais obligé de bien vouloir vous rendre à cette adresse et de demander à voir le susdit. (Vous trouverez facilement, romancier que vous êtes, un prétexte pour vous introduire.) Il m'importe de connaître :

1º ce que fait le jeune homme;

2º ce qu'il compte faire (a-t-il de l'ambition? de quel ordre?);

3º Enfin vous m'indiquerez quels vous paraissent être ses ressources, ses facultés, ses appétits, ses goûts...

Ne cherchez pas à me voir pour l'instant : je suis d'humeur chagrine. Ces renseignements aussi bien pouvez-vous me les écrire en quelques mots. S'il me prend désir de causer, ou si je me sens près du grand départ, je vous ferai signe.

Je vous embrasse.

Juste-Agénor de Baraglioul.

P.-S. — Ne laissez point paraître que vous venez de ma part; le jeune homme m'ignore et doit continuer de m'ignorer.

Lafcadio Wluiki a présentement dix-neuf ans. Sujet roumain. Orphelin.

J'ai parcouru votre dernier livre. Si, après cela, vous n'entrez pas à l'Académie, vous êtes impardonnable d'avoir écrit ces sornettes.

On ne pouvait le nier : le dernier livre de Julius avait mauvaise presse. Bien qu'il fût fatigué, le romancier parcourut les découpures des journaux où l'on citait son nom sans bienveillance. Puis il ouvrit une fenêtre et respira l'air brumeux de la nuit. Les fenêtres du cabinet de Julius donnaient sur des jardins d'ambassade, bassins d'ombre lustrale où les yeux et l'esprit se lavaient des vilenies du monde et de la rue. Il écouta quelques instants le chant pur d'un merle invisible. Puis rentra dans la chambre où Marguerite reposait déjà.

Comme il redoutait l'insomnie il prit sur la commode un flacon de fleur d'oranger dont il faisait fréquent usage. Soucieux des prévenances conjugales, il avait pris cette précaution de poser en contrebas de la dormeuse la lampe à la mèche baissée; mais un léger tintement du cristal, lorsque, ayant bu, il reposa le verre, atteignit au profond de son engourdissement Marguerite qui, poussant un gémissement animal, se tourna du côté du mur. Julius, heureux de la tenir pour éveillée, s'approcha d'elle et, tout en se déshabillant:

— Veux-tu savoir comment mon père parle de mon livre?

— Mon cher ami, ton pauvre père n'a aucun sentiment littéraire, tu me l'as dit cent fois, murmura Marguerite qui ne demandait qu'à dormir.

Mais Julius avait trop gros cœur:

— Il dit que je suis inqualifiable d'avoir écrit ces sornettes.

Il y eut un assez long silence où Marguerite plongea, perdant de vue toute littérature; et déjà Julius prenait son parti d'être seul; mais elle fit, par amour pour lui, un grand effort, et revenant à la surface:

— J'espère que tu ne vas pas te faire du mauvais sang.

— Je prends la chose très froidement, tu le vois bien, reprit aussitôt Julius. Mais ce n'est tout de même pas à mon père, je trouve, qu'il convient de s'exprimer ainsi; à mon père moins qu'à tout autre; et, précisément à propos de ce livre qui n'est, à proprement parler, qu'un monument en son honneur.

N'était-ce pas, précisément, en effet, la carrière si représentative du vieux diplomate que Julius avait retracée dans ce livre? En regard des turbulences romantiques, n'y avait-il pas magnifié la digne, calme, classique, à la fois politique et familiale existence de Juste-Agénor?

— Tu n'as heureusement pas écrit ce livre pour qu'il t'en sache gré.

— Il me fait entendre que j'ai écrit *L'Air des cimes* pour entrer à l'Académie.

— Et quand cela serait! Et quand tu entrerais à l'Académie pour avoir écrit un beau livre! puis sur un ton de pitié : — Enfin! espérons que les journaux et les revues sauront l'instruire.

Julius éclata :

— Les journaux! parlons-en!... les revues! et furieusement, vers Marguerite, comme s'il y allait de sa faute à elle, avec un rire amer : — On m'éreinte de toutes parts.

Du coup, Marguerite se réveilla complètement.

— Tu as reçu beaucoup de critiques? demanda-t-elle avec sollicitude.

— Et des éloges, d'une émouvante hypocrisie.

— Comme tu faisais bien de les mépriser, ces journalistes! Mais souviens-toi de ce que t'a écrit avant-hier M. de Vogüé : « Une plume comme la vôtre défend la France comme une épée. »

— « Une plume comme la vôtre, contre la barbarie qui nous menace, défend la France mieux qu'une épée », rectifia Julius.

— Et le cardinal André, en te promettant sa voix, t'a affirmé dernièrement encore que tu avais derrière toi toute l'Église.

— Voilà qui me fait une belle jambe!

— Mon ami...!

— Nous venons de voir avec Anthime ce que valait la haute protection du clergé.

— Julius, tu deviens amer. Tu m'as souvent dit que tu ne travaillais pas en vue de la récompense; ni de l'approbation des autres, et que la tienne te suffisait; tu as même écrit là-dessus de très belles pages.

— Je sais, je sais, fit Julius impatienté.

Son tourment profond n'avait que faire de ces tisanes. Il passa dans le cabinet de toilette.

Pourquoi se laissait-il aller devant sa femme à ce débordement pitoyable? Son souci, qui n'est point de la nature de ceux que les épouses savent dorloter et complaindre, par fierté, par vergogne, il devrait l'enfermer en son cœur. « Sornettes! » Le mot, tandis qu'il se lavait les dents, battait ses tempes, bousculait ses plus nobles pensées. Et qu'importait ce dernier livre. Il oubliait la phrase de son père : du moins il oubliait que cette phrase vînt de son père... Une interrogation affreuse, pour la première fois de sa vie, se soulevait en lui — en lui qui n'avait jamais rencontré jusqu'alors qu'approbation et sourires, — un doute sur la sincérité de ces sourires, sur la valeur de cette approbation, sur la valeur de ses ouvrages, sur la réalité de sa pensée, sur l'authenticité de sa vie.

Il rentra dans la chambre, tenant distraitement d'une main le verre à dents, de l'autre la brosse; il posa le verre, à demi plein d'une eau rose, sur la commode, la brosse dans le verre, et s'assit devant un petit bonheur-du-jour en érable où Marguerite avait accoutumé d'écrire sa correspondance. Il saisit le porte-plume de son épouse; sur un papier violâtre et délicatement parfumé commença :

Mon cher père,

Je trouve votre mot ce soir en rentrant. Dès demain je m'acquitterai de cette mission que vous me confiez et que j'espère mener à votre satisfaction, désireux de vous prouver ainsi mon dévouement.

Car Julius est une de ces nobles natures qui, sous le froissement, manifestent leur vraie grandeur. Puis, rejetant le haut du corps en arrière, il demeura quelques instants, balançant sa phrase, la plume levée :

Il m'est dur de voir suspecter précisément par vous un désintéressement qui...

Non. Plutôt :

Pensez-vous que j'attache moins de prix à cette probité littéraire que...

La phrase ne venait pas. Julius était en costume de nuit; il sentit qu'il allait prendre froid, froissa le papier, reprit le verre à dents et l'alla poser dans le cabinet de toilette, tandis qu'il jetait le papier froissé dans le seau.

Sur le point de monter au lit, il toucha l'épaule de sa femme.

— Et toi, qu'est-ce que tu en penses, de mon livre?

Marguerite entrouvrit un œil morne. Julius dut répéter sa question. Marguerite, se retournant à demi, le regarda. Les sourcils relevés sous un amas de rides, les lèvres contractées, Julius faisait pitié.

— Mais qu'est-ce que tu as, mon ami? Quoi! tu crois donc vraiment que ton dernier livre est moins bon que les autres?

Ce n'était pas une réponse, cela; Marguerite se dérobait.

— Je crois que les autres ne sont pas meilleurs que celui-ci, na!

— Oh! alors!...

Et Marguerite, devant ces excès, perdant cœur et sentant ses tendres arguments inutiles, se retourna vers l'ombre et se rendormit.

II

Malgré certaine curiosité professionnelle et la flatteuse illusion que rien d'humain ne lui devait demeurer étranger, Julius était peu descendu jusqu'à présent hors des coutumes de sa classe et n'avait guère eu de rapports qu'avec des gens de son milieu. L'occasion, plutôt que le goût, lui manquait. Sur le point de sortir pour cette visite, Julius se rendit compte qu'il n'avait point non plus tout à fait le costume qu'il y fallait. Son pardessus, son plastron, son chapeau cronstadt même, présentaient je ne sais quoi de décent, de restreint et de distingué... Mais peut-être, après tout, valait-il mieux que sa mise n'invitât pas à trop brusque familiarité le jeune homme. C'est par les propos, pensait-il, qu'il sied de l'amener à confiance. Et, tout en se dirigeant vers l'impasse Claude-Bernard, Julius imaginait avec quelles précautions, sous quel prétexte, s'introduire et pousser son inquisition.

Que pouvait bien avoir affaire avec ce Lafcadio le comte Juste-Agénor de Baraglioul? La question bourdonnait autour de Julius, importune. Ce n'est pas maintenant qu'il venait d'achever d'écrire la vie de son père, qu'il allait se permettre des questions à son sujet. Il n'en voulait savoir que ce que son père voudrait lui dire. Ces dernières années le comte était devenu taciturne, mais il n'avait jamais été cachottier. Une averse surprit Julius tandis qu'il traversait le Luxembourg.

Impasse Claude-Bernard, devant la porte du douze, un fiacre stationnait où Julius, en passant, put distinguer, sous un trop grand chapeau, une dame à toilette un peu tapageuse.

Son cœur battit tandis qu'il jetait le nom de Lafcadio Wluiki au portier de la maison meublée; il semblait au romancier qu'il s'enfonçât dans l'aventure; mais, tandis qu'il montait l'escalier, la médiocrité du lieu, l'insignifiance du décor le rebutèrent; sa curiosité qui ne trouvait où s'alimenter fléchissait et cédait à la répugnance.

Au quatrième étage le couloir sans tapis, qui ne recevait de jour que par la cage de l'escalier, à quelques pas du palier faisait coude; de droite et de gauche, des portes closes y donnaient; celle du fond, entrouverte, laissait passer un mince rai de jour. Julius frappa; en vain; timidement poussa la porte un peu plus; personne dans la chambre. Julius redescendit.

— S'il n'est pas là, il ne tardera pas à rentrer, avait dit le portier.

La pluie tombait à flots. Dans le vestibule, en face de l'escalier, ouvrait un salon d'attente où Julius allait pénétrer; l'odeur poisseuse, l'aspect désespéré du lieu le reculèrent jusqu'à penser qu'il eût aussi bien pu pousser la porte, là-haut, et de pied ferme attendre le jeune homme dans la chambre. Julius remonta.

Comme il tournait à nouveau le corridor, une femme sortit de la chambre voisine de celle du fond. Julius donna contre elle et s'excusa.

— Vous désirez?...

— Monsieur Wluiki, c'est bien ici?

— Il est sorti.

— Ah! fit Julius, sur un ton de contrariété si vive que la femme lui demanda :

— C'est pressé, ce que vous aviez à lui dire?

Julius, uniquement armé pour affronter l'inconnu

Lafcadio, restait décontenancé; pourtant l'occasion était belle; cette femme, peut-être, en savait long sur le jeune homme; s'il savait la faire parler...

— C'est un renseignement que je voulais lui demander.

— De la part de qui?

« Me croirait-elle de la police? » pensa Julius.

— Je suis le comte Julius de Baraglioul, dit-il d'une voix un peu solennelle, en soulevant légèrement son chapeau.

— Oh! Monsieur le comte. Je vous demande bien pardon de ne pas vous avoir... Dans ce couloir il fait si sombre! Donnez-vous la peine d'entrer. (Elle poussa la porte du fond.) Lafcadio ne doit pas tarder à... Il a seulement été jusque chez le... Oh! permettez!...

Et, comme Julius allait entrer, elle s'élança d'abord dans la pièce, vers un pantalon de femme, indiscrètement étalé sur une chaise, que ne parvenant pas à dissimuler, elle s'efforça du moins de réduire.

— C'est dans un tel désordre, ici...

— Laissez! laissez! Je suis habitué, disait complaisamment Julius.

Carola Venitequa était une jeune femme assez forte, ou mieux : un peu grasse, mais bien faite et saine d'aspect, de traits communs mais non vulgaires et passablement engageants, au regard animal et doux, à la voix bêlante. Comme elle était prête à sortir, un petit feutre mou la coiffait; sur son corsage en forme de blouse, qu'un nœud marin coupait par le milieu, elle portait un col d'homme et des poignets blancs.

— Il y a longtemps que vous connaissez M. Wluiki?

— Je pourrais peut-être lui faire votre commission? reprenait-elle sans répondre.

— Voilà... J'aurais voulu savoir s'il est très occupé pour le moment!

— Ça dépend des jours.

— Parce que, s'il avait eu un peu de temps de libre, je pensais lui demander de... s'occuper pour moi d'un petit travail.

— Dans quel genre?

— Eh bien! précisément, voilà... J'aurais voulu d'abord connaître un peu le genre de ses occupations.

La question était sans astuce, mais l'apparence de Carola n'invitait guère aux subtilités. Cependant le comte de Baraglioul avait recouvré son assurance; il était assis à présent sur la chaise qu'avait débarrassée Carola, et celle-ci, près de lui, accotée contre la table, déjà commençait de parler, lorsqu'un grand bruit se fit dans le corridor : la porte s'ouvrit avec fracas et cette femme parut, que Julius avait aperçue dans la voiture.

— J'en étais sûre, dit-elle; quand je l'ai vu monter...

Et Carola, tout aussitôt, s'écartant un peu de Julius :

— Mais pas du tout, ma chère... nous causions. Mon amie Bertha Grand-Marnier; Monsieur le comte... pardon! voilà que j'ai oublié votre nom!

— Peu importe, fit Julius, un peu contraint, en serrant la main gantée que Bertha lui tendait.

— Présente-moi aussi, dit Carola...

— Écoute, ma petite : voilà une heure qu'on nous attend, reprit l'autre, après avoir présenté son amie. Si tu veux causer avec Monsieur, emmène-le : j'ai une voiture.

— Mais ce n'est pas moi qu'il venait voir.

— Alors viens! Vous dînerez ce soir avec nous?...

— Je regrette beaucoup.

— Excusez-moi, Monsieur, dit Carola rougissante, et pressée à présent d'emmener son amie. Lafcadio va rentrer d'un moment à l'autre.

Les deux femmes en sortant avaient laissé la porte ouverte; sans tapis, le couloir était sonore; le coude qu'il faisait empêchait qu'on ne vît venir; mais on entendait approcher.

— Après tout, mieux que la femme encore, la chambre me renseignera, j'espère, se dit Julius. Tranquillement il commença d'examiner.

Presque rien dans cette banale chambre meublée ne se prêtait hélas! à sa curiosité malexperte :

Pas de bibliothèque, pas de cadres aux murs. Sur la cheminée, la *Moll Flanders* de Daniel Defoe, en anglais, dans une vile édition coupée seulement aux deux tiers, et les *Novelle* d'Anton-Francesco Grazzini, dit le Lasca, en italien. Ces deux livres intriguèrent Julius. A côté d'eux, derrière un flacon d'alcool de menthe, une photographie ne l'inquiéta pas moins : sur une plage de sable, une femme, non plus très jeune, mais étrangement belle, penchée au bras d'un homme de type anglais très accusé, élégant et svelte, en costume de sport; à leurs pieds, assis sur une périssoire renversée, un robuste enfant d'une quinzaine d'années, aux épais cheveux clairs en désordre, l'air effronté, rieur, et complètement nu.

Julius prit la photographie et l'approcha du jour pour lire, au coin de droite, quelques mots pâlis : *Duino; juillet 1886,* — qui ne lui apprirent pas grand-chose, bien qu'il se souvînt que Duino est une petite bourgade sur le littoral autrichien de l'Adriatique. Hochant la tête de haut en bas et les lèvres pincées, il reposa la photographie. Dans l'âtre froid de la cheminée se réfugiaient une boîte de farine d'avoine, un sac de lentilles et un sac de riz; dressé contre le mur, un peu plus loin, un échiquier. Rien ne laissait entrevoir à Julius le genre d'études ou d'occupation auxquelles ce jeune homme employait ses journées.

Lafcadio venait apparemment de déjeuner; sur une

table, dans une petite casserole, au-dessus d'un réchaud à essence, trempait encore ce petit œuf creux, en métal perforé, dont se servent pour préparer leur thé les touristes soucieux du moindre bagage; et des miettes autour d'une tasse salie. Julius s'approcha de la table; la table avait un tiroir et le tiroir avait sa clef...

Je ne voudrais pas qu'on se méprît sur le caractère de Julius, à ce qui va suivre : Julius n'était rien moins qu'indiscret; il respectait, de la vie de chacun, ce revêtement qu'il plaît à chacun de lui donner; il tenait en grand respect les décences. Mais, devant l'ordre de son père, il devait plier son humeur. Il attendit encore un instant, prêtant l'oreille, puis, n'entendant rien venir — contre son gré, contre ses principes, mais avec le sentiment délicat du devoir, — il amena le tiroir de la table dont la clef n'était pas tournée.

Un carnet relié en cuir de Russie se trouvait là; que prit Julius et qu'il ouvrit. Il lut sur la première page ces mots, de la même écriture que ceux de la photographie :

> *A Cadio, pour qu'il y inscrive ses comptes,*
> *A mon loyal compagnon, son vieux oncle.*
>
> *Faby.*

et presque sans intervalle, au-dessous, d'une écriture un peu enfantine, sage, droite et régulière :

Duino. Ce matin, 10 juillet 86, lord Fabian est venu nous rejoindre ici. Il m'apporte une périssoire, une carabine et ce beau carnet.

Rien d'autre sur cette première page.

Sur la troisième page, à la date du *29 août*, on lisait :

Rendu 4 brasses à Faby. — Et le lendemain :
Rendu 12 brasses...

Julius comprit qu'il n'y avait là qu'un carnet d'entraînement. La liste des jours, toutefois, s'interrompait bientôt, et, après une page blanche, on lisait :

20 septembre : Départ d'Alger pour l'Aurès.

Puis quelques indications de lieux et de dates : et, enfin, cette dernière indication :

5 octobre : Retour à El Kantara. 50 km. on horseback, sans arrêt.

Julius tourna quelques feuillets blancs; mais un peu plus loin le carnet semblait reprendre à neuf. En manière de nouveau titre, au chef d'une page était écrit en caractères plus grands et appliqués :

QUI INCOMINCIA IL LIBRO
DELLA NOVA ESIGENZA
E
DELLA SUPREMA VIRTU.

Puis au-dessous, en guise d'épigraphe :

« *Tanto quanto se ne taglia.* »
Boccacio.

Devant l'expression d'idées morales l'intérêt de Julius s'éveillait brusquement; c'était gibier pour lui.

Mais dès la page suivante il fut déçu : on retombait dans la comptabilité. Pourtant, c'était une comptabilité d'un autre ordre. On lisait, sans plus d'indication de dates ni de lieux :

> *Pour avoir gagné Protos aux échecs* = 1 punta.
> *Pour avoir laissé voir que je parlais italien* = 3 punte.
> *Pour avoir répondu avant Protos* = 1 p.
> *Pour avoir eu le dernier mot* = 1 p.
> *Pour avoir pleuré en apprenant la mort de Faby* = 4 p.

Julius, qui lisait hâtivement, prit « punta » pour une pièce de monnaie étrangère et ne vit dans ces comptes qu'un puéril et mesquin marchandage de mérites et de rétributions. Puis, de nouveau, les comptes cessaient. Julius tournait encore la page, lisait :

> *Ce 4 avril,* conversation avec Protos :
> « *Comprends-tu ce qu'il y a dans ces mots* : PASSER OUTRE *?* »

Là s'arrêtait l'écriture.

Julius haussa les épaules, serra les lèvres, hocha la tête et remit en place le cahier. Il tira sa montre, se leva, s'approcha de la fenêtre, regarda dehors; la pluie avait cessé. Il se dirigea vers le coin de la chambre où, en entrant, il avait posé son parapluie; c'est à ce moment qu'il vit, appuyé un peu en retrait dans l'embrasure de la porte, un beau jeune homme blond qui l'observait en souriant.

III

L'adolescent de la photographie avait à peine mûri ;
Juste-Agénor avait dit : dix-neuf ans ; on ne lui en
eût pas donné plus de seize. Certainement Lafcadio
venait seulement d'arriver ; en remettant à sa place
le carnet, Julius avait déjà levé les yeux vers la porte
et n'avait vu personne ; mais comment ne l'avait-il
pas entendu approcher ? alors, instinctivement, regardant les pieds du jeune homme, Julius vit qu'en guise
de bottines il avait chaussé des caoutchoucs.

Lafcadio souriait d'un sourire qui n'avait rien
d'hostile ; il semblait plutôt amusé, mais ironique ; il
avait gardé sur la tête une casquette de voyage, mais,
dès qu'il rencontra le regard de Julius, se découvrit
et s'inclina cérémonieusement.

— Monsieur Wluiki ? demanda Julius.

Le jeune homme s'inclina de nouveau sans répondre.

— Pardonnez-moi de m'être installé dans votre
chambre à vous attendre. A vrai dire, je n'aurais
pas osé y entrer de moi-même et si l'on ne m'y avait
introduit.

Julius parlait plus vite et plus haut que de coutume,
pour se prouver qu'il n'était point gêné. Le front de
Lafcadio se fronça presque insensiblement ; il alla vers
le parapluie de Julius ; sans mot dire, le prit et le
mit à ruisseler dans le couloir ; puis, rentrant dans la
chambre, fit signe à Julius de s'asseoir.

— Sans doute vous étonnez-vous de me voir ?

Lafcadio tira tranquillement une cigarette d'un
étui d'argent et l'alluma.

— Je m'en vais vous expliquer en peu de mots les
raisons qui m'amènent, et que vous allez comprendre
très vite...

Plus il parlait, plus il sentait se volatiliser son assurance.

— Voici... Mais permettez d'abord que je me nomme; — puis, comme gêné d'avoir à prononcer son nom, il tira de son gilet une carte et la tendit à Lafcadio, qui la posa, sans la regarder, sur la table.

— Je suis... Je viens d'achever un travail assez important; c'est un petit travail que je n'ai pas le temps de mettre au net moi-même. Quelqu'un m'a parlé de vous comme ayant une excellente écriture, et j'ai pensé que, d'autre part — ici le regard de Julius circula éloquemment à travers le dénuement de la pièce — j'ai pensé que vous ne seriez peut-être pas fâché de...

— Il n'y a personne à Paris, interrompit alors Lafcadio, personne qui ait pu vous parler de mon écriture. — Il porta alors les yeux sur le tiroir où Julius avait, sans s'en douter, fait sauter un imperceptible sceau de cire molle, puis tournant violemment la clef dans la serrure et la mettant ensuite dans sa poche : — personne qui ait le droit d'en parler, reprit-il, en regardant Julius rougir. — D'autre part (il parlait très lentement, comme bêtement, sans intonation aucune), je ne discerne pas encore nettement les raisons que peut avoir Monsieur... (il regarda la carte), que peut avoir de s'intéresser particulièrement à moi le comte Julius de Baraglioul. Cependant (et sa voix soudain, à l'instar de celle de Julius, se fit onctueuse et flexible), votre proposition mérite d'être prise en considération par quelqu'un qui a besoin d'argent, ainsi qu'il ne vous a pas échappé. (Il se leva.) — Permettez-moi, Monsieur, de venir vous porter ma réponse demain matin.

L'invite à sortir était nette. Julius se sentait en trop mauvaise posture pour insister; il prit son chapeau, hésita un instant :

— J'aurais voulu causer avec vous davantage, dit-il gauchement. Permettez-moi d'espérer que demain... Je vous attendrai dès dix heures.

Lafcadio s'inclina.

Sitôt que Julius eut tourné le couloir, Lafcadio repoussa la porte et tira le verrou. Il courut au tiroir, sortit son cahier, l'ouvrit à la dernière page indiscrète et, juste au point où, depuis bien des mois, il l'avait laissé, il écrivit, au crayon d'une grande écriture cabrée, très différente de la première :

Pour avoir laissé Olibrius fourrer son sale nez dans ce carnet = 1 punta.

Il tira de sa poche un canif, dont une lame très effilée ne formait plus qu'une sorte de court poinçon, la flamba sur une allumette et, à travers la poche de sa culotte, d'un coup, se l'enfonça droit dans la cuisse. Il ne put réprimer une grimace. Mais cela ne lui suffit pas. Au-dessous de sa phrase, sans s'asseoir, penché sur la table, il récrivit :

Et pour lui avoir montré que je le savais = 2 punte.

Cette fois il hésita ; détacha sa culotte et la rabattit de côté. Il regarda sa cuisse où la petite blessure qu'il venait de faire saignait ; il examina d'anciennes cicatrices qui, tout autour, laissaient comme des traces de vaccin. Il flamba la lame à nouveau, puis, très vite, par deux fois, l'enfonça derechef dans sa chair.

— Je ne prenais pas tant de précautions autrefois, se dit-il en allant au flacon d'alcool de menthe, dont il versa quelques gouttes sur les plaies.

Sa colère était un peu calmée, lorsque, en reposant

le flacon, il remarqua que la photographie qui le
représentait avec sa mère n'était plus tout à fait à la
même place. Alors il la saisit, la contempla une
dernière fois avec une sorte de détresse, puis, tandis
qu'un flot de sang lui montait au visage, la déchira
rageusement. Il voulut mettre le feu aux morceaux;
mais ceux-ci prenaient mal la flamme; alors, débarras-
sant la cheminée des sacs qui l'encombraient, il posa
dans le foyer, en guise de chenets, ses deux seuls
livres, dépeça, lacéra, chiffonna son carnet, jeta, par-
dessus, son image et alluma le tout.

Le visage contre la flamme, il se persuadait que,
ces souvenirs, il les voyait brûler avec un contentement
indicible; mais quand il se releva, après que tout
fut en cendre, la tête lui tournait un peu. La chambre
était pleine de fumée. Il alla à sa toilette et s'épongea
le front.

A présent, il considérait la petite carte de visite
d'un œil plus clair.

— *Comte Julius de Baraglioul*, répétait-il. *Dapprima
importa sapere chi è.*

Il arracha le foulard qu'il portait en guise de
cravate et de col, défit à demi sa chemise et, devant
la fenêtre ouverte, laissa l'air frais baigner ses flancs.
Puis, soudain pressé de sortir, promptement chaussé,
cravaté, coiffé d'un décent feutre gris — apaisé et
civilisé dans la mesure du possible, — Lafcadio ferma
derrière lui la porte de sa chambre et s'achemina
vers la place Saint-Sulpice. Là, en face de la mairie,
à la bibliothèque Cardinal, il trouverait sans doute
les renseignements qu'il souhaitait.

IV

En passant sous l'Odéon, le roman de Julius,
exposé, frappa ses regards; c'était un livre à couver-
ture jaune, dont l'aspect seul eût fait bâiller Lafcadio
tout autre jour. Il tâta son gousset et jeta un écu
de cent sous sur le comptoir.

— Quel beau feu pour ce soir! pensa-t-il, en emportant livre et monnaie.

A la bibliothèque, un « dictionnaire des contem-
porains » retraçait en peu de mots la carrière amorphe
de Julius, donnait les titres de ses ouvrages, les louait
en termes convenus, propres à rebuter tout désir.

Pouah! fit Lafcadio... Il allait refermer le dictionnaire, quand trois mots de l'article précédent entrevus
le firent sursauter. Quelques lignes au-dessus de :
Julius de Baraglioul (Vᵐᵗᵉ), dans la biographie de
Juste-Agénor, Lafcadio lisait : « *Ministre à Bucharest
en 1873.* » Qu'avaient ces simples mots à faire ainsi
battre son cœur?

Lafcadio, à qui sa mère avait donné cinq oncles,
n'avait jamais connu son père; il acceptait de le
tenir pour mort et s'était toujours abstenu de ques-
tionner à son sujet. Quant aux oncles (chacun de
nationalité différente, et trois d'entre eux dans la
diplomatie), il s'était assez vite avisé qu'ils n'avaient
avec lui d'autre parenté que celle qu'il plaisait à la
belle Wanda de leur prêter. Or Lafcadio venait de
prendre dix-neuf ans. Il était né à Bucharest en 1874,
précisément à la fin de la seconde année où le comte
de Baraglioul y avait été retenu par ses fonctions.

Mis en éveil par cette visite mystérieuse de Julius,
comment n'aurait-il pas vu là plus qu'une fortuite

coïncidence? Il fit un grand effort pour lire l'article
Juste-Agénor; mais les lignes tourbillonnaient devant
ses yeux; tout au moins comprit-il que le comte de
Baraglioul, père de Julius, était un homme considérable.

Une joie insolente éclata dans son cœur, y menant
un tel tapage qu'il pensa qu'on allait l'entendre au-
dehors. Mais non! ce vêtement de chair était décidément solide, imperméable. Il considéra sournoise-
ment ses voisins, habitués de la salle de lecture, tous
absorbés dans leur travail stupide... Il calculait :
« né en 1821, le comte aurait soixante-douze ans.
Ma chi sa se vive ancore?... » Il remit en place le dictionnaire et sortit.

L'azur se dégageait de quelques nuages légers que
bousculait une brise assez vive. « *Importa di domesticare
questo nuovo proposito* », se dit Lafcadio, qui prisait
par-dessus tout la libre disposition de soi-même; et,
désespérant de mettre au pas cette turbulente pensée,
il résolut de la bannir pour un moment de sa cervelle.
Il tira de sa poche le roman de Julius et fit un grand
effort pour s'y distraire; mais le livre était sans détour
ni mystère, et rien n'était moins propre à lui permettre
de s'échapper.

— C'est pourtant chez l'auteur de *cela* que demain
je m'en vais jouer au secrétaire! se répétait-il malgré
lui.

Il acheta le journal à un kiosque, et entra dans le
Luxembourg. Les bancs étaient trempés; il ouvrit le
livre, s'assit dessus et déploya le journal pour lire les
faits divers. Tout de suite comme s'il avait su devoir
les trouver là, ses yeux tombèrent sur ces lignes :

*La santé du comte Juste-Agénor de Baraglioul, qui,
comme l'on sait, avait donné de graves inquiétudes ces derniers
jours, semble devoir se remettre; son état reste néanmoins*

*encore précaire et ne lui permet de recevoir que quelques
intimes.*

Lafcadio bondit de dessus le banc; en un instant
sa résolution fut prise. Oubliant le livre, il s'élança
vers une papeterie de la rue Médicis où il se souvenait
d'avoir vu, à la devanture, promettre des *cartes de
visite à la minute, à 3 francs le cent.* Il souriait en marchant; la hardiesse de son projet subit l'amusait, car
il était en mal d'aventure.

— Combien de temps pour me livrer un cent de
cartes? demanda-t-il au marchand.

— Vous les aurez avant la nuit.

— Je paie double si vous les livrez dès deux heures.

Le marchand feignit de consulter son livre de
commandes.

— Pour vous obliger... oui, vous pourrez passer les
prendre à deux heures. A quel nom?

Alors, sur la feuille que lui tendit l'homme, sans
trembler, sans rougir, mais le cœur un peu sursautant,
il signa :

LAFCADIO DE BARAGLIOUL

— Ce faquin ne me prend pas au sérieux, se dit-il
en partant, piqué de ne recevoir pas un salut plus
profond du fournisseur. Puis, comme il passait devant
la glace d'une devanture : — Il faut reconnaître que
je n'ai guère l'air Baraglioul! Nous tâcherons d'ici
tantôt de nous faire plus ressemblant.

Il n'était pas midi. Lafcadio, qu'une exaltation
fantasque emplissait, ne se sentait point d'appétit
encore.

— Marchons un peu, d'abord, ou je vais m'envo-
ler, pensait-il. Et gardons le milieu de la chaussée; si je
m'approche d'eux, ces passants vont s'apercevoir que

je les dépasse énormément de la tête. Une supériorité
de plus à cacher. On n'a jamais fini de parfaire un
apprentissage.

Il entra dans un bureau de poste.

— *Place Malesherbes...* ce sera pour tantôt! se dit-il
en relevant dans un annuaire l'adresse du comte
Juste-Agénor. — Mais qui m'empêche ce matin de
pousser une reconnaissance jusqu'à la rue de Verneuil?
(c'était l'adresse inscrite sur la carte de Julius).

Lafcadio connaissait ce quartier et l'aimait; quittant
les rues trop fréquentées, il fit détour par la tranquille
rue Vaneau où sa plus jeune joie pourrait respirer
mieux à l'aise. Comme il tournait la rue de Babylone
il vit des gens courir : près de l'impasse Oudinot
un attroupement se formait devant une maison à
deux étages d'où sortait une assez maussade fumée.
Il se força de ne point allonger le pas malgré qu'il
l'eût très élastique...

Lafcadio, mon ami, vous donnez dans un fait divers
et ma plume vous abandonne. N'attendez pas que
je rapporte les propos interrompus d'une foule, les
cris...

Pénétrant, traversant cette tourbe comme une
anguille, Lafcadio parvint au premier rang. Là sanglotait une pauvresse agenouillée.

— Mes enfants! mes petits enfants! disait-elle.

Une jeune fille la soutenait, dont la mise simplement
élégante dénonçait qu'elle n'était point sa parente;
très pâle, et si belle qu'aussitôt attiré par elle Lafcadio
l'interrogea.

— Non, Monsieur, je ne la connais pas. Tout ce
que j'ai compris, c'est que ses deux petits enfants
sont dans cette chambre au second, où bientôt vont
atteindre les flammes; elles ont conquis l'escalier; on
a prévenu les pompiers, mais, le temps qu'ils viennent,
la fumée aura étouffé ces petits... Dites, Monsieur,

ne serait-il pourtant pas possible d'atteindre au balcon
par ce mur, et, voyez, en s'aidant de ce mince tuyau
de descente? C'est un chemin qu'ont déjà pris une
fois des voleurs, disent ceux-ci; mais ce que d'autres
ont fait pour voler, aucun ici, pour sauver des enfants,
n'ose le faire. En vain j'ai promis cette bourse. Ah!
que ne suis-je un homme!...

Lafcadio n'en écouta pas plus long. Posant sa
canne et son chapeau aux pieds de la jeune fille, il
s'élança. Pour agripper le sommet du mur il n'eut
recours à l'aide de personne; une traction le rétablit;
à présent, tout debout, il avançait sur cette crête,
évitant les tessons qui la hérissaient par endroits.

Mais l'ébahissement de la foule redoubla lorsque,
saisissant le conduit vertical, on le vit s'élever à la
force des bras, prenant à peine appui, de-ci, de-là,
du bout des pieds aux pitons de support. Le voici qui
touche au balcon, dont il empoigne d'une main la
grille; la foule admire et ne tremble plus, car vraiment
son aisance est parfaite. D'un coup d'épaule, il fait
voler en éclats les carreaux; il disparaît dans la pièce...
Moment d'attente et d'angoisse indicible... Puis on
le voit reparaître, tenant un marmot pleurant dans
ses bras. D'un drap de lit qu'il a déchiré et dont il
a noué bout à bout les deux lés, il a fait une sorte
de corde; il attache l'enfant, le descend jusqu'aux
bras de sa mère éperdue. Le second a le même sort...

Quand Lafcadio descendit à son tour, la foule l'ac-
clamait comme un héros :

« On me prend pour un clown », pensa-t-il, exaspéré de se sentir rougir, et repoussant l'ovation avec
une mauvaise grâce brutale. Pourtant, lorsque la jeune
fille, de laquelle il s'était de nouveau rapproché, lui
tendit confusément, avec sa canne et son chapeau,
cette bourse qu'elle avait promise, il la prit en souriant, et, l'ayant vidée des soixante francs qu'elle

contenait, tendit l'argent à la pauvre mère qui maintenant étouffait ses fils de baisers.

— Me permettez-vous de garder la bourse en souvenir de vous, Mademoiselle?

C'était une petite bourse brodée, qu'il baisa. Tous deux se regardèrent un instant. La jeune fille semblait émue, plus pâle encore et comme désireuse de parler. Mais brusquement s'échappa Lafcadio, fendant la foule à coups de canne, l'air si froncé qu'on s'arrêta presque aussitôt de l'acclamer et de le suivre.

Il regagna le Luxembourg, puis, après un sommaire repas au *Gambrinus* voisin de l'Odéon, remonta prestement dans sa chambre. Sous une latte du plancher, il dissimulait ses ressources; trois pièces de vingt francs et une de dix sortirent de la cachette. Il calcula :

Cartes de visite : six francs.

Une paire de gants : cinq francs.

Une cravate : cinq francs (et qu'est-ce que je trouverai de propre pour ce prix-là?).

Une paire de chaussures : trente-cinq francs (je ne leur demanderai pas long usage).

Reste dix-neuf francs pour le fortuit.

(Par horreur du devoir Lafcadio payait toujours comptant.)

Il alla vers une armoire et sortit un complet de souple cheviotte sombre, de coupe parfaite, point fatigué :

— Le malheur c'est que j'ai grandi, depuis... se dit-il en se ressouvenant de la brillante époque, non lointaine, où le marquis de Gesvres, son dernier oncle, l'emmenait tout fringant chez ses fournisseurs.

La malséance d'un vêtement était pour Lafcadio choquante autant que pour le calviniste un mensonge.

— Au plus pressé d'abord. Mon oncle de Gesvres disait qu'on reconnaît l'homme aux chaussures.

Et par égard pour les souliers qu'il allait essayer, il commença par changer de chaussettes.

V

Le comte Juste-Agénor de Baraglioul n'avait plus quitté depuis cinq ans son luxueux appartement de la place Malesherbes. C'est là qu'il se préparait à mourir, errant pensivement dans ces salles encombrées de collections, ou, plus souvent, confiné dans sa chambre et prêtant ses épaules et ses bras douloureux au bienfait des serviettes chaudes et des compresses sédatives. Un énorme foulard couleur madère enveloppait sa tête admirable en manière de turban, dont une extrémité restait flottante et rejoignait la dentelle de son col et l'épais gilet justaucorps de laine havane sur lequel sa barbe en cascade d'argent s'épandait. Ses pieds gantés de babouches en cuir blanc posaient sur un coussin d'eau chaude. Il plongeait tour à tour l'une et l'autre de ses mains exsangues dans un bain de sable brûlant, au-dessous duquel une lampe à alcool veillait. Un châle gris couvrait ses genoux. Certainement il ressemblait à Julius ; mais davantage encore à quelque portrait du Titien : et Julius ne donnait de ses traits qu'une réplique affadie, comme il n'avait donné dans *L'Air des cimes* qu'une image édulcorée de sa vie, et réduite à l'insignifiance.

Juste-Agénor de Baraglioul buvait une tasse de tisane en écoutant une homélie du père Avril, son confesseur, qu'il avait pris l'habitude de consulter fréquemment ; à ce moment, on frappa à la porte et le fidèle Hector qui, depuis vingt ans, remplissait auprès de lui les fonctions de valet de pied, de garde-malade et au besoin de conseiller, apporta sur un plateau de laque une petite enveloppe fermée.

— Ce Monsieur espère que Monsieur le comte voudra bien le recevoir.

Juste-Agénor posa sa tasse, déchira l'enveloppe et en tira la carte de Lafcadio. Il la froissa nerveusement dans sa main :

— Dites que... puis, se maîtrisant : Un Monsieur ? tu veux dire : un jeune homme ? Enfin quel genre de personne est-ce ?

— Quelqu'un que Monsieur peut recevoir.

— Mon cher abbé, dit le comte en se tournant vers le père Avril, excusez-moi s'il me faut vous prier d'arrêter là notre entretien ; mais ne manquez pas de revenir demain ; sans doute aurai-je du nouveau à vous apprendre, et je pense que vous serez satisfait.

Il garda le front dans la main, tandis que le père Avril se retirait par la porte du salon ; puis, relevant enfin la tête :

— Fais entrer.

Lafcadio s'avança dans la pièce le front haut, avec une mâle assurance ; arrivé devant le vieillard, il s'inclina gravement. Comme il s'était promis de ne parler point avant d'avoir pris temps de compter jusqu'à douze, ce fut le comte qui commença :

— D'abord sachez, Monsieur, qu'il n'y a pas de Lafcadio de Baraglioul, dit-il en déchirant la carte et veuillez avertir Monsieur Lafcadio Wluiki, puisqu'il est de vos amis, que s'il s'avise de jouer de ces cartons, s'il ne les déchire pas tous comme je fais celui-ci (il le réduisit en très petits morceaux qu'il jeta dans sa tasse vide), je le signale aussitôt à la police, et le fais arrêter comme un vulgaire flibustier. Vous m'avez compris ?... Maintenant venez au jour, que je vous regarde.

— Lafcadio Wluiki vous obéira, Monsieur. (Sa voix très déférente tremblait un peu.) Pardonnez le moyen qu'il a pris pour s'introduire auprès de vous; dans son esprit il n'est entré aucune intention malhonnête. Il voudrait vous convaincre qu'il mérite... au moins votre estime.

— Vous êtes bien bâti. Mais cet habit vous va mal, reprit le comte qui ne voulait avoir rien entendu.

— Je ne m'étais donc pas mépris? dit, en hasardant un sourire, Lafcadio qui se prêtait complaisamment à l'examen.

— Dieu merci! c'est à sa mère qu'il ressemble, murmura le vieux Baraglioul.

Lafcadio prit son temps, puis, à voix presque basse et regardant le comte fixement :

— Si je ne laisse pas trop paraître, m'est-il tout à fait défendu de ressembler aussi à...

— Je parlais du physique. Quand vous ne tiendriez pas de votre mère seulement, Dieu ne me laissera pas le temps de le reconnaître.

A ce moment le châle gris glissa de ses genoux à terre.

Lafcadio s'élança, et, tandis qu'il était courbé, sentit la main du vieux peser doucement sur son épaule.

— Lafcadio Wluiki, reprit Juste-Agénor quand il fut redressé, mes instants sont comptés; je ne lutterai pas de finesse avec vous; cela me fatiguerait. Je consens que vous ne soyez pas bête; il me plaît que vous ne soyez pas laid. Ce que vous venez de risquer annonce un peu de braverie, qui ne vous messied pas; j'ai d'abord cru à de l'impudence, mais votre voix, votre maintien me rassurent. Pour le reste, j'avais demandé à mon fils Julius de m'en instruire; mais je m'aperçois que cela ne m'intéresse pas beaucoup, et m'importe moins que de vous avoir vu. Maintenant, Lafcadio, écoutez-moi : Aucun acte civil, aucun papier

ne témoigne de votre identité. J'ai pris soin de ne vous
laisser les possibilités d'aucun recours. Non, ne protestez pas de vos sentiments, c'est inutile; ne m'interrompez pas. Votre silence jusqu'aujourd'hui m'est
garant que votre mère avait su garder sa promesse
de ne point vous parler de moi. C'est bien. Ainsi que
j'en avais pris l'engagement vis-à-vis d'elle, vous
connaîtrez l'effet de ma reconnaissance. Par l'entremise de Julius, mon fils, nonobstant les difficultés de
la loi, je vous ferai tenir cette part d'héritage que j'ai
dit à votre mère que je vous réserverais. C'est-à-dire
que, sur mon autre enfant, la comtesse Guy de Saint-
Prix, j'avantagerai mon fils Julius dans la mesure où
la loi m'y autorise, et précisément de la somme que
je voudrais, à travers lui, vous laisser. Cela s'élèvera,
je pense, à... mettons quarante mille livres de rente;
je dois voir mon notaire tantôt et j'examinerai ces
chiffres avec lui... Asseyez-vous, si vous devez être
mieux pour m'entendre. (Lafcadio venait de s'appuyer
au bord de la table.) Julius peut s'opposer à tout cela;
il a la loi pour lui; je compte sur son honnêteté pour
n'en rien faire; je compte sur la vôtre pour ne jamais
troubler la famille de Julius, non plus que votre mère
n'avait jamais troublé la mienne. Pour Julius et les
siens, Lafcadio Wluiki seul existe. Je ne veux pas que
vous portiez mon deuil. Mon enfant, la famille est
une grande chose fermée; vous ne serez jamais qu'un
bâtard.

Lafcadio ne s'était pas assis malgré l'invitation de
son père qui l'avait surpris chancelant; déjà maîtrisé
le vertige, il s'appuyait au rebord de la table où
posaient la tasse et les réchauds; il gardait une posture très déférente.

— Dites-moi, maintenant : vous avez donc vu ce
matin mon fils Julius. Il vous a dit...

— Il n'a rien dit précisément; j'ai deviné.

— Le maladroit!... oh! c'est de l'autre que je parle...
Devez-vous le revoir?

— Il m'a prié en qualité de secrétaire.

— Vous avez accepté?

— Cela vous déplaît-il?

— ... Non. Mais je crois qu'il vaut mieux que vous
ne vous... reconnaissiez pas.

— Je le pensais aussi. Mais, sans le reconnaître précisément, je voudrais le connaître un peu.

— Vous n'avez pourtant pas l'intention, je suppose,
de demeurer longtemps dans ces fonctions subalternes?

— Le temps de me retourner, simplement.

— Et après, qu'est-ce que vous comptez faire,
maintenant que vous voici fortuné?

— Ah! Monsieur, hier j'avais à peine de quoi manger; laissez-moi le temps de connaître ma faim.

A ce moment Hector frappa à la porte :

— C'est Monsieur le vicomte qui demande à voir
Monsieur. Dois-je faire entrer?

Le front du vieux se rembrunit; il garda le silence
un instant, mais comme Lafcadio discrètement s'était
levé et faisait mine de se retirer :

— Restez! cria Juste-Agénor avec une violence qui
conquit le jeune homme; puis, se tournant vers Hector : — Ah! tant pis! Je lui avais pourtant bien recom-
mandé de ne pas chercher à me voir... Dis-lui que je
suis occupé, que... je lui écrirai.

Hector s'inclina et sortit.

Le vieux comte garda quelques instants les yeux
clos; il semblait dormir, mais, à travers sa barbe, on
pouvait voir ses lèvres remuer. Enfin il releva ses paupières, tendit la main à Lafcadio et, d'une voix toute
changée, adoucie et comme rompue :

— Touchez là, mon enfant. Vous devez me laisser,
maintenant.

— Il me faut vous faire un aveu, dit Lafcadio en

hésitant; pour me présenter décemment devant vous,
j'ai vidé mes dernières ressources. Si vous ne m'aidez
pas, je ne sais trop comment je dînerai ce soir; et pas
du tout comment demain... à moins que Monsieur
votre fils...

— Prenez toujours ceci, dit le comte en sortant
cinq cents francs d'un tiroir. — Eh bien! qu'attendez-
vous?

— J'aurais voulu vous demander encore... si je ne
puis espérer de vous revoir?

— Ma foi! j'avoue que ça ne serait pas sans plaisir.
Mais les révérendes personnes qui s'occupent de mon
salut m'entretiennent dans une humeur à faire passer
mon plaisir en second. Quant à ma bénédiction, je
m'en vais vous la donner tout de suite — et le vieux
ouvrit ses bras pour l'accueillir. Lafcadio, au lieu de
se jeter dans les bras du comte, s'agenouilla pieuse-
ment devant lui, et, la tête dans ses genoux, sanglotant, tout tendresse aussitôt sous l'étreinte, sentit
fondre son cœur aux résolutions farouches.

— Mon enfant, mon enfant, balbutiait le vieux, je
suis en retard avec vous.

Quand Lafcadio se releva, son visage était plein de
larmes.

Comme il allait partir et mettait dans sa poche le
billet qu'il n'avait pas pris aussitôt, Lafcadio retrouva
les cartes de visite et, les tendant au comte :

— Tenez, voici tout le paquet.

— J'ai confiance en vous; vous le déchirerez vous-
même. Adieu!

— Ç'aurait fait le meilleur des oncles, pensait Lafcadio en regagnant le quartier Latin; — et même avec
quelque chose en plus, ajoutait-il avec un rien de
mélancolie. — Bah! — Il sortit le paquet de cartes,
l'ouvrit en éventail et le déchira d'un coup sans effort.

— Je n'ai jamais eu de confiance dans les égouts,

murmura-t-il en jetant « Lafcadio » dans une bouche ; et il ne jeta que deux bouches plus loin « de Baraglioul ».

— N'importe, Baraglioul ou Wluiki, occupons-nous à liquider notre passé.

Il connaissait, boulevard Saint-Michel, un bijoutier devant lequel Carola le forçait de s'arrêter chaque jour. A l'insolente devanture elle avait distingué, l'avant-veille, une paire de boutons de manchettes singuliers. Ils présentaient — reliés deux à deux par une agrafe d'or et taillés dans un quartz étrange, sorte d'agate embrouillardée, qui ne laissait rien voir au travers d'elle, bien qu'elle parût transparente — quatre têtes de chat encerclées. Comme Venitequa portait — avec cette forme de corsage masculin qu'on appelle costume tailleur, ainsi que je l'ai déjà dit — des manchettes et comme elle avait le goût saugrenu, elle convoitait ces boutons.

Ils n'étaient point tant amusants que bizarres ; Lafcadio les trouvait affreux ; il se fût irrité de les voir sur sa maîtresse ; mais du moment qu'il la quittait... Entrant dans la boutique il paya cent vingt francs ces boutons.

— Un bout de papier s'il vous plaît. Et, sur la feuille que le marchand lui tendit, penché vers le comptoir, il écrivit :

A Carola Venitequa
Pour la remercier d'avoir introduit l'inconnu dans ma chambre, et en la priant de ne plus y remettre les pieds.

Le papier plié, il le glissa dans la boîte où le marchand empaqueta le bijou.

— Ne précipitons rien, se dit-il, au moment de remettre la boîte au concierge. Passons encore la nuit sous ce toit, et contentons-nous pour ce soir de fermer notre porte à Mlle Carola.

VI

Julius de Baraglioul vivait sous le régime prolongé d'une morale provisoire, cette même morale à laquelle se soumettait Descartes en attendant d'avoir bien établi les règles d'après lesquelles vivre et dépenser désormais. Mais ni le tempérament de Julius ne parlait avec une telle intransigeance, ni sa pensée avec une telle autorité qu'il eût été jusqu'à présent beaucoup gêné pour se régler aux convenances. Il n'exigeait, tout compte fait, que du confort, dont ses succès d'homme de lettres faisaient partie. Au décri de son dernier livre, pour la première fois il ressentait de la piqûre.

Il n'avait pas été peu mortifié en se voyant refuser accès auprès de son père; il l'eût été bien davantage s'il avait pu savoir qui venait de le devancer près du vieux. En s'en retournant rue de Verneuil, il repoussait de plus en plus faiblement l'impertinente supposition qui déjà l'avait importuné tandis qu'il se rendait chez Lafcadio. Lui aussi rapprochait faits et dates; lui aussi se refusait désormais à ne voir qu'une simple coïncidence dans cette étrange conjonction. Au reste la jeune grâce de Lafcadio l'avait séduit, et bien qu'il se doutât que son père, en faveur de ce frère bâtard, l'allait frustrer d'une parcelle de patrimoine, il ne se sentait à son égard aucune malveillance; même il l'attendait ce matin avec une assez tendre et prévenante curiosité.

Quant à Lafcadio, si ombrageux qu'il fût et réticent, cette rare occasion de parler le tentait; et le plaisir d'incommoder un peu Julius. Car même avec

Protos il n'avait jamais été bien avant dans la confidence. Quel chemin il avait fait, depuis! Julius après
tout ne lui déplaisait pas, si fantoche qu'il lui parût;
il était amusé de se savoir son frère.

Comme il s'acheminait vers la demeure de Julius
ce matin, lendemain du jour qu'il avait reçu sa visite,
il lui advint une assez bizarre aventure : Par amour
du détour, poussé peut-être par son génie, aussi pour
fatiguer certaine turbulence de son esprit et de sa chair,
et désireux de se présenter maître de soi chez son frère,
Lafcadio prenait par le plus long; il avait suivi le boulevard des Invalides, était repassé près du théâtre de
l'incendie, puis continuait par la rue de Bellechasse.

— Trente-quatre rue de Verneuil, se répétait-il en
marchant; quatre et trois, sept : le chiffre est bon.

Il débouchait rue Saint-Dominique, à l'endroit où
cette rue coupe le boulevard Saint-Germain, lorsque,
de l'autre côté du boulevard, il vit et crut aussitôt
reconnaître cette jeune fille qui, depuis la veille, ne
laissait pas d'occuper un peu sa pensée. Il pressa le
pas aussitôt... C'était elle! Il la rejoignit à l'extrémité
de la courte rue de Villersexel, mais estimant qu'il
serait peu Baraglioul de l'aborder, se contenta de lui
sourire en s'inclinant un peu et soulevant discrètement
son chapeau; puis, passant rapidement, il trouva fort
expédient de se jeter dans un bureau de tabac, tandis que la jeune fille, prenant de nouveau les devants,
tournait dans la rue de l'Université.

Quand Lafcadio ressortit du bureau et entra dans
ladite rue à son tour, il regarda de droite et de gauche :
la jeune fille avait disparu. — Lafcadio, mon ami,
vous donnez dans le plus banal; si vous devez tomber
amoureux, ne comptez pas sur ma plume pour peindre
le désarroi de votre cœur... Mais non : il eût trouvé
malséant de commencer une poursuite; aussi bien ne
voulait-il pas se présenter en retard chez Julius, et le

détour qu'il venait de faire ne lui laissait plus le temps
de muser. La rue de Verneuil heureusement était
proche; la maison qu'occupait Julius, au premier coin
de rue. Lafcadio jeta le nom du comte au concierge
et s'élança dans l'escalier.

Cependant Geneviève de Baraglioul, — car c'était
elle, la fille aînée du comte Julius, qui revenait de
l'hôpital des Enfants-Malades, où elle allait tous les
matins, — bien plus troublée que Lafcadio par cette
nouvelle rencontre, avait regagné en grande hâte la
demeure paternelle; entrée sous la porte cochère précisément à l'instant où Lafcadio tournait la rue, elle
atteignait le second étage lorsque des bonds pressés,
derrière elle, la firent retourner; quelqu'un montait
plus vite qu'elle; elle s'effaçait pour laisser passer,
mais, reconnaissant tout à coup Lafcadio qui s'arrêtait interdit, en face d'elle :

— Est-il digne de vous, Monsieur, de me poursuivre? dit-elle du ton le plus courroucé qu'elle put.

— Hélas! Mademoiselle, qu'allez-vous penser de
moi? s'écria Lafcadio. Vous ne me croirez pas si je
vous dis que je ne vous avais pas vue entrer dans cette
maison, où je suis on ne peut plus surpris de vous
retrouver. N'est-ce donc pas ici qu'habite le comte
Julius de Baraglioul?

— Quoi! fit Geneviève en rougissant, vous seriez
le nouveau secrétaire qu'attend mon père? Monsieur
Lafcadio Wlou... vous portez un nom si bizarre que
je ne sais comment le prononcer. — Et comme Lafcadio, rougissant à son tour, s'inclinait : — Puisque
je vous retrouve ici, Monsieur, puis-je vous demander
en grâce de ne point parler à mes parents de cette
aventure d'hier, que je crois qu'ils ne goûteraient
guère; ni surtout de la bourse que je leur ai dit avoir
perdue.

— J'allais, Mademoiselle, vous supplier également

de garder le silence sur le rôle absurde que vous
m'avez vu jouer. Je suis comme vos parents : je ne le
comprends guère, et je ne l'approuve pas du tout.
Vous avez dû me prendre pour un terre-neuve. Je
n'ai pas pu me retenir... Excusez-moi. J'ai à apprendre
encore... Mais j'apprendrai, je vous assure... Voulez-
vous me donner la main ?

Geneviève de Baraglioul, qui ne s'avouait pas à elle-
même qu'elle trouvait Lafcadio très beau, n'avoua pas
à Lafcadio que, loin de lui paraître ridicule, il avait
pris pour elle figure de héros. Elle lui tendit une main
qu'il porta fougueusement à ses lèvres ; alors, souriant
simplement, elle le pria de redescendre quelques
marches et d'attendre qu'elle fût rentrée et eût refermé
la porte pour sonner à son tour, de sorte qu'on ne les
vît point ensemble ; et surtout de ne point montrer,
dans la suite, qu'ils s'étaient précédemment rencontrés.

Quelques minutes plus tard Lafcadio était introduit dans le cabinet du romancier.

L'accueil de Julius fut engageant ; Julius ne savait
pas s'y prendre ; l'autre se défendit aussitôt :

— Monsieur, je dois vous avertir d'abord : j'ai
grande horreur de la reconnaissance ; autant que des
dettes ; et quoi que vous fassiez pour moi, vous ne
pourrez m'amener à me sentir votre obligé.

Julius à son tour se rebiffa :

— Je ne cherche pas à vous acheter, Monsieur
Wluiki, commençait-il déjà de son haut... Mais tous
deux voyant qu'ils allaient se couper les ponts, ils
s'arrêtèrent net et, après un moment de silence :

— Quel est donc ce travail que vous vouliez me
confier ? commença Lafcadio d'un ton plus souple.

Julius se déroba, prétextant que le texte n'en était
pas encore au point ; il ne pouvait être mauvais d'ail-

leurs qu'ils fissent auparavant plus ample connaissance.

— Avouez, Monsieur, reprit Lafcadio d'un ton enjoué, qu'hier vous ne m'avez pas attendu pour la faire, et que vous avez favorisé de vos regards certain carnet...?

Julius perdit pied, et, quelque peu confusément :

— J'avoue que je l'ai fait, dit-il; puis dignement : — je m'en excuse. Si la chose était à refaire, je ne la recommencerais pas.

— Elle n'est plus à faire : j'ai brûlé le carnet.

Les traits de Julius se désolèrent :

— Vous êtes très fâché?

— Si j'étais encore fâché, je ne vous en parlerais pas. Excusez le ton que j'ai pris tout à l'heure en entrant, continua Lafcadio résolu à pousser sa pointe. Tout de même je voudrais bien savoir si vous avez également lu un bout de lettre qui se trouvait dans le carnet?

Julius n'avait point lu le bout de lettre; pour la raison qu'il ne l'avait point trouvé; mais il en profita pour protester de sa discrétion. Lafcadio s'amusait de lui et s'amusait à le laisser paraître.

— J'ai pris déjà quelque peu de revanche sur votre dernier livre, hier.

— Il n'est guère fait pour vous intéresser, se hâta de dire Julius.

— Oh! je ne l'ai pas lu tout entier. Il faut que je vous avoue que je n'ai pas grand goût pour la lecture. En vérité je n'ai jamais pris de plaisir qu'à *Robinson*... Si, *Aladdin* encore... A vos yeux, me voici bien disqualifié.

Julius leva la main doucement :

— Simplement je vous plains : vous vous privez de grandes joies.

— J'en connais d'autres.

— Qui ne sont peut-être pas d'aussi bonne qualité.

— Soyez-en sûr! — Et Lafcadio riait avec passablement d'impertinence.

— Ce dont vous souffrirez un jour, reprit Julius un peu chatouillé par la gouaille.

— Quand il sera trop tard, acheva sentencieusement Lafcadio; puis brusquement : — Cela vous amuse beaucoup d'écrire?

Julius se redressa :

— Je n'écris pas pour m'amuser, dit-il noblement. Les joies que je goûte en écrivant sont supérieures à celles que je pourrais trouver à vivre. Du reste l'un n'empêche pas l'autre...

— Cela se dit. — Puis, élevant brusquement le ton qu'il avait laissé retomber comme par négligence : — Savez-vous ce qui me gâte l'écriture? Ce sont les corrections, les ratures, les maquillages qu'on y fait.

— Croyez-vous donc qu'on ne se corrige pas, dans la vie? demanda Julius allumé.

— Vous ne m'entendez pas : Dans la vie, on se corrige, à ce qu'on dit, on s'améliore; on ne peut corriger ce qu'on a fait. C'est ce droit de retouche qui fait de l'écriture une chose si grise et si... (il n'acheva pas). Oui; c'est là ce qui me paraît si beau dans la vie; c'est qu'il faut peindre dans le frais. La rature y est défendue.

— Y aurait-il à raturer dans votre vie?

— Non... pas encore trop... Et puisqu'on ne peut pas... Lafcadio se tut un instant, puis : — C'est tout de même par désir de rature que j'ai jeté au feu mon carnet!... Trop tard, vous voyez bien... Mais avouez que vous n'y avez pas compris grand-chose.

Non; cela, Julius ne l'avouerait point.

— Me permettez-vous quelques questions? dit-il en guise de réponse.

Lafcadio se leva si brusquement que Julius crut qu'il voulait fuir; mais il alla seulement vers la fenêtre, et soulevant le rideau d'étamine :

— C'est à vous ce jardin?

— Non, fit Julius.

— Monsieur, je n'ai laissé jusqu'à présent personne lorgner si peu que ce soit dans ma vie, reprit Lafcadio sans se retourner. Puis, revenant à Julius qui ne voyait déjà plus en lui qu'un gamin : — Mais aujourd'hui c'est jour férié; je m'en vais me donner vacances, pour une unique fois dans ma vie. Posez vos questions, je m'engage à répondre à toutes... Ah! que je vous dise d'abord que j'ai flanqué à la porte la fille qui hier vous l'avait ouverte.

Par convenance Julius prit un air consterné.

— A cause de moi! Croyez que...

— Bah! depuis quelque temps je cherchais comment m'en défaire.

— Vous... viviez avec elle? demanda gauchement Julius.

— Oui; par hygiène... Mais le moins possible; et en souvenir d'un ami qui avait été son amant.

— Monsieur Protos, peut-être? hasarda Julius, bien décidé à ravaler ses indignations, ses dégoûts, ses réprobations et à ne laisser paraître de son étonnement, ce premier jour, que ce qu'il en faudrait pour animer un peu ses répliques.

— Oui, Protos, répondit Lafcadio tout riant. Vous voudriez savoir qui est Protos?

— De connaître un peu vos amis m'apprendrait peut-être à vous connaître.

— C'était un Italien, du nom de... ma foi, je ne sais plus, et peu importe! Ses camarades, ses maîtres même ne l'appelèrent plus que par ce surnom, à par-

tir du jour où il décrocha brusquement la première
place de thème grec.

— Je ne me souviens pas d'avoir jamais été premier moi-même, dit Julius pour aider à la confidence;
mais j'ai toujours aimé, moi aussi, me lier avec les
premiers. Donc, Protos...

— Oh! c'était à la suite d'un pari qu'il avait fait.
Auparavant il restait l'un des derniers de notre classe,
bien qu'un des plus âgés; tandis que j'étais l'un des
plus jeunes; mais, ma foi, je n'en travaillais pas mieux
pour ça. Protos marquait un grand mépris pour ce
que nous enseignaient nos maîtres; pourtant, après
qu'un de nos forts-en-thèmes, qu'il détestait, lui eût
dit un jour : il est commode de dédaigner ce dont on
ne serait pas capable (ou je ne sais quoi dans ce goût),
Protos se piqua, s'entêta quinze jours durant, fit si
bien qu'à la composition qui suivit il passa par-dessus
la tête de l'autre, premier! à la grande stupeur de
nous tous. Je devrais dire : d'eux tous. Quant à moi
je tenais Protos en considération trop haute pour que
cela pût beaucoup m'étonner. Il m'avait dit : je leur
montrerai que ça n'est pas si difficile! Je l'avais cru.

— Si je vous entends bien, Protos a eu sur vous de
l'influence.

— Peut-être. Il m'imposait. A vrai dire, je n'ai eu
avec lui qu'une seule conversation intime; mais elle
fut pour moi si persuasive que, le lendemain, je
m'enfuis de la pension où je me blanchissais comme
une salade sous une tuile, et je regagnai à pied Baden
où ma mère vivait alors en compagnie de mon oncle
le marquis de Gesvres... Mais nous commençons par
la fin. Je pressens que vous me questionneriez très
mal. Tenez! laissez-moi vous raconter ma vie, tout
simplement. Vous apprendrez ainsi beaucoup plus
que vous n'auriez su demander, et peut-être même
souhaité d'apprendre... Non, merci, je préfère les

miennes, dit-il en sortant son étui et jetant la cigarette
que lui avait d'abord offerte Julius et qu'en discourant
il avait laissé éteindre.

VII

— Je suis né à Bucharest, en 1874, commença-t-il
avec lenteur, et, comme vous le savez, je crois, perdis
mon père peu de mois après ma naissance. La première
personne que je distinguai aux côtés de ma mère,
c'est un Allemand, mon oncle, le baron Heldenbruck.
Mais comme je le perdis à l'âge de douze ans, je n'ai
gardé de lui qu'un assez indistinct souvenir. C'était,
paraît-il, un financier remarquable. Il m'enseigna
sa langue, et le calcul par de si habiles détours que
j'y pris aussitôt un amusement extraordinaire. Il
avait fait de moi ce qu'il appelait complaisamment
son caissier, c'est-à-dire qu'il me confiait une fortune
de menue monnaie et que partout où je l'accompa-
gnais j'étais chargé de la dépense. Quoi que ce fût
qu'il achetât (et il achetait beaucoup) il prétendait
que je susse faire l'addition, le temps de sortir argent
ou billet de ma poche. Parfois il m'embarrassait de
monnaies étrangères et c'étaient des questions de
change; puis d'escompte, d'intérêt, de prêt; enfin
même de spéculation. A ce métier je devins promptement assez habile à faire des multiplications, et même
des divisions de plusieurs chiffres, sans papier...
Rassurez-vous (car il voyait les sourcils de Julius se
froncer), cela ne m'a donné le goût ni de l'argent,
ni du calcul. Ainsi je ne tiens jamais de comptes, si
cela vous amuse de le savoir. A vrai dire, cette première
éducation est demeurée toute pratique et positive, et

n'a touché en moi aucun ressort... Puis Heldenbruck
s'entendait merveilleusement à l'hygiène de l'enfance;
il persuada ma mère de me laisser vivre tête et pieds
nus, par quelque temps qu'il fît, au grand air le plus
souvent possible; il me plongeait lui-même dans l'eau
froide, hiver comme été; j'y prenais grand plaisir...
Mais vous n'avez que faire de ces détails.

— Si, si!

— Puis ses affaires l'appelèrent en Amérique. Je
ne l'ai plus revu.

« A Bucharest, les salons de ma mère s'ouvraient
à la société la plus brillante, et, autant que j'en puis
juger de souvenir, la plus mêlée; mais dans l'intimité
fréquentaient surtout, alors, mon oncle le prince
Wladimir Bielkowski et Ardengo Baldi que je ne sais
pourquoi je n'appelai jamais mon oncle. Les intérêts
de la Russie (j'allais dire de la Pologne) et de l'Italie
les retinrent à Bucharest trois ou quatre ans. Chacun
des deux m'apprit sa langue; c'est-à-dire l'italien et
le polonais, car pour le russe, si je le lis et le comprends
sans trop de peine, je ne l'ai jamais parlé couramment.
A cause de la société que recevait ma mère, et où
j'étais choyé, il ne se passait point de jour que je
n'eusse l'occasion d'exercer ainsi quatre ou cinq
langues, qu'à l'âge de treize ans déjà je parlais sans
accent aucun, à peu près indifféremment; mais le
français pourtant de préférence, parce que c'était la
langue de mon père et que ma mère avait tenu à ce
que je l'apprisse d'abord.

« Bielkowski s'occupait beaucoup de moi, comme
tous ceux qui voulaient plaire à ma mère; c'est à moi
qu'il semblait que l'on fît la cour; mais ce qu'il en
faisait, lui, c'était, je crois, sans calcul, car il cédait
toujours à sa pente, qu'il avait prompte et de plus
d'un côté. Il s'occupait de moi, même en dehors de
ce qu'en connaissait ma mère : et je ne laissais pas

d'être flatté de l'attachement particulier qu'il me montrait. Cet homme bizarre transforma du jour au lendemain notre existence un peu rassise en une sorte de fête éperdue. Non, il ne suffit pas de dire qu'il s'abandonnait à sa pente : il s'y précipitait, s'y ruait; il apportait à son plaisir une espèce de frénésie.

« Il nous emmena trois étés dans une villa, ou plutôt un château, sur le versant hongrois des Karpathes, près d'Eperjès, où nous allions fréquemment en voiture. Mais plus souvent encore nous montions à cheval; et rien n'amusait plus ma mère que de parcourir à l'aventure la campagne et la forêt des environs, qui sont fort belles. Le poney que m'avait donné Wladimir fut pendant plus d'un an ce que j'aimai le plus au monde.

« Au second été, Ardengo Baldi vint nous rejoindre; c'est alors qu'il m'apprit les échecs. Rompu par Heldenbruck aux calculs de tête, je pris assez vite l'habitude de jouer sans regarder l'échiquier.

« Baldi faisait avec Bielkowski bon ménage. Le soir, dans une tour solitaire, noyés dans le silence du parc et de la forêt, tous quatre nous prolongions assez tard les veillées à battre et rebattre les cartes; car, bien que je ne fusse encore qu'un enfant — j'avais treize ans — Baldi m'avait, par horreur du " mort ", appris le whist et à tricher.

« Jongleur, escamoteur, prestidigitateur, acrobate; les premiers temps que celui-ci vint chez nous, mon imagination sortait à peine du long jeûne à quoi l'avait soumise Heldenbruck; j'étais affamé de merveilles, crédule et de tendre curiosité. Plus tard Baldi m'instruisit de ses tours; mais de pénétrer leur secret ne put effacer la première impression du mystère lorsque, le premier soir, je le vis tout tranquillement allumer à l'ongle de son petit doigt sa cigarette, puis, comme il venait de perdre au jeu, extraire de mon oreille et de mon nez autant de roubles qu'il fallut, ce qui me terrifia littéralement, mais amusa beaucoup la galerie, car il disait, toujours de ce même air tranquille : " Heureusement que cet enfant est une mine inépuisable! "

« Les soirs qu'il se trouvait seul avec ma mère et moi, il inventait toujours quelque jeu nouveau, quelque surprise ou quelque farce; il singeait tous nos familiers, grimaçait, se départait de toute ressemblance avec lui-même, imitait toutes les voix, les cris d'animaux, les bruits d'instruments, tirait de lui des sons bizarres, chantait en s'accompagnant sur la guzla, dansait, cabriolait, marchait sur les mains, bondissait par-dessus tables ou chaises, et, déchaussé, jonglait avec les pieds, à la manière japonaise, faisant pirouetter le paravent ou le guéridon du salon sur la pointe de son orteil; il jonglait avec les mains mieux encore; d'un papier chiffonné, déchiré, faisait éclore maints papillons blancs que je pourchassais de mon souffle et qu'il maintenait suspendus en l'air au-dessus des battements d'un éventail. Ainsi les objets près de lui perdaient poids et réalité, présence même, ou bien prenaient une signification nouvelle, inattendue, baroque, distante de toute utilité : " Il y a bien peu de choses avec quoi il ne soit pas amusant de jongler ", disait-il. Avec cela si drôle que je pâmais de rire et que ma mère s'écriait : " Arrêtez-vous, Baldi! Cadio ne pourra plus dormir. " Et le fait est que mes nerfs étaient solides pour résister à de pareilles excitations.

« J'ai beaucoup profité de cet enseignement; à Baldi même, sur plus d'un tour, au bout de quelques mois, j'aurais rendu des points, et même...

— Je vois, mon enfant, que vous avez reçu une éducation très soignée, interrompit à ce moment Julius.

Lafcadio se mit à rire, extrêmement amusé par l'air consterné du romancier.

— Oh! rien de tout cela ne pénétra bien avant; n'ayez crainte! Mais il était temps, n'est-ce pas, que l'oncle Faby arrivât. C'est lui qui vint près de ma mère lorsque Bielkowski et Baldi furent appelés à de nouveaux postes.

— Faby? c'est lui dont j'ai vu l'écriture sur la première page de votre carnet?

— Oui. Fabian Taylor, lord Gravensdale. Il nous emmena, ma mère et moi, dans une villa qu'il avait louée près de Duino, sur l'Adriatique, où je me suis beaucoup fortifié. La côte en cet endroit formait une presqu'île rocheuse que la propriété occupait toute. Là, sous les pins, parmi les roches, au fond des criques, ou dans la mer nageant et pagayant, je vivais en sauvage tout le jour. C'est de cette époque que date la photographie que vous avez vue; que j'ai brûlée aussi.

— Il me semble, dit Julius, que, pour la circonstance, vous auriez bien pu vous présenter plus décemment.

— Précisément, je ne le pouvais pas, reprit en riant Lafcadio; sous prétexte de me bronzer, Faby gardait sous clef tous mes costumes, mon linge même...

— Et Madame votre mère, que disait-elle?

— Elle s'en amusait beaucoup; elle disait que si nos invités se scandalisaient, ils n'avaient qu'à partir; mais cela n'empêchait de rester aucun de ceux que nous recevions.

— Pendant tout ce temps-là, votre instruction, mon pauvre enfant!...

— Oui, j'apprenais si facilement que ma mère jusqu'alors l'avait un peu négligée; j'avais seize ans bientôt; ma mère sembla s'en apercevoir brusquement et, après un merveilleux voyage en Algérie que je fis avec l'oncle Faby (ce fut là, je crois, le meilleur temps de ma vie), je fus envoyé à Paris et confié à une espèce de geôlier imperméable, qui s'occupa de mes études.

— Après cette excessive liberté, je comprends en effet que ce temps de contrainte ait pu vous paraître un peu dur.

— Je ne l'aurais jamais supporté, sans Protos. Il vivait à la même pension que moi; pour apprendre le français, disait-on; mais il le parlait à merveille et je n'ai jamais compris ce qu'il faisait là; non plus que ce que j'y faisais moi-même. Je languissais; je n'avais pas précisément de l'amitié pour Protos, mais je me tournais vers lui comme s'il avait dû m'apporter la délivrance. Passablement plus âgé que moi, il paraissait encore plus que son âge, sans plus rien d'enfantin dans la démarche ni dans les goûts. Ses traits étaient extraordinairement expressifs, quand il voulait, et pouvaient exprimer n'importe quoi; mais, au repos, il prenait l'air d'un imbécile. Un jour que je l'en plaisantais, il me répondit que, dans ce monde, il importait de n'avoir pas trop l'air de ce qu'on était.

« Il ne se tenait point pour satisfait tant qu'il ne paraissait que modeste; il tenait à passer pour sot. Il s'amusait à dire que ce qui perd les hommes c'est de préférer la parade à l'exercice et de ne pas savoir cacher leurs dons; mais il ne disait cela qu'à moi seul. Il vivait à l'écart des autres; et même de moi, le seul de la pension qu'il ne méprisât point. Dès que je l'amenais à parler, il devenait d'une éloquence extraordinaire; mais, taciturne le plus souvent, il semblait ruminer alors de noirs projets, que j'aurais voulu connaître. Quand je lui demandais : qu'est-ce que vous faites ici? (aucun de nous ne le tutoyait) il répondait : je prends mon élan. Il prétendait que,

dans la vie, l'on se tire des pas les plus difficiles en
sachant se dire à propos : qu'à cela ne tienne! C'est
ce que je me suis dit au point de m'évader.

« Parti avec dix-huit francs, j'ai gagné Baden à
petites journées, mangeant je ne sais quoi, couchant
n'importe où... J'étais un peu défait quand j'arrivai;
mais, somme toute, content de moi, car j'avais encore
trois francs dans ma poche; il est vrai qu'en route,
j'en avais récolté cinq ou six. Je trouvai là-bas ma
mère avec mon oncle de Gesvres, qui s'amusa beaucoup
de ma fugue, et résolut de me ramener à Paris; il
ne se consolait pas, disait-il, que Paris m'eût laissé
mauvais souvenir. Et le fait est que, lorsque j'y revins
avec lui, Paris m'apparut sous un jour un peu meilleur.

« Le marquis de Gesvres aimait frénétiquement la
dépense; c'était un besoin continu, une fringale; on
eût dit qu'il me savait gré de l'aider à la satisfaire
et de doubler du mien son appétit. Tout au contraire
de Faby, lui m'apprit le goût du costume; je crois
que je le portais assez bien; avec lui j'étais à bonne
école; son élégance était parfaitement naturelle,
comme une seconde sincérité. Je m'entendis très bien
avec lui. Ensemble nous passions des matinées chez
les chemisiers, les bottiers, les tailleurs; il prêtait
une attention particulière aux chaussures, par quoi
se reconnaissent les gens, disait-il, aussi sûrement et
plus secrètement que le reste du vêtement et que par
les traits du visage... Il m'apprit à dépenser sans
tenir de comptes et sans m'inquiéter par avance si
j'aurais de quoi suffire à ma fantaisie, à mon désir
ou à ma faim. Il émettait en principe qu'il faut toujours
satisfaire celle-ci la dernière, car (je me souviens de
ses paroles) désir ou fantaisie, disait-il, sont de solli-
citation fugitive, tandis que la faim toujours se
retrouve et n'est que plus impérieuse pour avoir
attendu plus longtemps. Il m'apprit enfin à ne pas

jouir d'une chose davantage, selon qu'elle coûtait plus cher, ni moins si, par chance, elle n'avait coûté rien du tout.

« J'en étais là quand je perdis ma mère. Un télégramme me rappela brusquement à Bucharest; je ne la pus revoir que morte : j'appris là-bas que, depuis le départ du marquis, elle avait fait beaucoup de dettes que sa fortune suffisait tout juste à payer, de sorte que je n'avais à espérer pas un copeck, pas un pfennig, pas un groschen. Aussitôt après la cérémonie funèbre, je regagnai Paris où je pensais retrouver l'oncle de Gesvres; mais il était parti brusquement pour la Russie, sans laisser d'adresse.

« Je n'ai point à vous dire toutes les réflexions que je fis. Parbleu, j'avais certaines habiletés dans mon sac, moyennant quoi l'on se tire toujours d'affaire; mais plus j'en aurais eu besoin, plus il me répugnait d'y recourir. Heureusement, certaine nuit que je battais le trottoir, un peu perplexe, j'y retrouvai cette Carola Venitequa que vous avez vus, l'ex-maîtresse à Protos, qui m'hospitalisa décemment. A quelques jours de là je fus averti qu'une maigre pension, assez mystérieusement, me serait versée tous les premiers du mois chez un notaire; j'ai l'horreur des éclaircissements et touchai sans chercher plus avant. Puis vous êtes venu... Vous savez à présent à peu près tout ce qu'il me plaisait de vous dire.

— Il est heureux, dit solennellement Julius, il est heureux, Lafcadio, qu'il vous revienne aujourd'hui quelque argent : sans métier, sans instruction, condamné à vivre d'expédients... tel que je vous connais à présent, vous étiez prêt à tout.

— Prêt à rien, au contraire, reprit Lafcadio en regardant Julius gravement. Malgré tout ce que je vous ai dit, je vois que vous me connaissez mal encore. Rien ne m'empêche autant que le besoin; je n'ai jamais recherché que ce qui ne peut pas me servir.

— Les paradoxes, par exemple. Et vous croyez cela nourrissant?

— Cela dépend des estomacs. Il vous plaît d'appeler paradoxes ce qui rebute au vôtre... Pour moi je me laisserais mourir de faim devant ce ragoût de logique dont j'ai vu que vous alimentez vos personnages.

— Permettez...

— Du moins le héros de votre dernier livre. Est-ce vrai que vous y avez peint votre père? Le souci de le maintenir, partout, toujours, conséquent avec vous et avec soi-même, fidèle à ses devoirs, à ses principes, c'est-à-dire à vos théories... vous jugez ce que, moi précisément, j'en puis dire!... Monsieur de Baraglioul, acceptez ceci qui est vrai : je suis un être d'inconséquence. Et voyez combien je viens de parler! moi, qui hier encore, me considérais comme le plus silencieux, le plus fermé, le plus retrait des êtres. Mais il était bon que nous fissions promptement connaissance; et qu'il n'y ait plus lieu d'y revenir. Demain, ce soir, je rentrerai dans mon secret.

Le romancier, que ces propos désarçonnaient, fit effort pour se remettre en selle :

— Persuadez-vous d'abord qu'il n'y a pas d'inconséquence, non plus en psychologie qu'en physique, commença-t-il. Vous êtes un être en formation et...

Des coups frappés à la porte l'interrompirent. Mais, comme personne ne se montrait, ce fut Julius qui sortit. Par la porte qu'il laissait ouverte, un bruit de voix confus parvenait jusqu'à Lafcadio. Puis il y eut un grand silence. Lafcadio, après dix minutes d'attente, déjà se disposait à partir, quand un domestique en livrée vint à lui :

— Monsieur le comte fait dire à Monsieur le secrétaire qu'il ne le retient plus. Monsieur le comte a reçu à l'instant de mauvaises nouvelles de Monsieur

son père et s'excuse de ne pouvoir prendre congé de
Monsieur.

Au ton dont tout cela était dit, Lafcadio se douta
bien qu'on venait d'annoncer que le vieux comte était
mort. Il maîtrisa son émotion.

— Allons! se disait-il en regagnant l'impasse Claude-
Bernard, le moment est venu. *It is time to launch the
ship.* D'où que vienne le vent désormais, celui qui
soufflera sera le bon. Puisque je ne puis être tout près
du vieux, apprêtons-nous à nous éloigner de lui davantage.

En passant devant la loge il remit au portier de
l'hôtel la petite boîte qu'il portait sur lui depuis la
veille.

— Vous remettrez ce paquet à Mlle Venitequa, ce
soir, quand elle rentrera, dit-il. Et veuillez préparer
ma note.

Une heure après, sa malle faite, il envoyait chercher un fiacre. Il partit sans donner d'adresse. Celle
de son notaire suffisait.

LIVRE TROISIÈME

Amédée Fleurissoire

I

La comtesse Guy de Saint-Prix, sœur puînée de Julius, que la mort du comte Juste-Agénor avait brusquement appelée à Paris, n'était pas depuis longtemps de retour dans le coquet château de Pezac, à quatre kilomètres de Pau, que depuis son veuvage elle ne quittait guère, et moins encore depuis le mariage et l'établissement de ses enfants — lorsqu'elle y reçut une visite singulière.

Elle rentrait d'une de ces promenades matinales qu'elle avait accoutumé de faire dans un léger dog-car conduit par elle-même; on vint l'avertir qu'un capucin l'attendait depuis une heure dans le salon. L'inconnu se recommandait du cardinal André, ainsi que l'attestait la carte de celui-ci qu'on remit à la comtesse; la carte était sous enveloppe; on y lisait, au-dessous du nom du cardinal, de sa fine et presque féminine écriture, ces mots :

Recommande à la toute spéciale attention de la comtesse de Saint-Prix, l'abbé J.-P. Salus, chanoine de Virmontal.

C'était tout; et cela suffisait; la comtesse recevait volontiers les gens d'Église; de plus, le cardinal André tenait l'âme de la comtesse en sa main. Elle ne fit

qu'un bond jusqu'au salon et s'excusa de s'être fait
attendre.

Le chanoine de Virmontal était bel homme; sur
son noble visage éclatait une mâle énergie qui jurait
(si j'ose dire) étrangement avec l'hésitante précaution de ses gestes et de sa voix, comme étonnaient ses
cheveux presque blancs, près de la carnation jeune
et fraîche de son visage.

Malgré l'affabilité de la comtesse, la conversation
s'engageait mal et traînait en phrases de convenance
sur le deuil récent de la comtesse, la santé du cardinal
André, le nouvel échec de Julius à l'Académie. Cependant la voix de l'abbé se faisait de plus en plus lente
et sourde, et l'expression de son visage désolée. Il se
levait enfin, mais au lieu de prendre congé :

— J'aurais voulu, Madame la comtesse, et de la
part du cardinal, vous entretenir d'un sujet grave.
Mais la pièce est sonore; le nombre des portes m'effraie; je crains qu'on nous puisse entendre.

La comtesse adorait confidences et simagrées; elle
fit entrer le chanoine dans un boudoir étroit auquel
on n'accédait que par le salon, ferma la porte :

— Ici nous sommes à l'abri, dit-elle. Parlez sans
crainte.

Mais au lieu de parler, l'abbé qui, en face de la
comtesse avait pris place sur un petit fauteuil bas, tira
un foulard de sa poche et y étouffa des sanglots convul-
sifs. Perplexe, la comtesse atteignit sur un guéridon
près d'elle un panier à ouvrage, chercha dans le
panier un flacon de sels, hésita à l'offrir à son hôte,
et prit enfin le parti de le respirer elle-même.

— Excusez-moi, dit enfin l'abbé, sortant du foulard une face congestionnée. Je vous sais trop bonne
catholique, Madame la comtesse, pour ne pas bientôt me comprendre et partager mon émotion.

La comtesse avait horreur des effusions; elle réfu-

gia sa bienséance derrière un face-à-main. L'abbé se
ressaisit aussitôt, et rapprochant un peu son fauteuil :

— Il m'a fallu, Madame la comtesse, la solennelle
assurance du cardinal pour me décider à venir vous
parler; oui, l'assurance qu'il m'a donnée que votre
foi n'était point de ces fois mondaines, simples revêtements de l'indifférence...

— Venons au fait, Monsieur l'abbé.

— Le cardinal m'a donc assuré que je pouvais
avoir en votre discrétion une confiance parfaite; une
discrétion de confesseur, si j'ose ainsi dire...

— Mais, Monsieur l'abbé, pardonnez-moi : s'il s'agit
d'un secret dont le cardinal soit averti, d'un secret
d'une telle gravité, comment ne m'en a-t-il pas parlé
lui-même?

Le seul sourire de l'abbé eût déjà fait comprendre
à la comtesse l'incongruité de sa question.

— Une lettre! Mais, Madame, à la poste, de nos
jours, toutes les lettres des cardinaux sont ouvertes.

— Il pouvait vous confier cette lettre.

— Oui, Madame; mais qui sait ce que peut devenir un papier? Nous sommes tellement surveillés. Il
y a plus : le cardinal préfère ignorer ce que je m'apprête à vous dire, n'y être pour rien... Ah! Madame,
au dernier moment mon courage m'abandonne et je
ne sais si...

— Monsieur l'abbé, vous ne me connaissez pas, et
je ne puis donc m'offenser si votre confiance en moi
n'est pas plus grande, dit tout doucement la comtesse
en détournant la tête et laissant retomber son face-
à-main. J'ai pour les secrets que l'on me confie le plus
grand respect. Dieu sait si j'ai jamais trahi le moindre.
Mais jamais il ne m'est arrivé de solliciter une confidence...

Elle fit un léger mouvement comme pour se lever,
l'abbé étendit le bras vers elle.

— Vous m'excuserez, Madame, en daignant considérer que vous êtes la première femme, la première, j'ai dit, qui ait été jugée digne, par ceux qui m'ont confié l'effrayante mission de vous avertir, digne de recevoir et de conserver par-devers elle ce secret. Et je m'effraie, je l'avoue, à sentir cette révélation bien pesante, bien encombrante, pour l'intelligence d'une femme.

— On se fait de grandes illusions sur le peu de capacité de l'intelligence des femmes, dit presque sèchement la comtesse ; puis, les mains un peu soulevées, elle cacha sa curiosité sous un air absent, propre à accueillir une importante confidence de l'Église. L'abbé rapprocha de nouveau son fauteuil.

Mais le secret que l'abbé Salus s'apprêtait à confier à la comtesse m'apparaît encore aujourd'hui trop déconcertant, trop bizarre, pour que j'ose le rapporter ici sans plus ample précaution :

Il y a le roman, et il y a l'histoire. D'avisés critiques ont considéré le roman comme de l'histoire qui aurait pu être, l'histoire comme un roman qui avait eu lieu. Il faut bien reconnaître, en effet, que l'art du romancier souvent emporte la créance, comme l'événement parfois la défie. Hélas ! certains sceptiques esprits nient le fait dès qu'il tranche sur l'ordinaire. Ce n'est pas pour eux que j'écris.

Que le représentant de Dieu sur terre ait pu être enlevé du Saint-Siège, et, par l'opération du Quirinal, volé en quelque sorte à la chrétienté entière — c'est un problème très épineux que je n'ai point la témérité de soulever. Mais il est de fait *historique* que, vers la fin de l'année 1893, le bruit en courut ; il est patent que nombre d'âmes dévotes s'en émurent. Quelques journaux en parlèrent craintivement ; on les fit taire.

Une brochure sur ce sujet parut à Saint-Malo [1]; qu'on fit saisir. C'est que, non plus le parti franc-maçon ne tenait à ce que s'ébruitât le récit d'une si abominable forfaiture, que le parti catholique n'osait appuyer ou ne se résignait à couvrir les collectes extraordinaires qu'on entreprit aussitôt à ce sujet. Et sans doute nombre d'âmes pieuses se saignèrent (on estime à près d'un demi-million les sommes recueillies ou dispersées à cette occasion), mais il restait douteux si tous ceux qui recevaient les fonds étaient de vrais dévots, ou parfois des escrocs peut-être. Toujours est-il qu'il fallait pour mener à bien cette quête, à défaut de religieuse conviction, une audace, une habileté, un tact, une éloquence, une connaissance des êtres et des faits, une santé, que seuls pouvaient se piquer d'avoir quelques gaillards tels que Protos, l'ancien copain de Lafcadio. J'avertis honnêtement le lecteur : c'est lui qui se présente aujourd'hui sous l'aspect et le nom emprunté du chanoine de Virmontal.

La comtesse, résolue à n'ouvrir plus les lèvres, à ne plus changer d'attitude, ni même d'expression avant complet épuisement du secret, écoutait imperturbablement le faux prêtre dont peu à peu l'assurance s'affermissait. Il s'était levé et marchait à grands pas. Pour meilleure préparation, il reprenait l'affaire, sinon précisément à ses débuts (le conflit entre la Loge et l'Église, essentiel, n'avait-il pas toujours existé?), du moins remontait-il à certains faits où s'était déclarée l'hostilité flagrante. Il avait d'abord invité la comtesse à se souvenir des deux lettres adressées par le pape en décembre 92, l'une au peuple italien, l'autre plus spécialement aux évêques, prémunissant les catholiques contre les agissements des francs-maçons; puis,

1. *Compte rendu de la Délivrance de Sa Sainteté Léon XIII emprisonné dans les cachots du Vatican* (Saint-Malo, imprimerie Y. Billois, rue de l'Orme, 4), 1893.

comme la mémoire faisait défaut à la comtesse, il avait
dû remonter en arrière, rappeler l'érection de la statue de Giordano Bruno, décidée, présidée par Crispi
derrière qui jusqu'alors s'était dissimulée la Loge. Il
avait dit Crispi outré de ce que le pape eût repoussé
ses avances, eût refusé de négocier avec lui (et par :
négocier, ne fallait-il pas entendre : entrer en composition, se soumettre!). Il avait retracé cette journée
tragique : les camps prenant position; les francs-
maçons enfin levant le masque, et — tandis que le
corps diplomatique accrédité près du Saint-Siège se
rendait au Vatican, manifestant par cet acte, en même
temps que son mépris pour Crispi, sa vénération pour
notre Saint-Père ulcéré — la Loge, enseignes déployées,
sur la place *Campo dei Fiori* où se dressait la provo-
cante idole, acclamant l'illustre blasphémateur.

— Au consistoire qui suivit bientôt après, le 30 juin
1889, continua-t-il (toujours debout, il s'appuyait à
présent sur le guéridon, les deux bras en avant, penché vers la comtesse), Léon XIII laissa s'élever son
indignation véhémente. Sa protestation fut entendue
de la terre entière; et toute la chrétienté trembla en
l'entendant parler de quitter Rome! Quitter Rome
j'ai dit!... Tout ceci, Madame la comtesse, vous le
savez déjà, vous en avez souffert et vous en souvenez
comme moi.

Il reprit sa marche :

— Enfin Crispi fut déchu du pouvoir. L'Église allait-
elle respirer? En décembre 1892 le pape écrivait donc
ces deux lettres. Madame...

Il se rassit, approcha brusquement son fauteuil du
canapé et saisissant le bras de la comtesse :

— Un mois après le pape était emprisonné.

La comtesse s'obstinant à demeurer coite, le chanoine lâcha son bras, reprit sur un ton plus posé :

— Je ne chercherai pas, Madame, à vous apitoyer

sur les souffrances d'un captif; le cœur des femmes est toujours prompt à s'émouvoir au spectacle des infortunes. Je m'adresse à votre intelligence, comtesse, et vous invite à considérer le désarroi où, chrétiens, la disparition de notre chef spirituel nous a plongés.

Un léger pli se marqua sur le front pâle de la comtesse.

— Plus de pape est affreux, Madame. Mais, qu'à cela ne tienne : un faux pape est plus affreux encore. Car pour dissimuler son crime, que dis-je? pour inviter l'Église à se démanteler et à se livrer elle-même, la Loge a installé sur le trône pontifical, en place de Léon XIII, je ne sais quel suppôt du Quirinal, quel mannequin, à l'image de leur sainte victime, quel imposteur, auquel, par crainte de nuire au vrai, il nous faut feindre de nous soumettre, devant lequel, enfin, ô honte! au jubilé s'est incliné la tout entière chrétienté.

A ces mots le mouchoir qu'il tordait dans ses mains se déchira.

— Le premier acte du faux pape fut cette encyclique trop fameuse, l'encyclique à la France, dont le cœur de tout Français digne de ce nom saigne encore. Oui, oui, je sais, Madame, combien votre grand cœur de comtesse a souffert d'entendre la Sainte Église renier la sainte cause de la royauté; le Vatican, j'ai dit, applaudir à la République. Hélas! rassurez-vous, Madame! vous vous étonniez à bon droit. Rassurez-vous, Madame la comtesse! mais songez à ce que le Saint-Père captif a souffert, entendant ce suppôt imposteur le proclamer républicain!

Puis, se rejetant en arrière, avec un rire sanglotant :

— Et qu'avez-vous pensé, comtesse de Saint-Prix, et qu'avez-vous pensé, comme corollaire à cette cruelle encyclique, de l'audience accordée par notre Saint-père au rédacteur du *Petit Journal?* Du *Petit*

Journal, Madame la comtesse, ah! fi donc! Léon XIII
au *Petit Journal!* Vous sentez bien que c'est impossible.
Votre noble cœur vous a déjà crié que c'est faux!

— Mais, s'écria la comtesse, n'y pouvant plus
tenir, c'est ce qu'il faut crier à toute la terre.

— Non, Madame! c'est ce qu'il faut taire! tonitrua
l'abbé, formidable; c'est ce qu'il faut taire d'abord;
c'est ce que nous devons taire pour agir.

Puis s'excusant, d'une voix subitement éplorée :

— Vous voyez que je vous parle comme à un homme.

— Vous avez raison, Monsieur l'abbé. Agir, disiez-
vous. Vite : qu'avez-vous résolu?

— Ah! je savais trouver chez vous cette noble
impatience virile, digne du sang des Baraglioul. Mais
rien n'est davantage à craindre, en l'occurrence, hélas!
qu'un zèle intempestif. De ces abominables forfaits,
si quelques élus aujourd'hui sont avertis, il nous est
indispensable, Madame, de compter sur leur discrétion parfaite, sur leur pleine et entière soumission à
l'indication qui leur sera donnée en temps opportun.
Agir sans nous, c'est agir contre nous. Et, en plus
de la désapprobation ecclésiastique qui pourra entraîner... qu'à cela ne tienne : l'excommunication, toute
initiative individuelle se heurtera aux démentis caté-
goriques et formels de notre parti. Il s'agit ici, Madame,
d'une croisade; oui, mais d'une croisade cachée.
Excusez-moi d'insister sur ce point, mais je suis
chargé tout spécialement de vous en avertir par le
cardinal, qui veut tout ignorer de cette histoire et
qui ne comprendra même pas ce dont il est question
si on lui en parle. Le cardinal ne veut pas m'avoir
vu; et de même, plus tard, si les événements nous
remettent en rapport, qu'il soit bien convenu que,
vous et moi, nous ne nous sommes jamais parlé.
Notre Saint-Père saura bientôt reconnaître ses vrais
serviteurs.

Un peu déçue la comtesse argua timidement :
— Mais alors?
— On agit, Madame la comtesse; on agit, n'ayez crainte. Et je suis même autorisé à vous révéler une partie de notre plan de campagne.

Il se carra dans son fauteuil, bien en face de la comtesse; celle-ci, maintenant, avait levé ses mains à son visage, et restait, le buste en avant, les coudes aux genoux, le menton dans les paumes.

Il commença de raconter que le pape n'était pas enfermé dans le Vatican, mais vraisemblablement dans le château Saint-Ange, qui, comme le savait certainement la comtesse, communiquait avec le Vatican par un corridor souterrain; qu'il ne serait sans doute point trop malaisé de l'enlever de cette geôle, n'était la crainte quasi superstitieuse que chacun des serviteurs gardait en face de la franc-maçonnerie, bien que de cœur avec l'Église. Et c'était là-dessus que comptait la Loge; l'exemple du Saint-Père séquestré maintenait les âmes dans la terreur. Aucun des serviteurs ne consentait à prêter son concours qu'après qu'on l'avait mis à même de s'en aller au loin vivre à l'abri des persécuteurs. D'importantes sommes avaient été consenties à cet usage par des personnes dévotes et de discrétion reconnue. Il ne restait plus à lever qu'un seul obstacle, mais qui réclamait plus que tous les autres réunis. Car cet obstacle était un prince, geôlier en chef de Léon XIII.

— Vous souvient-il, Madame la comtesse, de quel mystère reste enveloppée la double mort de l'archiduc Rodolphe, prince héritier d'Autriche-Hongrie, et de sa jeune épouse, trouvée râlante à ses côtés — Maria Wettsyera, la nièce de la princesse Grazioli, qu'il venait d'épouser?... Suicide, a-t-on dit! Le pistolet n'était là que pour donner le change à l'opinion

publique : la vérité c'est qu'ils étaient tous deux
empoisonnés. Éperdument amoureux, hélas! de Maria
Wettsyera, un cousin du grand-duc son mari, grand-
duc lui-même, n'avait point supporté de la voir à
un autre... Après cet abominable forfait, Jean-Salvador
de Lorraine, fils de Marie-Antoinette, grande-duchesse
de Toscane, quittait la cour de son parent, l'empereur
François-Joseph. Se sachant découvert à Vienne, il
allait se dénoncer au pape, l'implorer, le fléchir. Il
obtint le pardon. Mais sous prétexte de pénitence,
Monaco — le cardinal Monaco La Valette — l'enferma dans le château Saint-Ange où il gémit depuis
trois ans.

Le chanoine avait débité tout cela d'une voix à
peu près égale; il prit un temps, puis, avec un petit
appel du pied :

— C'est lui que Monaco a établi geôlier en chef
de Léon XIII.

— Eh quoi! le cardinal! s'écria la comtesse; un
cardinal peut-il donc être franc-maçon?

— Hélas! dit le chanoine pensivement, la Loge a
fortement entamé l'Église. Vous pensez bien, Madame
la comtesse, que si l'Église avait mieux su se défendre
elle-même, rien de tout cela ne serait arrivé. La Loge
n'a pu se saisir de la personne de Notre Saint-Père
qu'avec la connivence de quelques compagnons très
haut placés.

— Mais c'est affreux!

— Que vous dire de plus, Madame la comtesse?
Jean-Salvador croyait être prisonnier de l'Église,
quand il l'était des francs-maçons. Il ne consent à
travailler aujourd'hui à l'élargissement de notre
Saint-Père que si on lui permet du même coup de
s'enfuir lui-même; et il ne peut s'enfuir que très loin,
dans un pays d'où l'extradition n'est pas possible. Il
exige deux cent mille francs.

A ces mots Valentine de Saint-Prix, qui depuis quelques instants reculait et laissait retomber ses bras, rejetant la tête en arrière, poussa un faible gémissement et perdit connaissance. Le chanoine s'élança :

— Rassurez-vous, Madame la comtesse — il lui tapait dans les mains : — Qu'à cela ne tienne! — il lui portait le flacon de sels aux narines : — Sur ces deux cent mille francs, nous en avons déjà cent quarante — et comme la comtesse ouvrait un œil : — La duchesse de Lectoure n'en a consenti que cinquante; il en reste soixante à verser.

— Vous les aurez, murmura presque indistinctement la comtesse.

— Comtesse, l'Église ne doutait pas de vous.

Il se leva, très grave, presque solennel, prit un temps, puis :

— Comtesse de Saint-Prix, dit-il, j'ai dans votre généreuse parole la confiance la plus entière; mais songez aux difficultés sans nom qui vont accompagner, gêner, empêcher peut-être la remise de cette somme; somme, j'ai dit, que vous-même devrez oublier de m'avoir donnée, que moi-même je dois être prêt à nier d'avoir touchée, pour laquelle il ne me sera même point permis de vous faire tenir un reçu... Je ne puis guère prudemment la recevoir que de la main à la main, de votre main à la mienne. Nous sommes surveillés. Ma présence au château peut être commentée. Sommes-nous jamais sûrs du domestique? Songez à l'élection du comte de Baraglioul; il ne faut point que je revienne ici.

Et comme après ces mots il restait là, planté sur le parquet sans plus bouger ni parler, la comtesse comprit :

— Mais, Monsieur l'abbé, vous pensez bien pourtant que je n'ai pas sur moi cette somme énorme. Et même...

L'abbé s'impatientait légèrement; elle n'osa donc pas ajouter qu'il lui faudrait sans doute quelque temps pour la réunir (car elle espérait bien n'avoir pas à débourser toute seule). Elle murmurait :

— Comment faire?...

Puis comme le sourcil du chanoine menaçait de plus en plus :

— J'ai bien là-haut quelques bijoux...

— Ah! fi, Madame! les bijoux sont des souvenirs. Me voyez-vous faisant métier de brocanteur? Et pensez-vous que je veuille donner l'éveil en en cherchant le meilleur prix? Je risquerais de compromettre du même coup et vous-même et notre entreprise.

Sa voix grave, insensiblement se faisait âpre et violente. Celle de la comtesse tremblait légèrement.

— Attendez un instant, Monsieur le chanoine : je vais voir ce que j'ai dans mes tiroirs.

... Elle redescendit bientôt. Sa main crispée froissait des billets bleus.

— Heureusement, je viens de toucher des fermages. Je puis vous remettre déjà six mille cinq cents francs.

Le chanoine eut un haussement d'épaules.

— Qu'est-ce que vous voulez que je fasse avec ça?

Et avec un mépris attristé, d'un geste noble, il écartait de lui la comtesse :

— Non, Madame, non; je ne prendrai pas ces billets. Je ne les prendrai qu'avec les autres. Les gens intègres exigent l'intégralité. Quand pourrez-vous me remettre toute la somme?

— Combien de temps me laissez-vous?... Huit jours?... demanda la comtesse qui songeait à collecter.

— Comtesse de Saint-Prix, l'Église se serait-elle méprise? Huit jours! Je ne dirai qu'un mot :

LE PAPE ATTEND

Puis levant les bras au ciel :

— Quoi! vous avez l'insigne honneur de tenir entre vos mains sa délivrance, et vous tardez! Craignez, Madame, craignez que le Seigneur, au jour de votre délivrance à vous, ne fasse également attendre et languir votre âme insuffisante, au seuil du Paradis!

Il devenait menaçant, terrible; puis, brusquement, porta à ses lèvres le crucifix d'un chapelet et s'absenta dans une rapide prière.

— Mais le temps que j'écrive à Paris? gémit la comtesse éperdue.

— Télégraphiez! Que votre banquier verse les soixante mille francs au Crédit Foncier de Paris, qui télégraphiera au Crédit Foncier de Pau d'avoir à vous verser incontinent la somme. C'est enfantin.

— J'ai de l'argent à Pau, en dépôt, hasarda-t-elle.

— Chez un banquier?

— Au Crédit Foncier, précisément.

Alors il s'indigna tout à fait.

— Ah! Madame, pourquoi vous faut-il ce détour pour me l'apprendre? Est-ce là l'empressement que vous marquez? Que diriez-vous à présent si je repoussais votre concours?...

Puis, marchant à travers la pièce, les mains croisées derrière le dos, et comme indisposé désormais contre tout ce qu'il pourrait entendre :

— Il y a là plus que de la tiédeur (et il faisait avec la langue de petits claquements propres à manifester son dégoût) et presque de la duplicité.

— Monsieur l'abbé, je vous en supplie...

Durant quelques instants l'abbé continua sa marche, les sourcils bas, inflexible. Puis enfin :

— Vous connaissez, je le sais, l'abbé Boudin, avec qui je déjeune ce matin même (il tira sa montre)... et que je vais mettre en retard. Écrivez un chèque à son nom; il touchera pour moi les soixante billets,

qu'il pourra tout aussitôt me remettre. Quand vous
le reverrez, dites-lui simplement que c'était « pour la
chapelle expiatoire », c'est un homme discret, qui sait
vivre et qui n'insistera pas. Eh bien! qu'attendez-vous
encore?

La comtesse, prostrée sur le canapé, se souleva, se
traîna vers un petit secrétaire qu'elle ouvrit, sortit
un carnet oblong, vert olive, dont elle couvrit une
feuille de son écriture allongée.

— Excusez-moi de vous avoir un peu brusquée tout
à l'heure, Madame la comtesse, dit l'abbé d'une voix
adoucie et prenant le chèque qu'elle lui tendait. —
Mais de tels intérêts sont en jeu!

Puis glissant le chèque dans une poche intérieure :

— Il serait impie de vous remercier, n'est-ce pas?
fût-ce au nom de Celui entre les mains de qui je ne
suis qu'un instrument très indigne.

Il eut un bref sanglot qu'il étouffa dans son foulard;
mais, se ressaisissant aussitôt, avec un coup de talon
rétif, il murmura rapidement une phrase dans une
langue étrangère.

— Vous êtes Italien? demanda la comtesse.

— Espagnol! La sincérité de mes sentiments le
trahit.

— Pas votre accent. Vraiment vous parlez le français avec une pureté...

— Vous êtes trop aimable, Madame la comtesse,
excusez-moi de vous quitter abruptement. Grâce à
notre petite combinaison, je vais pouvoir gagner
Narbonne ce soir même, où l'archevêque m'attend
avec une grande impatience. Adieu!

Il avait pris les mains de la comtesse dans les
siennes et la regardait fixement, le buste reculé :

— Adieu, comtesse de Saint-Prix — puis un doigt
sur ses lèvres : — Et souvenez-vous qu'un mot de
vous peut tout perdre.

Il n'était pas plus tôt sorti que la comtesse courait à son cordon de sonnette.

— Amélie, dites à Pierre qu'il ait à tenir la calèche toute prête, sitôt après le déjeuner, pour aller en ville. Ah! un instant encore... Que Germain enfourche sa bicyclette et porte immédiatement à Mme Fleurissoire le mot que je vais vous donner.

Et, penchée sur le secrétaire qu'elle n'avait point refermé, elle écrivit :

> *Chère Madame,*
> *Je passerai vous voir tantôt. Attendez-moi vers deux heures.*
> *J'ai quelque chose de très grave à vous dire. Arrangez-vous*
> *de manière que nous soyons seules.*

Elle signa, cacheta, puis tendit l'enveloppe à Amélie.

II

Mme Amédée Fleurissoire, née Péterat, sœur cadette de Véronique Armand-Dubois et de Marguerite de Baraglioul, répondait au nom baroque d'Arnica. Philibert Péterat, botaniste assez célèbre, sous le Second Empire, par ses malheurs conjugaux, avait, dès sa jeunesse, promis des noms de fleurs aux enfants qu'il pourrait avoir. Certains amis trouvèrent un peu particulier le nom de Véronique dont il baptisa le premier; mais, lorsque au nom de Marguerite, il entendit insinuer qu'il en rabattait, cédait à l'opinion, rejoignait le banal, il résolut, brusquement rebiffé, de gratifier son troisième produit d'un nom si délibérément botanique qu'il fermerait le bec à tous les médisants.

Peu après la naissance d'Arnica, Philibert, dont le

caractère s'était aigri, se sépara d'avec sa femme, quitta
la capitale et s'alla fixer à Pau. L'épouse s'attardait
à Paris l'hiver, mais aux premiers beaux jours rega-
gnait Tarbes, sa ville natale, où elle recevait ses deux
aînées dans une vieille maison de famille.

Véronique et Marguerite mi-partissaient l'année
entre Tarbes et Pau. Quant à la petite Arnica, méconsi-
dérée par ses sœurs et par sa mère, un peu niaise, il
est vrai, et plus touchante que jolie, elle demeurait,
été comme hiver, près du père.

La plus grande joie de l'enfant était d'aller herbo-
riser avec son père dans la campagne; mais souvent
le maniaque, cédant à son humeur chagrine, la plan-
tait là, partait tout seul pour une énorme randonnée,
rentrait fourbu, et sitôt après le repas, se fourrait au
lit sans faire à sa fille l'aumône d'un sourire ou d'un
mot. Il jouait de la flûte à ses heures de poésie, rabâ-
chant insatiablement les mêmes airs. Le reste du
temps il dessinait de minutieux portraits de fleurs.

Une vieille bonne, surnommée Réséda, qui s'occupait de la cuisine et du ménage, avait la garde de
l'enfant; elle lui enseigna le peu qu'elle connaissait
elle-même. A ce régime, Arnica savait à peine lire à
dix ans. Le respect humain avertit enfin Philibert :
Arnica entra en pension chez Mme Veuve Semène qui
inculquait des rudiments à une douzaine de fillettes
et à quelques très jeunes garçons.

Arnica Péterat, sans défiance et sans défense, n'avait
jamais imaginé jusqu'à ce jour que son nom pût porter à rire. Elle eut, le jour de son entrée dans la pension, la brusque révélation de son ridicule; le flot de
moqueries la courba comme une algue lente; elle
rougit, pâlit, pleura; et Mme Semène, en punissant
d'un coup toute la classe pour tenue indécente, eut
l'art maladroit de charger aussitôt d'animosité un
esclaffement d'abord sans malveillance.

Longue, flasque, anémique, hébétée, Arnica restait les bras ballants au milieu de la petite classe, et quand Mme Semène indiqua :

— Sur le troisième banc de gauche, Mademoiselle Péterat — la classe repartit de plus belle en dépit des admonestations.

Pauvre Arnica ! la vie n'apparaissait déjà plus devant elle que comme une morne avenue bordée de quolibets et d'avanies. Mme Semène, heureusement, ne resta pas insensible à sa détresse, et bientôt la petite put trouver dans le giron de la veuve un abri.

Volontiers Arnica s'attardait à la pension après les classes plutôt que de ne point trouver son père au foyer ; Mme Semène avait une fille, de sept ans plus âgée qu'Arnica, un peu bossue, mais obligeante ; dans l'espoir de lui décrocher un mari, Mme Semène recevait le dimanche soir, et même organisait deux fois l'an de petites matinées dominicales, avec récitations et sauterie ; y venaient, par reconnaissance, quelques-unes de ses anciennes élèves escortées de leurs parents, et par désœuvrement, quelques adolescents dépourvus et sans avenir. Arnica fut de toutes ces réunions ; fleur sans éclat, discrète, jusqu'à l'effacement, mais qui pourtant, ne devait pas rester inaperçue.

Lorsque, à quatorze ans, Arnica perdit son père, Mme Semène recueillit l'orpheline, que ses sœurs, passablement plus âgées, ne vinrent plus voir que rarement. C'est au cours d'une de ces courtes visites, pourtant, que Marguerite rencontra pour la première fois celui qui, deux ans plus tard, devait devenir son mari : Julius de Baraglioul, alors âgé de vingt-huit ans — en villégiature chez son grand-père Robert de Baraglioul qui, comme nous l'avons dit précédemment, était venu s'établir aux environs de Pau, peu après l'annexion du duché de Parme à la France.

Le brillant mariage de Marguerite (au demeurant

ces demoiselles Péterat n'étaient pas absolument sans fortune) faisait, aux yeux éblouis d'Arnica sa sœur encore plus distante; elle se doutait que jamais, penché sur elle, un comte, un Julius, ne viendrait respirer son parfum. Elle enviait sa sœur enfin d'avoir pu s'évader de ce nom désobligeant : Péterat. Le nom de *Marguerite* était charmant. Qu'il sonnait bien avec *de Baraglioul!* Hélas! avec quel autre nom marié, celui d'*Arnica* ne resterait-il pas ridicule?

Rebutée par le positif, son âme inéclose et froissée essayait de la poésie. Elle portait, à seize ans, des deux côtés de son blême visage, ces tombantes boucles que l'on nommait des « repentirs », et ses yeux bleus rêveurs s'étonnaient près de ses cheveux noirs. Sa voix sans timbre n'était point rude; elle lisait des vers et s'évertuait à en écrire. Elle tenait pour poétique tout ce qui l'échappait de la vie.

Aux soirées de Mme Semène, deux jeunes gens fréquentaient, qu'une tendre amitié avait comme associés dès l'enfance; l'un, déjeté sans être grand, non tant maigre qu'efflanqué, aux cheveux plus déteints que blonds, au nez fier, au regard timide : c'était Amédée Fleurissoire. L'autre, gras et courtaud, aux durs cheveux noirs plantés bas, portait, par étrange habitude, la tête constamment inclinée sur l'épaule gauche, la bouche ouverte et la main droite en avant tendue : j'ai dépeint Gaston Blafaphas. Le père d'Amédée était marbrier, entrepreneur de monuments funéraires et marchand de couronnes mortuaires; Gaston était le fils d'un important pharmacien.

(Pour étrange que cela puisse paraître, ce nom de Blafaphas est très répandu dans les villages des contreforts pyrénéens; encore qu'écrit parfois de manières assez différentes. C'est ainsi que dans le seul bourg de Sta... où l'appelait un examen, celui qui écrit ces lignes a pu voir un Blaphaphas, notaire, un Blafafaz coiffeur, un Blaphaface charcutier, qui, interrogés, ne se reconnaissaient aucune origine commune et dont chacun considérait avec un certain mépris le nom au graphisme inélégant des deux autres. — Mais ces remarques philologiques ne sauraient intéresser qu'une classe assez restreinte de lecteurs.)

Qu'eussent été Fleurissoire et Blafaphas l'un sans l'autre? On a peine à l'imaginer. Dans les récréations du lycée, on les voyait toujours ensemble; brimés sans cesse, se consolant, se prêtant patience, renfort. On les nommait *les Blafafoires*. Leur amitié semblait à chacun l'arche unique, l'oasis dans l'impitoyable désert de la vie. L'un ne goûtait pas une joie qu'il ne la voulût aussitôt partagée; ou, pour mieux dire, rien n'était joie pour l'un que ce qu'il goûtait avec l'autre.

Médiocres élèves, malgré leur désarmante assiduité, et foncièrement réfractaires à toute espèce de culture, les Blafafoires seraient restés toujours les derniers de leur classe, sans l'assistance d'Eudoxe Lévichon qui, moyennant de petites redevances, corrigeait, faisait même leurs devoirs. Ce Lévichon était le fils cadet d'un des principaux bijoutiers de la ville. (Vingt ans auparavant, peu de temps après son mariage avec la fille unique du bijoutier Cohen — au moment où, par suite de la prospérité de ses affaires, il quittait le bas quartier de la ville pour aller s'établir non loin du casino, — le bijoutier Albert Lévy avait jugé désirable de réunir et d'agglutiner les deux noms, comme il réunissait les deux maisons.)

Blafaphas était endurant, mais Fleurissoire de complexion délicate. Aux approches de la puberté, le faciès de Gaston s'obombra, on eût dit que la sève allait empoiler tout son corps; cependant l'épiderme plus susceptible d'Amédée se rebiffait, s'enflammait, boutonnait, comme si le poil eût fait des façons pour sortir. Blafaphas père conseilla des dépuratifs, et chaque lundi Gaston apportait dans sa serviette une fiole de sirop antiscorbutique qu'il remettait en cachette à son ami. Ils usèrent également de pommades.

Vers cette époque Amédée prit son premier rhume; rhume qui malgré l'amène climat de Pau ne céda point de tout l'hiver, et laissa derrière lui une fâcheuse délicatesse du côté des bronches. Ce fut pour Gaston l'occasion de nouveaux soins; il comblait son ami de réglisse, de pâtes au jujube, au lichen et de pastilles pectorales à base d'eucalyptus que le père Blafaphas fabriquait lui-même, d'après la recette d'un vieux curé. Amédée, facilement catarrheux, dut se résigner à ne sortir jamais sans foulard.

Amédée n'avait d'autre ambition que de succéder à son père. Gaston cependant, malgré son apparence indolente, ne manquait pas d'initiative; dès le lycée il s'ingéniait à de menues inventions, à vrai dire plutôt récréatives : une trappe-à-mouches, un pèse-billes, un verrou de sûreté pour son pupitre, qui du reste ne contenait pas plus de secrets que son cœur. Si innocentes que fussent les premières applications de son industrie, elles devaient néanmoins l'amener à des recherches plus sérieuses, qui l'occupèrent dans la suite, et dont le premier résultat fut l'invention de cette « pipe fumivore hygiénique, pour fumeurs délicats de la poitrine et autres », qui resta longtemps exposée à la devanture du pharmacien.

Amédée Fleurissoire et Gaston Blafaphas s'éprirent ensemble d'Arnica; c'était fatal. Chose admirable, cette naissante passion, qu'aussitôt l'un à l'autre ils s'avouèrent, loin de les diviser, ne fit que resserrer leur couture. Et certes Arnica ne leur donna d'abord, à l'un non plus qu'à l'autre, de grands motifs de jalousie. Aucun d'eux du reste ne s'était déclaré; et jamais Arnica n'eût été supposer leur flamme, malgré le

tremblement de leur voix lorsque, à ces petites soirées du dimanche chez Mme Semène dont ils étaient
les familiers, elle leur offrait le sirop, la verveine ou
la camomille. Et tous deux, s'en retournant le soir,
célébraient sa décence et sa grâce, s'inquiétaient de
sa pâleur, s'enhardissaient...

Ils convinrent de se déclarer l'un et l'autre le même
soir, ensemble, puis de s'abandonner à son choix.
Arnica, toute neuve devant l'amour, remercia le ciel
dans la surprise et la simplicité de son cœur. Elle pria les
deux soupirants de lui laisser le temps de réfléchir.

A vrai dire elle ne penchait non plus vers l'un que
vers l'autre, et ne s'intéressait à eux que parce qu'eux
s'intéressaient à elle, alors qu'elle avait résigné l'espoir d'intéresser jamais personne. Six semaines durant,
perplexe de plus en plus, elle s'enivra doucement des
hommages de ses prétendants parallèles. Et tandis que
dans leurs promenades nocturnes, supputant mutuel-
lement leurs progrès, les Blafafoires se racontaient
longuement l'un à l'autre, sans détours, les moindres
mots, les regards, les sourires dont *elle* les avait gra-
tifiés, Arnica, retirée dans sa chambre, écrivait sur
des bouts de papier qu'elle brûlait soigneusement
ensuite à la flamme de sa bougie, et répétait inlassa-
blement tour à tour : Arnica Blafaphas?... Arnica
Fleurissoire? incapable de décider entre l'atrocité de
ces deux noms.

Puis brusquement, certain jour de sauterie, elle
avait choisi Fleurissoire; Amédée ne venait-il pas de
l'appeler *Arnica*, en accentuant la pénultième de son
nom d'une manière qui lui parut italienne? (inconsidérément du reste, et sans doute entraîné par le piano
de Mlle Semène qui rythmait l'atmosphère en ce
moment), et ce nom d'Arnica, son propre nom, aussitôt lui était apparu riche d'une musique imprévue,
capable lui aussi d'exprimer poésie, amour... Ils étaient

tous deux seuls dans un petit parloir à côté du salon, et si près l'un de l'autre que, lorsque Arnica défaillante laissa pencher sa tête lourde de reconnaissance, son front toucha l'épaule d'Amédée qui, très grave, prit alors la main d'Arnica et lui baisa le bout des doigts.

Quand, au retour, Amédée annonça son bonheur à son ami, Gaston, contre son habitude, ne dit rien et, quand ils passèrent devant une lanterne, il parut à Fleurissoire qu'il pleurait. Si grande que fût la naïveté d'Amédée, pouvait-il vraiment supposer que son ami partageait jusqu'à ce dernier point son bonheur ? Tout décontenancé, tout penaud, il prit Blafaphas dans ses bras (la rue était déserte) et lui jura que, pour grand que fût son amour, son amitié l'emportait de beaucoup encore, qu'il n'entendait pas que, par son mariage, elle fût en rien diminuée et qu'enfin, plutôt que de sentir Blafaphas souffrant de quelque jalousie, il était prêt à lui promettre, sur son bonheur, de ne jamais user de ses droits conjugaux.

Ni Blafaphas ni Fleurissoire n'étaient de tempérament bien fougueux ; pourtant Gaston, que sa virilité occupait un peu davantage, se tut et laissa promettre Amédée.

Peu de temps après le mariage d'Amédée, Gaston qui, pour se consoler, s'était plongé dans le travail, découvrit le *Carton Plastique*. Cette invention, qui d'abord n'avait l'air de rien, eut pour premier résultat de revigorer l'amitié quelque peu retombée de Lévichon pour les Blafafoires. Eudoxe Lévichon pressentit aussitôt le parti que la statuaire religieuse pourrait tirer de cette nouvelle matière, qu'il baptisa d'abord, avec un remarquable sentiment des contingences : *Carton-Romain* [1]. La maison Blafaphas, Fleurissoire et Lévichon fut fondée.

1. *Le Carton-Romain-Plastique*, annonçait le catalogue, d'invention relativement récente, de fabrication spéciale,

L'affaire s'élançait avec un capital de soixante mille francs déclarés, sur lesquels les Blafafoires s'inscrivaient à eux deux modestement pour dix mille. Lévichon fournissait généreusement les cinquante autres, n'ayant point supporté que ses deux amis s'obérassent. Il est vrai que sur ces cinquante mille francs, quarante étaient prêtés par Fleurissoire, prélevés sur la dot d'Arnica, remboursables en dix ans, avec un intérêt cumulatif de 4 ½ % — ce qui était plus qu'Arnica n'avait jamais espéré, et ce qui mettait la petite fortune d'Amédée à l'abri des grands risques que cette entreprise ne pouvait manquer de courir. Les Blafafoires, par contre, apportaient l'appui de leurs relations et de celles des Baraglioul, c'est-à-dire, après que le Carton-Romain eût fait ses preuves, la protection de maints membres influents du clergé; ceux-ci (en plus de quelques importantes commandes) persuadèrent maintes petites paroisses de s'adresser à la maison F. B. L. pour répondre aux besoins grandissants des fidèles, l'éducation artistique de plus en plus perfectionnée exigeant des œuvres plus exquises que celles dont la fruste foi des ancêtres s'était jusqu'à présent contentée. A cet effet quelques artistes, de mérite reconnu par l'Église, enrôlés dans l'œuvre du Carton-Romain, obtinrent de voir enfin leurs œuvres acceptées par le jury du Salon. Laissant à Pau les Blafafoires, Lévichon s'établit à Paris où comme il avait de l'entregent, la maison avait bientôt pris une extension considérable.

Que la comtesse Valentine de Saint-Prix cherchât, à travers Arnica, à intéresser la maison Blafaphas

dont la maison Blafaphas, Fleurissoire et Lévichon garde le secret, remplace fort avantageusement le carton-pierre, le papier-stuc et autres compositions analogues, dont l'usage n'a que trop bien établi toute la défectuosité. (Suivaient les descriptions des différents modèles.)

et Cⁱᵉ à la secrète cause de la délivrance du pape,
quoi de plus naturel? et qu'elle eût confiance dans
la grande piété des Fleurissoire pour rentrer dans
une partie de son avance. Par malheur, les Blafafoires,
en raison de la minime somme engagée par eux au
début de l'entreprise, ne touchaient que très peu :
deux douzièmes sur les revenus avoués et absolument
rien sur les autres. C'est ce que la comtesse ignorait,
Arnica ayant, de même qu'Amédée, grande pudeur
à l'endroit du porte-monnaie.

III

— Chère Madame! Qu'y a-t-il? Votre lettre m'a
bien fait peur.

La comtesse se laissa tomber dans le fauteuil
qu'avançait vers elle Arnica.

— Ah! Madame Fleurissoire... tenez, laissez-moi
vous appeler : chère amie... Cette peine, qui vous
touche aussi, nous rapproche. Ah! si vous saviez!...

— Parlez! parlez! ne me laissez pas plus longtemps
dans l'attente.

— Mais ce que je viens d'apprendre, et que je vais
vous dire, doit rester un secret entre nous.

— Je n'ai jamais trahi la confiance de personne, dit
dolemment Arnica, à qui personne encore n'avait
jamais confié aucun secret.

— Vous n'allez pas y croire.

— Si! si, gémissait Arnica.

— Ah! gémissait la comtesse. Tenez, serez-vous
assez bonne pour me préparer une tasse de n'importe
quoi... Je sens que je m'en vais.

— Voulez-vous de la verveine? du tilleul? de la
camomille?

— N'importe quoi... Du thé plutôt... Je refusais d'y croire d'abord.

— Il y a de l'eau bouillante à la cuisine. Ce sera l'affaire d'un instant.

Et tandis qu'Arnica s'affairait, l'œil intéressé de la comtesse expertisait le salon. Il y régnait une modestie décourageante. Des chaises de reps vert, un fauteuil en velours grenat, un autre en vulgaire tapisserie, dans lequel elle était assise; une table, une console d'acajou; devant le foyer, un tapis en chenilles de laine; sur la cheminée, des deux côtés d'une pendule en albâtre, sous globe, deux grands vases d'albâtre ajourés, sous globes pareillement; sur la table, un album de photographies de famille; sur la console, une image de Notre-Dame de Lourdes dans sa grotte, en carton-romain, modèle réduit — tout déconseillait la comtesse, qui sentait le cœur lui manquer.

Après tout, c'étaient peut-être des faux pauvres, des avaricieux...

Arnica revenait avec la théière, le sucre et une tasse, sur un plateau.

— Je vous donne beaucoup de mal.

— Oh! je vous en prie!... Seulement je préfère que ce soit avant; parce qu'après je n'aurais plus la force.

— Eh bien! voilà, commença Valentine après qu'Arnica se fut assise : Le pape...

— Non! Ne me dites pas! ne me dites pas! fit aussitôt Mme Fleurissoire, étendant la main devant elle; puis poussant un faible cri elle retomba en arrière, les yeux clos.

— Ma pauvre amie! ma pauvre chère amie, disait la comtesse en lui tapotant le poignet. Je savais bien que ce secret serait au-dessus de vos forces.

Enfin Arnica ouvrit un œil et murmura tristement :

— Il est mort?

Alors Valentine, se penchant vers elle, lui glissa dans l'oreille :

— Emprisonné.

La stupeur fit revenir à elle Madame Fleurissoire; et Valentine commença son long récit, trébuchant sur les dates, s'embrouillant dans la chronologie; mais le fait était là, certain, indiscutable : notre Saint-Père était tombé entre les mains des infidèles; on organisait secrètement, pour le délivrer, une croisade; et il fallait d'abord, pour mener à bien celle-ci, beaucoup d'argent.

— Qu'est-ce que va dire Amédée? gémissait Arnica consternée.

Il ne devait rentrer que le soir, parti en promenade avec son ami Blafaphas...

— Surtout recommandez-lui bien le secret, répéta Valentine plusieurs fois, en prenant congé d'Arnica. — Embrassons-nous, ma chère amie; bon courage! — Arnica, confuse, tendait à la comtesse son front moite. — Demain je passerai savoir ce que vous pensez pouvoir faire. Consultez Monsieur Fleurissoire; mais songez qu'il y va de l'Église!... Et c'est bien entendu : à votre mari seulement! Vous me le promettez : pas un mot; n'est-ce pas? pas un mot.

La comtesse de Saint-Prix avait laissé Arnica dans un état de dépression très voisin de la défaillance. Lorsque Amédée rentra de promenade :

— Mon ami, lui dit-elle aussitôt, je viens d'apprendre quelque chose d'excessivement triste. Le pauvre Saint-Père est emprisonné.

— Pas possible! fit Amédée comme il aurait dit : Bah!

Alors Arnica, éclatant en sanglots :

— Je savais bien, je savais bien que tu ne me croirais pas.

— Mais voyons, voyons, ma chérie... reprenait

Amédée en dépouillant le pardessus sans lequel il ne
sortait pas volontiers, par crainte des changements
brusques de température. Songes-tu ? Tout le monde
saurait cela, si on avait touché au Saint-Père. Ça
se lirait dans les journaux... Et qui est-ce qui aurait
pu l'emprisonner ?

— Valentine dit que c'est la Loge.

Amédée regarda Arnica avec l'idée qu'elle était
devenue folle. Il dit pourtant :

— La Loge !... Quelle Loge ?

— Mais comment veux-tu que je sache ? Valentine
a promis de ne pas en parler.

— Qui est-ce qui lui a raconté tout cela ?

— Elle m'a défendu de le dire... Un chanoine, qui
est venu de la part d'un cardinal, avec sa carte...

Arnica n'entendait rien aux affaires publiques et,
de ce que lui avait raconté Mme de Saint-Prix, ne
se faisait qu'une représentation confuse. Les mots
captivité, emprisonnement levaient devant ses yeux des
images ténébreuses et semi-romantiques ; le mot *croisade*
l'exaltait infiniment, et lorsque, enfin ébranlé, Amédée
parla de partir, elle le vit soudain en cuirasse et en
heaume, à cheval... Lui marchait à présent à grands
pas à travers la pièce ; il disait :

— D'abord, de l'argent, nous n'en avons pas... Et
tu crois que cela me suffirait, d'en donner ! Tu crois,
parce que je me serais privé de quelques billets, que
je pourrais reposer tranquille ?... Mais, chère amie,
si ce que tu me dis est vrai, c'est une chose épouvantable, et qui ne nous permet pas de nous reposer.
Épouvantable, tu comprends.

— Oui, je sens bien, épouvantable... Mais tout de
même explique-moi un peu... pourquoi ?

— Oh ! s'il faut à présent que je t'explique !... et
Amédée, la sueur aux tempes, levait des bras décou-
ragés.

— Non! non, reprenait-il; ce n'est pas de l'argent qu'il faut donner ici; c'est soi-même. Je vais consulter Blafaphas; nous verrons ce qu'il me dira.

— Valentine de Saint-Prix m'a bien fait promettre de ne point parler de cela à personne, hasarda timidement Arnica.

— Blafaphas n'est pas quelqu'un; et nous lui recommanderons de garder cela pour lui seul, strictement.

— Comment veux-tu partir sans qu'on le sache?

— On saura que je pars, mais on ne saura pas où je vais. Puis, se tournant vers elle, sur un ton pathétique, il implorait : — Arnica, ma chérie... laisse-moi y aller.

Elle sanglotait. A présent c'était elle qui réclamait l'appui de Blafaphas. Amédée l'allait quérir, quand, de lui-même, l'autre s'amena, frappant à la vitre du salon d'abord, selon son habitude.

— Voilà bien la plus curieuse histoire que j'aie entendue de ma vie, s'écria-t-il dès qu'on l'eut mis au fait. Non! mais en vérité, qui se serait attendu à rien de pareil? — Et brusquement, avant que Fleurissoire eût rien dit de ses intentions : — Mon ami, nous n'avons qu'une chose à faire : partir.

— Tu vois, dit Amédée, c'est sa première pensée.

— Moi, malheureusement, je suis retenu par la santé de mon pauvre père, fut la seconde.

— Après tout, il vaut mieux que je sois seul, reprit Amédée. A deux, nous nous ferions remarquer.

— Vas-tu seulement savoir comment t'y prendre?

Alors Amédée levait le haut du corps et les sourcils avec l'air de dire : Je ferai de mon mieux, que veux-tu! Blafaphas continuait :

— Vas-tu savoir à qui t'adresser? Où aller?... Au juste qu'est-ce que tu vas faire là-bas?

— D'abord reconnaître ce qui en est.

— Car enfin, si rien de tout cela n'était vrai?

— Précisément, je ne peux pas rester dans le doute.
Et Gaston s'écriait aussitôt :

— Moi non plus.

— Mon ami, réfléchis encore, essayait Arnica.

— C'est tout réfléchi : Je pars secrètement, mais
je pars.

— Quand? Tu n'as rien de prêt.

— Dès ce soir. Que me faut-il tant?

— Mais tu n'as jamais voyagé. Tu ne vas pas savoir.

— Tu verras cela, ma petite. Je vous raconterai
mes aventures, disait-il avec un gentil petit ricanement qui lui secouait la pomme d'Adam.

— Tu vas t'enrhumer, c'est certain.

— Je mettrai ton foulard.

Il s'arrêtait dans sa marche, pour soulever du bout
de l'index le menton d'Arnica, comme on fait aux
poupons que l'on veut amener à sourire. Gaston
gardait une attitude réservée. Amédée s'approcha de
lui :

— Je compte sur toi pour consulter l'indicateur.
Tu me diras quand j'ai un bon train pour Marseille;
avec des troisièmes. Si, si, je tiens à prendre des
troisièmes. Enfin prépare-moi un horaire détaillé,
avec les endroits où il faut que je change; et les
buffets; jusqu'à la frontière; après, je serai lancé, je
me débrouillerai et Dieu me guidera jusqu'à Rome.
Vous m'écrirez là-bas, poste restante.

L'importance de sa mission lui surchauffait péril-
leusement la cervelle. Après que Gaston fut reparti
il arpentait toujours la pièce; il murmurait :

— Qu'à moi soit réservé cela! plein d'une admiration et d'une reconnaissance attendrie : il avait donc
enfin sa raison d'être. Ah! par pitié, Madame, ne le
retenez pas! Il est si peu d'êtres sur terre qui savent
trouver leur emploi.

Tout ce qu'obtint Arnica c'est qu'il passât encore

cette nuit auprès d'elle, Gaston ayant d'ailleurs marqué sur l'horaire, qu'il apporta dans la soirée, le train de huit heures du matin comme le plus pratique.

Ce matin-là, il pleuvait dru. Amédée ne consentit point à ce qu'Arnica ni Gaston l'accompagnassent à la gare. Et personne n'eut un regard d'adieu pour le cocasse voyageur aux yeux d'alose, au col caché par un foulard grenat, qui tenait à la main droite une valise de toile grise où sa carte de visite était clouée, à la main gauche un vieux riflard, sur le bras un châle à carreaux verts et bruns — qu'emporta le train vers Marseille.

IV

Vers cette époque, un important congrès de sociologie rappelait à Rome le comte Julius de Baraglioul. Il n'était peut-être pas spécialement convoqué (ayant sur les questions sociales plutôt des convictions que des compétences), mais il se réjouissait de cette occasion d'entrer en rapport avec quelques illustres sommités. Et comme Milan se trouvait tout naturellement sur sa route, Milan, où, comme l'on sait, sur les conseils du père Anselme, les Armand-Dubois étaient allés demeurer, il en profiterait pour revoir un peu son beau-frère.

Le jour même que Fleurissoire quittait Pau, Julius sonnait à la porte d'Anthime.

On l'introduisit dans un misérable appartement de trois pièces — si l'on peut compter pour une pièce l'obscure soupente où Véronique faisait elle-même cuire quelques légumes, ordinaire de leurs repas. Un

hideux réflecteur de métal renvoyait blafard le jour
étroit d'une courette; Julius, gardant à la main son
chapeau plutôt que de le poser sur la douteuse toile
cirée qui recouvrait une table ovale, et restant debout
par horreur de la molesquine, saisit le bras d'Anthime
et s'écria :

— Vous ne pouvez rester ici, mon pauvre ami.

— De quoi me plaignez-vous? dit Anthime.

Au bruit des voix Véronique était accourue :

— Croiriez-vous, mon cher Julius, qu'il ne trouve
rien d'autre à dire, devant les passe-droits et les abus
de confiance dont vous nous voyez victimes.

— Qui vous a fait partir pour Milan?

— Le père Anselme; de toute façon nous ne pou-
vions garder l'appartement in Lucina.

— Qu'en avions-nous besoin? dit Anthime.

— Là n'est point la question. Le père Anselme
vous promettait compensation. A-t-il connu votre
misère?

— Il feint de l'ignorer, dit Véronique.

— Il faut vous plaindre à l'évêque de Tarbes.

— C'est ce qu'Anthime a fait.

— Qu'a-t-il dit?

— C'est un excellent homme; il m'a vivement encouragé dans ma foi.

— Mais depuis que vous êtes ici, n'en avez-vous
appelé à personne?

— J'ai failli voir le cardinal Pazzi qui m'avait marqué de l'attention, et à qui j'avais récemment écrit;
il a bien passé par Milan, mais il m'a fait dire par
son valet...

— Qu'une crise de goutte regrettait de le tenir à
la chambre, interrompit Véronique.

— Mais c'est abominable! Il faut en aviser Rampolla, s'écria Julius.

— L'aviser de quoi, cher ami? il est de fait que je

suis un peu dénué; mais qu'avons-nous besoin davantage? J'errais, du temps de ma prospérité; j'étais
pécheur; j'étais malade. A présent, me voici guéri.
Jadis vous aviez beau jeu de me plaindre. Vous le
savez, pourtant : les faux biens détournent de Dieu.

— Mais enfin ces faux biens vous sont dus. Je
consens que l'Église vous enseigne à les mépriser,
mais non point qu'elle vous en frustre.

— Voilà parler, dit Véronique. Avec quel soulagement je vous écoute, Julius. Ses résignations, à lui, me
font bouillir; pas moyen de l'amener à se défendre;
il s'est laissé plumer comme un oison, disant merci à
tous ceux qui voulaient bien prendre, et prenaient au
nom du Seigneur.

— Véronique, il m'est pénible de t'entendre parler
ainsi; tout ce qu'on fait au nom du Seigneur est bien
fait.

— Si vous trouvez plaisant d'être jobard...

— Dans jobard il y a Job, mon ami.

Alors Véronique, se tournant vers Julius :

— Vous l'entendez? Eh bien! il est pareil à cela
tous les jours; il n'a plus en bouche que des capuci-
nades; et quand j'ai bien trimé, faisant marché, cuisine et ménage, Monsieur cite son Évangile, trouve
que je m'agite pour bien des choses et me conseille
de regarder les lis des champs.

— Je t'aide de mon mieux, mon amie, reprit Anthime, d'une voix séraphique; je t'ai maintes fois pro-
posé, puisque je suis ingambe à présent, d'aller au
marché ou de faire le ménage à ta place.

— Ce n'est point là affaire aux pantalons. Contente-
toi d'écrire tes homélies, et tâche seulement à te les
faire payer un peu plus. Puis sur un ton toujours plus
irrité (elle naguère si souriante!) : — Si ce n'est pas
une honte! quand on songe à ce qu'il gagnait à *La
Dépêche* avec ses articles impies : Et les quelques rotins

que lui verse aujourd'hui *Le Pèlerin* pour ses prônes, il trouve encore moyen d'en laisser les trois quarts aux pauvres.

— Alors c'est un saint tout à fait!... s'écriait Julius consterné.

— Ah! ce qu'il m'agace avec sa sainteté!... Tenez : savez-vous ce que c'est que ça? — et elle allait dans un coin sombre de la pièce, quérir une cage à poulets : — Ce sont deux rats auxquels Monsieur le savant a crevé les yeux, dans le temps.

— Hélas! Véronique, pourquoi revenez-vous là-dessus? Vous les nourrissiez bien, du temps que j'expérimentais sur eux; et je vous le reprochais alors... Oui, Julius, du temps de mes forfaits, j'avais, par vaine curiosité scientifique, aveuglé ces pauvres animaux, j'en ai charge à présent; ce n'est que naturel.

— Je voudrais bien que l'Église trouvât également naturel de faire pour vous ce que vous faites pour ces rats, après vous avoir aveuglé tout de même.

— Aveuglé, dites-vous! Est-ce vous qui parlez ainsi? Illuminé, mon frère; illuminé.

— Je vous parle du positif. L'état dans lequel on vous abandonne est pour moi chose inadmissible. L'Église a pris des engagements envers vous; il est de nécessité qu'elle les tienne; pour son honneur, et pour notre foi. — Puis se tournant vers Véronique : — Si vous n'avez rien obtenu, adressez-vous plus haut encore, toujours plus haut. Que parlais-je de Rampolla? C'est au pape lui-même à présent que je veux porter une supplique; au pape qui n'ignore pas votre conversion. Un tel déni de justice mérite qu'il en soit instruit. Dès demain je retourne à Rome.

— Vous nous resterez bien à dîner, hasarda craintivement Véronique.

— Excusez-moi; je n'ai pas l'estomac très solide (et Julius, dont les ongles étaient soignés, remarquait les

gros doigts courts, carrés du bout, d'Anthime) ; à mon
retour de Rome, je vous verrai plus longuement, et
je vous entretiendrai, cher Anthime, du nouveau livre
que je prépare.

— J'ai relu ces jours derniers *L'Air des cimes* et
trouvé ça meilleur qu'il ne m'avait paru d'abord.

— Tant pis pour vous! C'est un livre manqué; je
vous expliquerai pourquoi quand vous serez en état
de m'entendre et d'apprécier les étranges préoccupations qui m'habitent. J'ai trop à dire. Motus pour
aujourd'hui.

Il quitta les Armand-Dubois leur ayant souhaité bon
espoir.

LIVRE QUATRIÈME

Le Mille-Pattes

*Et je ne puis approuver que ceux
qui cherchent en gémissant.*

Pascal, 3421.

I

Amédée Fleurissoire avait quitté Pau avec cinq
cents francs dans sa poche, qui certainement devaient
suffire à son voyage, malgré les faux frais où l'entraîne-
rait sans doute la malignité de la Loge. Puis, si la
somme ne suffisait pas, s'il se voyait contraint de pro-
longer davantage son séjour, il ferait appel à Blafaphas qui tenait à sa disposition une petite réserve.

Personne à Pau ne devant savoir où il allait, il
n'avait pris billet que pour Marseille. De Marseille
à Rome le billet de troisième ne coûtait que trente-
huit francs quarante et lui laissait la faculté de s'arrêter en cours de route ; ce dont il pensait profiter pour
satisfaire, non point à la curiosité des lieux étranges
qu'il n'avait jamais eue vive, mais à son besoin de
sommeil qu'il avait extraordinairement exigeant. C'est-
à-dire qu'il redoutait par-dessus tout l'insomnie ; et,
comme il importait à l'Église qu'il arrivât à Rome
bien gaillard, il ne regarderait pas à la remise de
deux jours, à quelques frais d'hôtel en sus... Qu'était-ce
que cela auprès d'une nuit en wagon, blanche à n'en
pas douter et malsaine particulièrement à cause des
exhalaisons des autres voyageurs ; puis, si l'un d'eux
désireux de renouveler l'air, s'avisait d'ouvrir une
fenêtre, alors c'était le rhume assuré... Il coucherait

donc une première nuit à Marseille, une seconde à Gênes, dans quelqu'un de ces hôtels point fastueux mais confortables, comme on en trouve facilement dans le voisinage des gares; et n'arriverait à Rome que le surlendemain soir.

Au demeurant il s'amusait de ce voyage, et de le faire seul, enfin; à quarante-sept ans, n'ayant encore jamais vécu que sous tutelle, escorté partout par sa femme ou par son ami Blafaphas. Calé dans son coin de wagon, il souriait avec un air de chèvre, du bout des dents, souhaitant bénigne aventure. Tout alla bien jusqu'à Marseille.

Le second jour il fit un faux départ. Tout absorbé dans la lecture du *Baedeker* de l'Italie centrale qu'il venait d'acheter, il se trompa de train et fila droit sur Lyon, ne s'en aperçut qu'à Arles, au moment où le train repartait, et dut poursuivre jusqu'à Tarascon; il dut redéfaire la route; puis prit un train du soir qui le porta jusqu'à Toulon, plutôt que de coucher une nouvelle nuit à Marseille où les punaises l'avaient gêné.

La chambre n'avait pourtant pas mauvais aspect, qui donnait sur la Canebière; ni le lit, ma foi! dans lequel il s'était étendu en confiance après avoir plié ses vêtements, fait ses comptes et ses prières. Il tombait de sommeil et s'était endormi aussitôt.

Les punaises ont des mœurs particulières; elles attendent que la bougie soit soufflée, et, sitôt dans le noir, s'élancent. Elles ne se dirigent pas au hasard; vont droit au cou, qu'elles prédilectionnent; s'adressent parfois aux poignets; quelques rares préfèrent les chevilles. On ne sait trop pourquoi elles infusent sous la peau du dormeur une subtile huile urticante dont la virulence à la moindre friction s'exaspère...

La démangeaison qui réveilla Fleurissoire était si

vive qu'il ralluma sa bougie et courut au miroir
contempler, sous le maxillaire inférieur, une rougeur
confuse semée d'indistincts petits points blancs; mais
la camoufle éclairait mal; la glace était de tain sali,
son regard brouillé de sommeil... Il se recoucha, frot-
tant toujours; éteignit de nouveau; ralluma cinq
minutes après, la cuisson devenant intolérable; bondit à sa toilette, mouilla dans le broc son mouchoir
et l'appliqua sur la zone enflammée; celle-ci, toujours
plus étendue, atteignait à présent la clavicule. Amédée
crut qu'il tombait malade et pria; puis éteignit encore.
Le répit apporté par la fraîcheur de la compresse fut
de courte durée pour laisser le patient se rendormir;
à présent se joignait à l'atrocité de l'urticaire la gêne
d'un col de chemise trempé; qu'il trempait aussi de
ses larmes. Et tout à coup il sursauta d'horreur : des
punaises! ce sont des punaises!... Il s'étonna de n'y
avoir pas pensé plus tôt; mais il ne connaissait l'insecte que de nom, et comment aurait-il assimilé l'effet
d'une morsure précise à cette brûlure indéfinie? Il
jaillit hors du lit; pour la troisième fois ralluma la bougie.

Théorique et nerveux, il se faisait, comme beaucoup de gens, des idées fausses sur les punaises, et,
glacé de dégoût, commença par les chercher sur lui;
n'en vit mie; pensa s'être trompé; déjà se recroyait
malade. Rien sur les draps non plus; mais, avant de
se recoucher, l'idée lui vint pourtant de soulever son
traversin. Il aperçut alors trois minuscules pastilles
noirâtres, qui prestement se muchèrent dans un repli
de drap. C'étaient elles!

Posant sa bougie sur le lit, il les traqua, ouvrit le
pli, en surprit cinq que, par dégoût, n'osant escar-
bouiller contre son ongle, il précipita dans son pot de
chambre et compissa. Quelques instants il les regarda
se débattre, content, féroce, et du coup se sentit un
peu soulagé. Se recoucha; souffla.

Les démangeaisons presque aussitôt redoublèrent; de nouvelles, sur la nuque, à présent. Exaspéré il ralluma, se releva, enleva cette fois sa chemise pour en examiner le col à loisir. Enfin il distingua, au ras de la couture, courir, d'imperceptibles points rouge clair, qu'il écrasa contre la toile, où ils firent une marque de sang; les sales bêtes, si petites, il avait peine à croire que ce fussent déjà des punaises; mais, peu après, soulevant de nouveau son traversin, il en dénicha une énorme : leur mère assurément; alors encouragé, excité, amusé presque, il enleva le traversin, défit ses draps, et commença de fouiller avec méthode. A présent il se figurait partout en voir; mais somme toute n'en prit que quatre; se recoucha et put goûter une heure de calme.

Puis les brûlures recommencèrent. Il partit à la chasse une fois encore; puis enfin, excédé, se laissa faire et remarqua que la cuisson, s'il n'y touchait pas, se calmait somme toute assez vite. A l'aube les dernières, repues, le laissèrent. Il dormait d'un sommeil profond quand le garçon vint le réveiller pour son train.

A Toulon ce furent les puces.

Sans doute les avait-il récoltées en wagon. Toute la nuit il se gratta, tourna et retourna sans dormir. Il les sentait qui lui couraient le long des jambes, lui chatouillaient les reins, l'enfiévraient. Comme il était de peau délicate, d'exubérants boutons se soulevaient sous leurs morsures, qu'il enflammait en se grattant comme à plaisir. Il ralluma plusieurs fois sa bougie; il se relevait, enlevait sa chemise, la remettait, sans avoir pu en tuer une; à peine les apercevait-il un instant : elles échappaient à sa prise, et, même s'il parvenait à les saisir, lorsqu'il les croyait mortes, aplaties sous son doigt, elles se regonflaient à l'instant même,

repartaient sitôt sauves et bondissaient comme devant.
Il en venait à regretter les punaises. Il enrageait, et
dans l'énervement de ce pourchas inutile acheva de
compromettre son sommeil.

Et toute la journée du lendemain ses boutons de la
nuit le démangèrent, tandis que des chatouillements
neufs l'avertissaient qu'il était toujours fréquenté.
L'excessive chaleur augmentait considérablement son
malaise. Le wagon regorgeait d'ouvriers qui buvaient,
fumaient, crachaient, rotaient, et mangeaient un
cervelas d'une senteur tellement forte que Fleurissoire,
à plus d'un coup, pensa vomir. Il n'osa cependant
quitter ce compartiment qu'à la frontière, de crainte
que les ouvriers, le voyant monter dans un autre,
n'allassent supposer qu'ils le gênaient; dans le compartiment où ensuite il monta, une volumineuse nourrice
changeait les couches de son poupon. Il tâcha néanmoins de dormir; mais il était alors gêné par son
chapeau. C'était un de ces chapeaux plats, de paille
blanche à ruban noir, de l'espèce de ceux qu'on
appelle communément : canotiers. Quand Fleurissoire
le laissait dans sa position ordinaire, le bord rigide
écartait sa tête de la cloison; si, pour s'appuyer, il
relevait un peu le chapeau, la cloison le précipitait
en avant; lorsque, au contraire, il réprimait le chapeau
en arrière, le bord se coinçait alors entre la cloison
et sa nuque et le canotier au-dessus de son front se
levait comme une soupape. Il prit le parti de l'enlever
complètement et de se couvrir le chef de son foulard
que, par crainte du jour, il laissait retomber devant ses
yeux. Du moins il s'était précautionné pour la nuit :
il avait acheté à Toulon, le matin, une boîte de
poudre insecticide et, dût-il payer cher, pensait-il, il
n'hésiterait pas, ce soir-là, à descendre dans un des
meilleurs hôtels; car si cette nuit il ne dormait pas
davantage, dans quel état de misère physiologique

arriverait-il à Rome? à la merci du moindre franc-maçon.

Devant la gare de Gênes stationnaient les omnibus des principaux hôtels; il alla droit à l'un des plus cossus, sans se laisser intimider par la morgue du laquais qui s'empara de sa piteuse valise; mais Amédée ne s'en voulait point séparer; il refusa de la laisser poser sur le dessus de la voiture, exigea qu'on la mît, là, près de lui, sur le coussin de la banquette. Dans le vestibule de l'hôtel le portier en parlant français le mit à l'aise; alors il se lança et, non content de demander « une très bonne chambre », s'enquit des prix de celles qu'on lui proposait, résolu, au-dessous de douze francs, à ne rien trouver à sa convenance.

La chambre de dix-sept francs pour laquelle il se décida, après en avoir visité plusieurs, était vaste, propre, élégante, sans excès; le lit avançait dans la pièce, un lit de cuivre, net, assurément inhabité, à qui le pyrèthre eût fait injure. Dans une sorte d'armoire énorme, la toilette était dissimulée. Deux larges fenêtres ouvraient sur un jardin; Amédée, penché vers la nuit, contempla d'indistincts et sombres feuillages, longuement, laissant l'air tiède lentement calmer sa fièvre et le persuader au sommeil. Au-dessus du lit, un voile de tulle retombait en brouillard exactement de trois côtés; de petits cordonnets, semblables aux ris d'une voile, le relevaient par-devant dans une courbe gracieuse. Fleurissoire reconnut là ce qu'on appelle : moustiquaire — dont il avait toujours dédaigné d'user.

Après s'être lavé, il s'étendit avec délices dans les draps frais. Il laissait la fenêtre ouverte; non toute grande assurément, par crainte du rhume et de l'ophtalmie, mais un des battants rabattu de manière que ne lui parvinssent pas directement les effluves; fit ses comptes et ses prières, puis éteignit. (L'éclairage

était électrique, qu'on arrêtait en chavirant la chevillette d'un interrupteur de courant.)

Fleurissoire allait s'endormir lorsqu'un mince chan-
tonnement vint lui remémorer cette précaution, qu'il
n'avait point prise, de n'ouvrir la fenêtre qu'après
avoir éteint; car la lumière attire les moustiques. Il
lui souvint aussi d'avoir lu quelque part des remerciements au bon Dieu pour avoir doué l'insecte
volatile d'une petite musique particulière, propre à
avertir le dormeur à l'instant qu'il allait être piqué.
Puis, il fit retomber tout autour de lui la mousseline
infranchissable. « Combien cela ne vaut-il pas mieux,
après tout, pensait-il en s'assoupissant, que ces petits
cônes en feutre d'herbe sèche, que, sous le nom baroque
de *fidibus*, débite le père Blafaphas; on les allume sur
une soucoupe de métal; ils se consument en répandant
une grande abondance de fumée narcotique; mais
devant que d'engourdir les moustiques, ils asphyxient
à demi le dormeur. Fidibus! quel drôle de nom!
Fidibus... » Il s'endormait déjà quand, soudain, à
l'aile gauche du nez, une vive piqûre. Il y porta la
main; et tandis qu'il palpait doucement le cuisant
soulèvement de sa chair : piqûre au poignet. Puis,
contre son oreille un zézaiement narquois... Horreur!
il avait enfermé l'ennemi dans la place! Il atteignit
la chevillette et rétablit le courant.

Oui! le moustique était là, posé, tout en haut de
la moustiquaire. Un peu presbyte, Amédée le distinguait fort bien, fluet jusqu'à l'absurde, campé sur
quatre pieds et portant rejetée en arrière la dernière
paire de pattes, longue et comme bouclée; l'insolent!
Amédée se dressa debout sur son lit. Mais comment
écraser l'insecte contre un tissu fuyant, vaporeux?...
N'importe! il donna du plat de la main, si fort, si
vite, qu'il crut avoir crevé la moustiquaire. A coup

sûr le moustique y était; il chercha des yeux le
cadavre; ne vit rien; mais sentit une nouvelle piqûre
au jarret.

Alors, pour protéger du moins le plus possible de
sa personne, il rentra dans son lit; puis resta peut-
être un quart d'heure, hébété, n'osant plus éteindre.
Puis, tout de même rassuré, ne voyant ni n'entendant
plus d'ennemi, éteignit. Et tout de suite la musique
recommença.

Alors il ressortit un bras, gardant la main près du
visage, et, par instants, quand il en croyait sentir un,
bien posé, sur son front ou sa joue, appliquait une
vaste claque. Mais, sitôt après, il entendait de nouveau
l'insecte chanter.

Après quoi il eut l'idée de se couvrir la tête de son
foulard, ce qui gêna considérablement sa volupté
respiratoire, et ne l'empêcha pas d'être piqué au
menton.

Alors le moustique, repu sans doute, se tint coi;
du moins Amédée, vaincu par le sommeil, cessa-t-il
de l'entendre; il avait enlevé le foulard et dormait
d'un sommeil enfiévré; il se grattait tout en dormant.
Le lendemain matin son nez, qu'il avait naturellement
aquilin, ressemblait à un nez d'ivrogne; le bouton
du jarret bourgeonnait comme un clou et celui du
menton avait pris un aspect volcanique — qu'il
recommanda à la sollicitude du barbier lorsque, avant
de quitter Gênes, il se fit raser, pour arriver décent
à Rome.

II

A Rome, comme il lanternait devant la gare, sa
valise à la main, si fatigué, si désorienté, si perplexe

qu'il ne se décidait à rien et ne se sentait plus de force que pour repousser les avances des portiers d'hôtels, Fleurissoire eut la fortune de rencontrer un facchino qui parlait français. Baptistin était un jeune natif de Marseille, presque glabre encore, à l'œil vif, qui, reconnaissant en Fleurissoire un pays, s'offrit à le guider et à lui porter sa valise.

Fleurissoire, durant la longueur du voyage, avait potassé son *Baedeker*. Une sorte d'instinct, de pressentiment, d'avertissement intérieur, détourna presque aussitôt du Vatican sa pieuse sollicitude, pour la concentrer sur le château Saint-Ange, l'ancien Mausolée d'Adrien, cette geôle célèbre qui, dans de secrets cachots, avait jadis abrité maints prisonniers illustres, et qu'un corridor souterrain relie, paraît-il, au Vatican.

Il contemplait le plan. « C'est là qu'il faut trouver à se loger », avait-il décidé, posant l'index sur le quai Tordinona, en face du château Saint-Ange. Et, par une conjoncture providentielle, c'est aussi là que se proposait de l'entraîner Baptistin; non sur le quai précisément, qui n'est à proprement parler qu'une chaussée, mais tout auprès : via dei Vecchierelli, c'est-à-dire : des petits vieillards, la troisième rue, en partant du ponte Umberto, qui vient buter sur le remblai; il connaissait une maison tranquille (des fenêtres du troisième, en se penchant un peu, on aperçoit le Mausolée), où des dames très complaisantes parlent toutes les langues, et une en particulier le français.

— Si Monsieur est fatigué on peut prendre une voiture; c'est loin... Oui, l'air est plus frais ce soir; il a plu; un peu de marche après le long trajet fait du bien... Non, la valise n'est pas trop lourde; je la porterai bien jusque-là... Pour la première fois à Rome! Monsieur vient de Toulouse peut-être?... Non; de Pau. J'aurais dû reconnaître l'accent.

Ainsi causant ils cheminaient. Ils prirent la via Viminale; puis la via Agostino Depretis, qui joint le Viminale au Pincio; puis, par la via Nazionale, ils gagnèrent le Corso, qu'ils traversèrent; à partir de quoi ils progressèrent à travers un labyrinthe de ruelles sans nom. La valise n'était pas si lourde qu'elle ne permît au facchino un pas très allongé que Fleurissoire n'emboîtait qu'à grand-peine. Il trottinait derrière Baptistin, recru de fatigue et fondu de chaleur.

— Nous y voici, dit enfin Baptistin, alors que l'autre allait demander grâce.

La rue, ou plutôt : la ruelle des Vecchierelli, était étroite et ténébreuse, au point que Fleurissoire hésitait à s'y engager. Baptistin cependant était entré dans la seconde maison de droite, dont la porte ouvrait à quelques mètres du coin du quai; au même instant Fleurissoire vit un *bersagliere* en sortir; l'uniforme élégant, qu'il avait déjà remarqué à la frontière, le rassura; car il avait confiance dans l'armée. Il avança de quelques pas. Une dame parut sur le seuil, la patronne de l'auberge apparemment, qui lui sourit d'un air affable. Elle portait un tablier de satin noir, des bracelets, un ruban de taffetas céruléen autour du cou; ses cheveux noir de jais, ramenés en édifice sur le sommet de la tête, pesaient sur un énorme peigne d'écaille.

— Ta valise est montée au troisième, dit-elle à Amédée, qui dans le tutoiement surprit une coutume italienne, ou la connaissance insuffisante du français.

— *Grazia!* répondit-il en souriant à son tour. *Grazia!* C'était : merci, le seul mot italien qu'il sût dire et qu'il jugeait poli de mettre au féminin quand il remerciait une dame.

Il monta, reprenant haleine et courage à chaque palier, car il était rendu et l'escalier sordide travaillait

à le désespérer. Les paliers se succédaient toutes les
dix marches, l'escalier hésitant, biaisant, s'y reprenant
à trois fois avant de parvenir à l'étage. Au plafond
du premier palier, faisant face à l'entrée, une cage
à serin était suspendue que l'on pouvait voir de la
rue. Sur le second palier un chat rogneux avait traîné
un peu de merluche qu'il s'apprêtait à déglutir. Sur
le troisième palier donnaient les cabinets d'aisance,
dont la porte grande ouverte laissait voir, à côté du
siège, un vase haut de forme en terre jaune, du calice
duquel sortait le manche d'un petit balai; sur ce
palier Amédée ne s'arrêta point.

Au premier étage, un quinquet à la gazoline fumait
à côté d'une large porte vitrée sur laquelle, en caractères dépolis, le mot *Salone* était inscrit; mais la pièce
était sombre : à travers le verre, Amédée ne distinguait
qu'à peine, sur le mur qui lui faisait face, une glace
au cadre doré.

Il atteignait le septième palier, lorsqu'un nouveau
militaire, un artilleur cette fois, sorti d'une des
chambres du second, le heurta, descendant très vite,
qui passa, bredouillant en riant quelque excuse italienne, après l'avoir remis en équilibre; car Fleurissoire
paraissait ivre et, de fatigue, ne tenait plus qu'à peine
debout. Rassuré par le premier uniforme, il fut plutôt
inquiété par le second.

— Ces militaires vont faire bien du train, pensa-t-il.
Heureusement que ma chambre est au troisième;
j'aime mieux les avoir au-dessous.

Il n'avait pas plus tôt dépassé le second étage qu'une
femme au peignoir béant, aux cheveux défaits,
accourue du fond du couloir, le héla.

— Elle me prend pour quelque autre, se dit-il, et
il se pressa de monter en détournant les yeux pour
ne point la gêner d'avoir été surprise peu vêtue.

Au troisième étage il arriva tout essoufflé et retrouva

Baptistin; celui-ci parlait italien avec une femme d'âge
indécis, qui lui rappela extraordinairement, mais en
moins gras, la cuisinière des Blafaphas.

— Votre valise est au numéro seize, la troisième
porte. Faites attention, en passant, au seau qui est
dans le couloir.

— Je l'ai mis dehors parce qu'il fuyait, expliqua
la femme, en français.

La porte du seize était ouverte; sur une table, une
bougie allumée éclairait la chambre et jetait un peu
de clarté dans le corridor où, devant la porte du
quinze, autour d'un seau de toilette en métal, luisait
sur le dallage une flaque, que Fleurissoire enjamba.
Une odeur âcre en émanait. La valise était là, en
évidence, sur une chaise. Sitôt dans l'atmosphère
étouffée de la chambre, Amédée sentit la tête lui
tourner, et, jetant sur le lit son parapluie, son châle
et son chapeau, se laissa tomber dans un fauteuil.
Son front ruisselait; il crut qu'il allait se trouver mal.

— C'est Mme Carola, qui cause le français, dit
Baptistin.

Tous deux étaient entrés dans la chambre.

— Ouvrez un peu la fenêtre, soupira Fleurissoire,
incapable de se lever.

— Oh! ce qu'il a chaud! disait Mme Carola en
épongeant le visage blême et suant avec un petit
mouchoir parfumé qu'elle sortit de son corsage.

— On va le pousser près de la croisée.

Et soulevant à eux deux le fauteuil dans lequel
Amédée balancé, aux trois quarts évanoui, se laissait
faire, ils le mirent à même de respirer, au lieu des
relents du couloir, les puanteurs variées de la rue. La
fraîcheur cependant le ranima. Fouillant dans son
gousset il en sortit le tortillon de cinq lires qu'il avait
préparé pour Baptistin :

— Je vous remercie bien. A présent laissez-moi.

Le facchino sortit.

— Tu n'aurais pas dû lui donner tant, dit Carola.

Amédée acceptait le tutoiement pour une coutume italienne; il ne songeait plus à présent qu'à se coucher; mais Carola ne semblait point prête à partir; alors, emporté par la politesse, il causa.

— Vous parlez français aussi bien qu'une Française.

— C'est pas étonnant; je suis de Paris. Et vous?

— Moi je suis du Midi.

— J'avais deviné ça. En vous voyant, je me disais : ce Monsieur doit être de la province. C'est la première fois que vous venez en Italie?

— La première.

— Vous venez pour affaires?

— Oui.

— C'est beau, Rome. Il y a beaucoup à voir.

— Oui... Mais ce soir je suis un peu fatigué, hasardait-il; et, comme pour s'excuser : — Je voyage depuis trois jours.

— C'est long pour venir ici.

— Et je n'ai pas dormi depuis trois nuits.

A ces mots, Mme Carola, avec cette subite familiarité italienne qui ne laissait pas d'interloquer encore Fleurissoire, lui pinçant le menton :

— Polisson! fit-elle. — Naughty

Ce geste ramena quelque peu de sang au visage d'Amédée qui, soucieux d'écarter aussitôt l'insinuation désobligeante, parla puces, punaises, moustiques, longuement.

— Ici tu n'auras rien de tout cela. Tu vois comme c'est propre.

— Oui; j'espère que je vais bien dormir.

Mais elle ne partait toujours pas. Il se souleva péniblement du fauteuil, porta la main aux premiers boutons de son gilet, en hasardant :

— Je crois que je vais me coucher.

Mme Carola comprit la gêne de Fleurissoire :

— Tu veux que je te laisse un peu, je vois, dit-elle avec tact.

Aussitôt qu'elle fut sortie, Fleurissoire donna un tour de clef à la porte, sortit sa chemise de nuit de sa valise et se mit au lit. Mais apparemment le pène de la serrure ne mordait pas, car il n'avait pas encore soufflé sa bougie, que la tête de Carola reparut dans la porte entrebâillée, derrière le lit, tout près du lit, souriante...

Une heure plus tard, quand il se ressaisit, Carola gisait contre lui, couchée entre ses bras, toute nue.

Il dégagea de dessous elle son bras gauche qui s'aigrissait, puis s'écarta. Elle dormait. Une faible lueur, montée de la ruelle, emplissait la chambre, et l'on n'entendait d'autre bruit que celui de la respiration égale de cette femme. Alors Amédée Fleurissoire, qui ressentait tout le long du corps et dans l'âme un alanguissement insolite, sortit d'entre les draps ses jambes maigres, et assis sur le bord du lit, il pleura.

Comme la sueur tantôt, les larmes à présent lavaient sa face et se mêlaient à la poussière du wagon; elles jaillissaient sans bruit, sans arrêt, à petit flot, du fond de lui, comme d'une source cachée. Il songeait à Arnica, à Blafaphas, hélas! Ah! s'ils l'avaient pu voir! Jamais plus il n'oserait, à présent, reprendre sa place auprès d'eux... Puis il songeait à sa mission auguste, désormais compromise; il gémissait à demi-voix :

— C'en est fait! Je ne suis plus digne... Ah! c'en est fait! C'en est bien fait!

L'accent étrange de ses soupirs cependant avait réveillé Carola. A présent, à genoux au pied du lit, il martelait à petits coups de poing sa débile poitrine, et Carola stupéfaite l'entendait claquer des dents, et, parmi ses sanglots, répéter :

— Sauve qui peut! L'Église croule...

A la fin, n'y tenant plus :

— Mais qu'est-ce qui te prend, mon pauvre vieux? Tu deviens fou?

Il se tourna vers elle :

— Je vous en prie, madame Carola, laissez-moi... Il faut absolument que je reste seul. Je vous reverrai demain matin.

Puis comme, somme toute, il n'en voulait qu'à lui, il l'embrassa doucement sur l'épaule :

— Ah! ce que nous avons fait là, vous ne savez pas combien c'est grave. Non, non! Vous ne savez pas. Vous ne pourrez jamais savoir.

III

Sous le nom pompeux de *Croisade pour la délivrance du Pape*, l'entreprise d'escroquerie étendait sur plus d'un département français ses ramifications ténébreuses; Protos, le faux chanoine de Virmontal, n'en était pas le seul agent, non plus que la comtesse de Saint-Prix n'en était la seule victime. Et toutes les victimes ne présentaient pas une égale complaisance, si bien encore tous les agents eussent fait preuve d'une égale dextérité. Même Protos, l'ancien ami de Lafcadio, après opération, devait garder à carreau; il vivait dans une continuelle appréhension que le clergé, le vrai, ne devînt instruit de l'affaire, et dépensait à protéger ses derrières autant d'ingéniosité qu'à pousser de l'avant; mais il était divers, et, de plus, admirablement secondé; d'un bout à l'autre de la bande (elle avait nom le *Mille-Pattes*) régnaient une entente et une discipline merveilleuses.

Averti le même soir par Baptistin de l'arrivée de l'étranger et passablement alarmé d'apprendre que celui-ci venait de Pau, Protos, dès sept heures du matin, s'amena le lendemain chez Carola. Elle était encore couchée.

Les renseignements qu'il obtint d'elle, le confus récit qu'elle fit des événements de la nuit, de l'angoisse du « pèlerin » (c'est ainsi qu'elle surnommait Amédée), de ses protestations, de ses larmes, ne pouvaient lui laisser de doutes. Décidément la prédication de Pau portait fruit; mais non point précisément la sorte de fruits qu'eût pu souhaiter Protos; il fallait tenir l'œil ouvert sur ce croisé naïf qui, par ses maladresses, pourrait bien éventer la mèche...

— Allons! laisse-moi passer, dit-il brusquement à Carola.

Cette phrase pouvait paraître bizarre, car Carola restait couchée; mais le bizarre n'arrêtait point Protos. Il mit un genou sur le lit; passa l'autre par-dessus la femme, et pirouetta si habilement que, repoussant un peu le lit, il se trouva d'un coup entre le lit et la muraille. Sans doute Carola était-elle habituée à ce manège, car elle demanda simplement :

— Qu'est-ce que tu vas faire?

— Me mettre en curé, répondit Protos, non moins simplement.

— Tu ressors par ce côté?

Protos hésita un instant, puis :

— Tu as raison; c'est plus naturel.

Ainsi disant, il se baissa, fit jouer une porte secrète, dissimulée dans le revêtement du mur, et si basse que le lit la cachait complètement. Au moment qu'il passait sous la porte, Carola lui saisit l'épaule :

— Écoute, lui dit-elle avec une sorte de gravité, à celui-ci je ne veux pas que tu fasses de mal.

— Puisque j' te dis que j' me mets en curé!

Dès qu'il eut disparu, Carola se leva et commença de s'habiller.

Je ne sais trop que penser de Carola Venitequa.
Ce cri qu'elle vient de pousser me laisse supposer que
le cœur, chez elle, n'est pas encore trop profondément
corrompu. Ainsi parfois, au sein même de l'abjection,
tout à coup se découvrent d'étranges délicatesses sen-
timentales, comme croît une fleur azurée au milieu
d'un tas de fumier. Essentiellement soumise et dévouée,
Carola, ainsi que tant d'autres femmes, avait besoin
d'un directeur. Abandonnée de Lafcadio, elle s'était
aussitôt lancée à la recherche de son premier amant,
Protos, — par défi, par dépit, pour se venger. Elle
avait de nouveau connu de dures heures — et Protos
ne l'avait pas plus tôt retrouvée qu'il en avait fait sa
chose, de nouveau. Car Protos aimait dominer.

Un autre que Protos aurait pu relever, réhabiliter
cette femme. Il eût fallu d'abord le vouloir. On eût
dit, au contraire, que Protos prenait à tâche de l'avi-
lir. Nous avons vu les services honteux que ce bandit
réclamait d'elle; il semblait, à vrai dire, que ce fût
sans trop de reluctance que cette femme s'y pliait;
mais, une âme qui se révolte contre l'ignominie de
son sort, souvent ses premiers sursauts demeurent
inaperçus d'elle-même; ce n'est qu'à la faveur de
l'amour que le regimbement secret se révèle. Carola
s'éprenait-elle d'Amédée? Il serait téméraire de le
prétendre; mais, au contact de cette pureté, sa corruption s'était émue; et le cri que j'ai rapporté, indu-
bitablement, avait jailli du cœur.

Protos rentra. Il n'avait pas changé de costume. Il
tenait à la main un paquet de hardes qu'il posa sur
une chaise.

— Eh bien quoi? dit-elle.

— J'ai réfléchi. Il faut d'abord que je passe à la
poste et que j'examine son courrier. Je ne me chan-
gerai qu'à midi. Passe-moi ton miroir.

Il s'approcha de la fenêtre, et, penché sur son reflet,

ajusta une paire de moustaches châtaines, à peine un peu plus claires que ses cheveux, coupées au ras de la lèvre.

— Appelle Baptistin.

Carola achevait de s'apprêter. Elle alla tirer, près de la porte, une ficelle.

— Je t'ai déjà dit que je ne voulais plus te voir avec ces boutons de manchettes. Ça te fait remarquer.

— Tu sais bien qui me les a donnés.

— Précisément.

— Tu serais jaloux, toi?

— Grosse bête!

A ce moment Baptistin frappa à la porte et entra.

— Tiens! tâche à te remonter d'un cran dans l'échelle, lui dit Protos, en montrant, sur la chaise, la veste, le col et la cravate qu'il avait rapportés d'outre-mur. — Tu vas accompagner ton client à travers la ville. Je ne te le prendrai que vers le soir. D'ici là ne le perds pas de vue.

C'est à Saint-Louis-des-Français qu'alla se confesser Amédée, de préférence à Saint-Pierre dont l'énormité l'écrasait. Baptistin le guidait; qui le mena ensuite à la poste. Comme il fallait s'y attendre, le *Mille-Pattes* y comptait des affidés. La petite carte de visite clouée sur le couvercle de la valise avait appris le nom de Fleurissoire à Baptistin; qui l'avait appris à Protos; celui-ci n'avait eu aucun mal à se faire remettre par un employé complaisant une lettre d'Arnica, ni aucun scrupule à la lire.

— C'est curieux! s'écria Fleurissoire, lorsqu'une heure plus tard il vint à son tour réclamer son courrier — c'est curieux! on dirait que l'enveloppe a été ouverte.

— Ici cela arrive souvent, dit flegmatiquement Baptistin.

Heureusement la prudente Arnica ne risquait que des allusions très discrètes. La lettre était du reste très courte; elle recommandait simplement, sur les conseils de l'abbé Mure, d'aller voir à Naples le cardinal San-Felice S. B. « avant de rien essayer ». On ne pouvait souhaiter termes plus vagues et, partant, moins compromettants.

IV

Devant le Mausolée d'Adrien, qu'on appelle château Saint-Ange, Fleurissoire éprouva, une âcre déconvenue. La masse énorme de l'édifice s'élevait au milieu d'une cour intérieure, interdite au public et dans laquelle seuls les voyageurs munis de cartes pouvaient entrer. Même il était spécifié qu'ils devaient être accompagnés d'un gardien...

Certes ces précautions excessives confirmaient les soupçons d'Amédée; mais aussi bien lui permettaient-elles de mesurer l'extravagante difficulté de l'entreprise. Sur le quai à peu près désert à cette fin de jour, le long du mur extérieur qui défendait l'approche du château, Fleurissoire errait donc, enfin débarrassé de Baptistin. Devant le pont-levis de l'entrée, il passait, repassait, l'âme sombre et découragée, puis s'écartait jusqu'au bord du Tibre et tâchait, par-dessus cette première enceinte, d'en apercevoir un peu plus.

Il n'avait pas prêté jusqu'à présent attention à un prêtre (ils sont à Rome si nombreux!) assis non loin de là sur un banc, en apparence plongé dans son

bréviaire, mais qui depuis longtemps l'observait. Le
digne ecclésiastique portait long un abondant cheveu d'argent, et son teint jeune et frais, indice d'une
vie pure, contrastait avec cet apanage de la vieillesse.
Rien qu'au visage on aurait reconnu le prêtre, et à
je ne sais quoi de décent qui le caractérise : le prêtre
français. Comme Fleurissoire, pour la troisième fois,
allait passer devant le banc, brusquement l'abbé se
leva, vint à lui et, d'une voix qui tenait du sanglot :

— Quoi! je ne suis pas seul! Quoi! vous aussi vous
le cherchez!

Ainsi disant, il cacha son visage dans ses mains où
ses sanglots, trop longtemps contenus, éclatèrent. Puis,
tout à coup, se ressaisissant :

— Imprudent! imprudent! cache tes larmes! Étouffe
tes soupirs!... Et saisissant Amédée par le bras : — Ne
restons pas ici, Monsieur, l'on nous observe. Déjà
l'émotion dont je n'ai pu me défendre est remarquée.

Amédée à présent emboîtait le pas, stupéfait.

— Mais comment, — put-il enfin trouver à dire —
mais comment avez-vous pu deviner pourquoi je suis
ici?

— Veuille le ciel n'avoir permis qu'à moi de le surprendre; mais votre inquiétude, mais les tristes regards
avec lesquels vous inspectiez ces lieux, pouvaient-ils
échapper à celui qui depuis trois semaines les hante
le jour et la nuit? Hélas, Monsieur! aussitôt que je
vous ai vu, je ne sais quel pressentiment, quel avertissement d'en haut, m'a fait reconnaître pour sœur
de la mienne votre... Attention! quelqu'un vient. Pour
l'amour du ciel, feignez une grande insouciance.

Un porteur de légumes avançait sur le quai en
sens inverse. Aussitôt, comme semblant poursuivre
une phrase, sans changer de ton, mais sur un temps
plus animé :

— Voilà pourquoi ces *Virginias*, si appréciés de cer-

tains fumeurs, ne s'allument jamais qu'à la flamme
d'une bougie, après qu'on a retiré de leur intérieur
cette fine paille qui a pour but de réserver à travers
le cigare un petit conduit par où puisse circuler la
fumée. Un *Virginia* qui ne tire pas bien n'est bon qu'à
jeter. J'ai vu des fumeurs délicats en allumer, Monsieur, jusqu'à six avant d'en trouver un à leur convenance...

Et dès que l'autre fut dépassé :

– Avez-vous vu comme il nous regardait ? Il fallait
à tout prix donner le change.

— Quoi ! s'écria Fleurissoire ahuri, se pourrait-il que
ce vulgaire maraîcher soit un de ceux, lui aussi, dont
nous devions nous défier ?

— Monsieur, je ne le saurais affirmer ; mais je le
suppose. Les alentours de ce château sont particulièrement surveillés ; des agents d'une police spéciale sans
cesse y rôdent. Pour ne point éveiller les soupçons, ils
se présentent sous les revêtements les plus divers. Ces
gens sont si habiles, si habiles ! et nous si crédules, si
naturellement confiants ! Mais si je vous disais, Monsieur, que j'ai failli tout compromettre en ne me
méfiant pas d'un facchino sans apparence, à qui j'ai
simplement, le soir de mon arrivée, laissé porter mon
modeste bagage, de la gare au logement où je suis
descendu. Il parlait français, et bien que je parle l'italien couramment depuis mon enfance... vous auriez
éprouvé sans doute vous-même cette émotion, contre
laquelle je n'ai pas su me défendre, en entendant sur
terre étrangère parler ma langue maternelle... Eh bien,
ce facchino...

— Il en était ?

— Il en était. J'ai pu, à peu près, m'en convaincre.
Heureusement, je n'avais que très peu parlé.

— Vous me faites trembler, dit Fleurissoire ; moi
aussi, le soir de mon arrivée, c'est-à-dire hier soir, je

suis tombé entre les mains d'un guide à qui j'ai confié
ma valise et qui parlait français.

— Juste ciel! fit le curé plein d'épouvante; avait-il
nom peut-être : Baptistin?

— Baptistin : c'est lui! gémit Amédée qui sentit ses
genoux fléchir.

— Malheureux : que lui avez-vous dit? — Le curé
lui pressait le bras.

— Rien dont il me souvienne.

— Cherchez; cherchez! Rappelez-vous, au nom du
ciel!...

— Non vraiment, balbutiait Amédée terrifié; je ne
crois pas lui avoir rien dit.

— Qu'aurez-vous laissé voir?

— Non, rien, vraiment, je vous assure. Mais vous
faites très bien de m'avertir.

— Dans quel hôtel vous a-t-il emmené?

— Je ne suis pas à l'hôtel; j'ai pris chambre particulière.

— Qu'à cela ne tienne. Enfin où êtes-vous descendu?

— Dans une petite rue que certainement vous ne
pouvez pas connaître, bredouilla Fleurissoire extrêmement gêné. — Peu importe : je n'y resterai pas.

— Faites bien attention : si vous partez trop vite,
vous aurez l'air de vous défier.

— Oui, peut-être. Vous avez raison : il vaut mieux
que je n'en parte pas tout de suite.

— Mais combien je remercie le ciel qui vous a fait
arriver à Rome aujourd'hui; un jour plus tard et je
vous manquais! Demain, pas plus tard que demain, je
dois aller à Naples voir une sainte et importante personne qui, en secret, s'occupe beaucoup de l'affaire.

— Ne serait-ce pas le cardinal San-Felice? demanda
Fleurissoire tout tremblant d'émotion.

Le curé stupéfait fit deux pas en arrière :

— Comment le savez-vous? Puis, se rapprochant :
— Mais pourquoi m'étonner? Seul à Naples il est
dans le secret de ce qui nous occupe.

— Vous... le connaissez bien?

— Si je le connais! Hélas! mon bon Monsieur, c'est
à lui que je dois... Mais peu importe. Vous pensiez
l'aller voir?

— Sans doute; s'il le faut.

— C'est l'homme le meilleur... D'un geste brusque,
il s'essuya le coin de l'œil. — Naturellement vous savez
où l'aller trouver?

— N'importe qui pourra me renseigner, je suppose.
A Naples chacun le connaît.

— Certes! Mais vous n'avez pas l'intention, il va
sans dire, de mettre tout Naples au courant de votre
visite? Il ne se peut faire du reste, que l'on vous ait
instruit de sa participation dans... ce que nous savons,
et peut-être confié pour lui quelque message, sans
vous avoir enseigné du même coup la manière de
l'aborder.

— Excusez-moi, dit craintivement Fleurissoire, à qui
Arnica n'avait transmis aucune indication de ce genre.

— Quoi! votre intention pouvait-elle être de l'aller
trouver tout de go? même à l'archevêché peut-être
— l'abbé se mit à rire — et de vous ouvrir à lui sans
détour!

— Je vous avoue que...

— Mais savez-vous bien, Monsieur, reprit l'autre
d'un ton sévère, savez-vous bien que vous risquiez de
le faire emprisonner à son tour?

Il marquait une contrariété si vive que Fleurissoire
n'osait parler.

— Une cause si rare confiée à de tels imprudents!
murmurait Protos, qui sortit de sa poche l'extrémité
d'un rosaire, puis le rentra, puis se signa fébrilement;
puis, se retournant vers son compagnon :

— Mais enfin, Monsieur, qui vous a prié de vous mêler de cette affaire? De qui suivez-vous les instructions?

— Pardonnez-moi, Monsieur l'abbé, dit confusément Fleurissoire, je n'ai reçu d'instruction de personne : je suis une pauvre âme pleine d'angoisse et qui cherche de son côté.

Ces humbles paroles semblèrent désarmer le curé; il tendit la main à Fleurissoire :

— Je vous ai parlé durement... mais c'est que de tels dangers nous entourent! Puis, après une courte hésitation : Tenez! Voulez-vous m'accompagner demain? Nous irons voir ensemble mon ami... et levant les yeux au ciel : Oui, j'ose l'appeler : mon ami, reprit-il d'un ton pénétré. — Arrêtons-nous un instant sur ce banc. Je vais écrire un mot que nous signerons tous les deux, par lequel nous le préviendrons de notre visite. Mis à la poste avant 6 heures (18 heures, comme ils disent ici), il le recevra demain matin et se tiendra prêt à nous accueillir vers midi; même, sans doute, pourrons-nous déjeuner avec lui.

Ils s'assirent. Protos sortit un carnet de sa poche et sur une feuille vierge commença, sous les yeux hagards d'Amédée :

Ma vieille...

Puis, amusé de la stupeur de l'autre, il sourit, très calme.

— Alors c'est au cardinal que vous auriez écrit, si on vous avait laissé faire?

Et sur un ton plus amical il voulut bien renseigner Amédée : Une fois par semaine le cardinal San-Felice quittait l'archevêché clandestinement, en costume de simple abbé, devenait le chapelain Bardolotti, se rendait sur les pentes du Vomero et, dans une modeste villa, recevait quelques rares intimes et les lettres secrètes que les initiés lui adressaient sous ce faux nom.

Mais même sous ce déguisement vulgaire il ne se sentait pas à l'abri : il n'était pas bien sûr que les lettres
qui lui parvenaient par la poste ne fussent pas ouvertes,
et suppliait que, dans la lettre, rien de significatif ne
fût dit, que, dans le ton de la lettre, rien ne laissât
pressentir son éminence, ne respirât, si peu que ce
soit, le respect.

A présent qu'il était de mèche, Amédée souriait à
son tour.

— *Ma vieille*... Voyons; qu'est-ce qu'on va lui dire
à cette chère vieille? plaisantait l'abbé, hésitant du
bout du crayon : — Ah! : *Je t'amène un vieux rigolo.*
(Si! si! laissez : je sais le ton qu'il y faut!) *Sors une
bouteille ou deux de falerne, que demain nous viendrons siffler
avec toi. On rira.* — Tenez : signez aussi.

— Je ferais peut-être mieux de ne pas mettre mon
vrai nom.

— Vous, cela n'a pas d'importance, reprit Protos
qui, à côté du nom d'Amédée Fleurissoire, écrivit :
Cave.

— Oh! très habile!

— Quoi? cela vous étonne que je signe de ce
nom-là : Cave? Vous n'avez que celle du Vatican
dans la tête. Apprenez ceci, mon bon monsieur Fleurissoire : *Cave* est un mot latin qui veut dire aussi :
PRENDS GARDE !

Le tout était dit sur un ton si supérieur et si bizarre
que le pauvre Amédée sentit un frisson lui descendre
le long du dos. Cela ne dura qu'un instant; l'abbé
Cave avait déjà repris son ton affable, et, tendant à
Fleurissoire l'enveloppe où il venait d'inscrire l'adresse
apocryphe du cardinal :

— Voudrez-vous la mettre à la poste vous-même :
c'est plus prudent : les lettres des curés sont ouvertes.
Et maintenant, séparons-nous; il ne faut pas qu'on
nous voie davantage ensemble. Convenons de nous

retrouver demain matin dans le train pour Naples de
sept heures trente. Troisième classe, n'est-ce pas. Naturellement je ne serai pas dans ce costume (y songez-
vous!). Vous me retrouverez en simple campagnard
calabrais. (C'est à cause de mes cheveux que je voudrais bien n'être pas forcé de couper.) Adieu! adieu!

Il s'éloignait en faisant avec la main de petits
signes.

— Que béni soit le ciel qui m'a fait rencontrer ce
digne abbé! murmurait en s'en retournant Fleurissoire. Qu'eussé-je fait sans lui?

Et Protos, en s'en allant, murmurait :

— On t'en donnera, du cardinal!... C'est que, tout
seul, il était fichu d'aller trouver *le vrai!*

V

Fleurissoire se plaignant d'une grande fatigue,
Carola cette nuit l'avait laissé dormir, malgré l'intérêt qu'elle lui portait et la tendresse apitoyée dont aussitôt elle s'était éprise lorsqu'il lui eut avoué son peu
d'expérience en matière d'amour; dormir du moins
autant que le lui permettait l'insupportable démangeaison, tout le long du corps, d'une grande quantité
de morsures, tant de puces que de moustiques :

— Tu as tort de gratter comme ça! lui dit-elle le
lendemain matin. Tu irrites. Oh! ce qu'il est enflammé,
celui-ci! et elle touchait le bouton du menton. Puis,
tandis qu'il s'apprêtait à partir : — Tiens! garde ça
en souvenir de moi; et elle ajustait aux manchettes
du *pèlerin* ces bijoux saugrenus que Protos se fâchait
de voir sur elle. Amédée promit de revenir le soir
même, ou au plus tard le lendemain.

— Tu me jures de ne pas lui faire de mal, répétait Carola, un instant après à Protos qui, tout cos-

tumé déjà, passait par la porte secrète; et, comme il
s'était mis en retard, ayant attendu pour paraître que
Fleurissoire soit parti, il dut se faire conduire à la gare
en voiture.

Sous son nouvel aspect, avec son sayon, ses braies
brunes, ses sandales lacées par-dessus ses bas bleus, son
brûle-gueule, son chapeau roux à petits bords plats,
il faut reconnaître qu'il avait l'air moins d'un curé
que d'un parfait brigand des Abruzzes. Fleurissoire
qui faisait les cent pas devant le train hésitait à le
reconnaître lorsqu'il le vit venir, un doigt sur la lèvre
comme saint Pierre martyr, puis passer sans faire mine
de le voir et disparaître dans un wagon en tête du
train. Mais, au bout d'un instant, il reparut à la portière et, regardant dans la direction d'Amédée, fer-
mant l'œil à demi, lui fit de la main, subrepticement,
signe d'approcher; et comme celui-ci s'apprêtait à
monter :

— Veuillez vous assurer qu'il n'y a personne à côté,
chuchota l'autre.

Personne; et leur compartiment était à l'extrémité
du wagon.

— Je vous suivais de loin dans la rue, reprit Protos,
mais je n'ai pas voulu vous aborder, de crainte que
l'on ne nous surprît ensemble.

— Comment se fait-il que je ne vous aie pas vu?
dit Fleurissoire. Je me suis retourné maintes fois, précisément pour m'assurer que je n'étais pas suivi. Votre
conversation d'hier m'a plongé dans de telles alarmes;
je vois des espions partout.

— Il y paraît malheureusement beaucoup trop.
Croyez-vous qu'il soit naturel de se retourner tous les
vingt pas?

— Quoi! vraiment, j'avais l'air...?

— Soupçonneux. Hélas! disons le mot : soupçonneux. C'est l'air compromettant par excellence.

— Et avec cela je n'ai même pas pu découvrir que vous me suiviez!... Par contre, depuis notre conversation, tous les passants que je rencontre, je leur trouve je ne sais quoi de louche dans l'allure. Je m'inquiète s'ils me regardent; et ceux qui ne me regardent pas, on dirait qu'ils font semblant de ne pas me voir. Je ne m'étais point rendu compte jusqu'aujourd'hui combien la présence des gens dans la rue est rarement justifiable. Il n'en est pas quatre sur douze dont l'occupation saute aux yeux. Ah! l'on peut dire que vous m'avez fait réfléchir! Vous savez : pour une âme naturellement crédule comme était la mienne, la défiance n'est pas facile; c'est un apprentissage...

— Bah! vous vous y ferez! et vite; vous verrez; au bout de quelque temps, cela devient une habitude. Hélas! j'ai dû la prendre... l'important est de garder l'air gai. Ah! pour votre gouverne : quand vous craignez d'être suivi, ne vous retournez pas; simplement laissez tomber à terre votre canne, ou votre parapluie, suivant le temps qu'il fait, ou votre mouchoir, et, tout en ramassant l'objet, la tête en bas, regardez entre les jambes, derrière vous, par un mouvement naturel. Je vous conseille de vous exercer. Mais dites-moi comment vous me trouvez dans ce costume? J'ai peur que le curé n'y reparaisse par endroits.

— Rassurez-vous, dit candidement Fleurissoire : personne d'autre que moi, j'en suis sûr, ne reconnaîtrait qui vous êtes. — Puis l'observant bienveillamment, et la tête un peu inclinée : Évidemment je retrouve à travers votre déguisement, en y regardant bien, je ne sais quoi d'ecclésiastique, et sous la jovialité de votre ton l'angoisse qui tous deux nous tourmente; mais quel empire il faut que vous ayez sur vous, pour en laisser si peu paraître! Quant à moi, j'ai fort à faire encore, je le vois bien; vos conseils...

— Quels curieux boutons de manchettes vous avez,

interrompit Protos, amusé de reconnaître sur Fleurissoire les boutons de Carola.

— C'est un cadeau, dit l'autre en rougissant.

Il faisait une chaleur torride. Protos regardant à
la portière :

— Le Monte Cassino, dit-il. Vous distinguez là-
haut le couvent célèbre?

— Oui; je l'aperçois, dit Fleurissoire d'un air
distrait.

— Vous n'êtes pas, je vois, très sensible aux paysages.

— Mais si, mais si, protesta Fleurissoire, je suis
sensible! Mais à quoi voulez-vous que je prenne
intérêt tant que durera mon inquiétude? C'est comme
à Rome avec les monuments; je n'ai rien vu; je n'ai
pu chercher à rien voir.

— Comme je vous comprends! dit Protos. Moi de
même, je vous l'ai dit, depuis que je suis à Rome
j'ai passé tout mon temps entre le Vatican et le château
Saint-Ange.

— C'est dommage. Mais vous, vous connaissiez
Rome déjà.

Ainsi causaient nos voyageurs.

A Caserte ils descendirent, allant chacun de son
côté manger un peu de charcuterie et boire.

— De même à Naples, dit Protos, quand nous
approcherons de sa villa, nous nous séparerons s'il
vous plaît. Vous me suivrez de loin; comme il me
faudra quelque temps, surtout s'il n'est point seul,
pour lui expliquer qui vous êtes et le but de votre
visite, vous n'entrerez qu'un quart d'heure après moi.

— J'en profiterai pour me faire raser. Je n'ai pu
trouver le temps ce matin.

Un tram les mena piazza Dante.

— A présent quittons-nous, dit Protos. La route
est encore assez longue, mais il vaut mieux ainsi.
Marchez à cinquante pas en arrière; et ne me regardez

pas tout le temps comme si vous aviez peur de me perdre; et ne vous retournez pas non plus; vous vous feriez suivre. Ayez l'air gai.

Il partit de l'avant. Les yeux demi-baissés suivait Fleurissoire. La rue étroite était en pente raide; le soleil dardait; on suait; on était bousculé par une foule effervescente qui braillait, gesticulait, chantait et ahurissait Fleurissoire. Devant un piano mécanique des enfants demi-nus dansaient. A deux sous le billet, une loterie spontanée s'organisait autour d'un gros dindon plumé qu'à bout de bras levait une espèce de saltimbanque; pour plus de naturel, en passant, Protos prenait un billet et disparaissait dans la foule; empêché d'avancer, Fleurissoire un instant crut tout de bon l'avoir perdu; puis le retrouvait, passé l'encombrement, qui continuait à petits pas la montée, emportant sous son bras le dindon.

Les maisons enfin s'espaçaient, devenaient plus basses, et le peuple se raréfiait. Protos ralentissait sa marche. Il s'arrêta, devant l'échoppe d'un barbier et, retourné vers Fleurissoire, cligna de l'œil; puis, à vingt pas plus loin, arrêté de nouveau devant une petite porte basse, sonna.

La devanture du barbier n'était pas particulièrement attrayante; mais pour désigner cette boutique l'abbé Cave avait sans doute ses raisons; Fleurissoire aurait dû, d'ailleurs, retourner loin en arrière pour en trouver une autre et sans doute non plus engageante que celle-ci. La porte, à cause de l'excessive chaleur, restait ouverte; un rideau de grosse étamine retenait les mouches et laissait passer l'air, on le soulevait pour entrer; il entra.

Certes c'était un homme expert, ce barbier qui, précautionneux, d'un coin de serviette, après avoir savonné le menton d'Amédée, écartait la mousse et remettait à jour le bouton rougeoyant que son client

craintif lui signalait. O somnolence, engourdissement
chaleureux de cette petite échoppe tranquille! Amédée,
la tête en arrière, à demi couché dans le fauteuil de
cuir, s'abandonnait. Ah! pour un court instant tout
au moins, oublier! ne plus penser au pape, aux moustiques, à Carola! Se croire à Pau, près d'Arnica; se
croire ailleurs; ne plus bien savoir où l'on est... Il
fermait les yeux puis, les rentrouvrant, distinguait
comme dans un rêve, en face de lui, sur le mur, une
femme aux cheveux défaits, issue de la mer napolitaine et rapportant du fond des flots, avec une volup-
tueuse sensation de fraîcheur, un étincelant flacon de
lotion philocapillaire. Au-dessous de cette pancarte,
d'autres flacons, sur une plaque de marbre, étaient
rangés auprès d'un bâton de cosmétique, d'une houppe
à poudre de riz, d'un davier, d'un peigne, d'une
lancette, d'un pot de pommade, d'un bocal où navi-
guaient indolemment quelques sangsues, d'un second
bocal qui renfermait le ruban d'un ver solitaire, d'un
troisième enfin, sans couvercle, à demi plein d'une
substance gélatineuse et sur le transparent cristal
duquel une étiquette était collée où, écrit à la main
en majuscules fantaisistes, on pouvait lire : ANTISEPTIC.

A présent le barbier, pour mener à perfection son
ouvrage, étalait à nouveau sur le visage déjà rasé
une mousse onctueuse et, du clair d'un second rasoir
qu'il affilait au creux de sa main moite, raffinait.
Amédée ne songeait plus qu'on l'attendait; il ne
songeait plus à partir, s'endormait... C'est alors qu'un
Sicilien à voix forte entra dans la boutique, crevant
cette tranquillité; que le barbier, tout causant aussitôt,
ne rasa plus que d'une main distraite et, d'un franc
coup de lame, vlan! écornifla le bouton.

Amédée fit un cri, voulut porter la main à l'écorchure où perlait une goutte de sang :

— *Niente; Niente!* dit le barbier qui lui retint le

bras puis, d'abondance, prit au fond d'un tiroir une
pincée d'ouate jaunie qu'il trempa dans l'ANTISEPTIC
et appliqua sur le bobo.

Sans plus s'inquiéter s'il faisait retourner les passants, où courut Fleurissoire en redescendant vers la
ville ? Au premier pharmacien qu'il rencontre le voici
qui montre son mal. L'homme de l'art sourit, vieillard
verdâtre, d'aspect malsain, qui cueille dans une boîte
un petit rond de taffetas, passe dessus sa large langue
et...

Jaillissant hors de la boutique, Fleurissoire cracha
de dégoût, arracha le taffetas gluant et pressant entre
deux doigts son bouton, le fit saigner le plus possible.
Puis, avec son mouchoir imbibé de salive, de sa
propre salive cette fois, frotta. Puis regardant sa
montre il s'affola, remonta la rue au pas de course
et arriva devant la porte du cardinal, suant, soufflant,
saignant, congestionné, avec un quart d'heure de
retard.

VI

Protos le reçut un doigt sur les lèvres :

— Nous ne sommes pas seuls, dit-il rapidement.
Tant que les serviteurs seront là, rien qui puisse donner
l'éveil ; ils parlent tous français ; pas un mot, pas un
geste qui puisse rien trahir ; n'allez pas lui bailler du
cardinal, au moins : c'est Ciro Bardolotti, le chapelain,
qui vous reçoit. Moi, je ne suis pas « l'abbé Cave » ;
je suis « Cave » tout court. C'est compris ? — Et
brusquement changeant de ton, à voix très forte et
lui claquant l'épaule : — C'est lui, parbleu ! C'est
Amédée ! Eh bien ! mon colon, on peut dire que tu

y as mis du temps, à ta barbe! Encore quelques
minutes, et, per Baccho, nous nous mettions à table
sans toi. Le dindon qui tourne à la broche déjà
roussit comme un soleil couchant. — Puis tout bas :
— Ah! cher Monsieur, qu'il m'est donc pénible de
feindre! J'ai le cœur torturé... Puis avec éclat : — Que
vois-je? on t'a coupé! Tu saignes! Dorino! cours à la
grange; rapporte une toile d'araignée : c'est souverain
pour les blessures...

Ainsi bouffonnant, il poussait Fleurissoire au travers
du vestibule, vers un jardin intérieur formant terrasse
où, sous la treille, un repas était préparé.

— Mon cher Bardolotti, je vous présente Monsieur
de la Fleurissoire, mon cousin, le luron dont je vous
ai parlé.

— Soyez le bienvenu, notre hôte, dit Bardolotti
avec un grand geste, mais sans se lever du fauteuil
dans lequel il était assis, puis, montrant ses pieds nus
plongés dans un baquet d'eau claire :

— Le pédiluve ouvre mon appétit et me tire le sang
de la tête.

C'était un drôle de petit homme tout replet et dont
le glabre visage n'accusait âge ni sexe. Il était vêtu
d'alpaga; rien dans son aspect ne dénonçait le haut
dignitaire; il fallait être bien perspicace, ou averti
autant que l'était Fleurissoire, pour découvrir sous
la jovialité de son air, une discrète onction cardi-
nalice. Il s'appuyait de côté sur la table et s'éventait
nonchalamment avec une sorte de chapeau pointu
fait d'une feuille de journal.

— Ah! je suis très sensible!... Ah! le plaisant jardin!...
balbutiait Fleurissoire également embarrassé pour
parler et pour ne rien dire.

— Assez trempé! cria le cardinal. Çà! qu'on
m'enlève ce bol! Assunta!

Une jeune servante accorte et rebondie s'empressa,

prit le baquet et l'alla vider contre une plate-bande;
ses tétons jaillis du corset frissonnaient sous sa chemi-
sette; elle riait et s'attardait près de Protos, et Fleurissoire était gêné par l'éclat de ses bras nus. Dorino
posa des fiaschi sur la table. Le soleil batifolait à
travers le pampre, chatouillant d'une lumière inégale
les plats sur la table sans nappe.

— Ici, pas de cérémonie, dit Bardolotti, et il se
coiffa du journal, vous m'entendez à demi-mot, cher
Monsieur.

Sur un ton autoritaire, scandant les syllabes et
frappant du poing sur la table, l'abbé Cave à son
tour reprit :

— Ici, pas de cérémonie.

Fleurissoire eut un fin clin d'œil. S'il l'entendait
à demi-mot! oui, certes et point n'était besoin de le
redire; mais en vain cherchait-il quelque phrase qui
pût à la fois ne rien dire et tout signifier.

— Parlez! Parlez! soufflait Protos. Faites des calembours : ils comprennent très bien le français.

— Allons! Asseyez-vous, dit Ciro. Mon cher Cave,
éventrez-nous cette pastèque et taillez-y des croissants
turcs. Êtes-vous de ceux, Monsieur de la Fleurissoire,
qui préfèrent les prétentieux melons du Nord, les
sucrins, les prescots, que sais-je, les cantaloups, à nos
ruisselants melons d'Italie?

— Rien ne vaut celui-ci, j'en suis sûr; mais permettez-moi de m'abstenir : j'ai le cœur un peu
barbouillé, dit Amédée qui se gonflait de répugnance
au souvenir du pharmacien.

— Des figues alors tout au moins! Dorino vient de
les cueillir.

— Excusez-moi : pas davantage.

— Mauvais cela! Mauvais! Faites des calembours,
lui glissa Protos à l'oreille; puis, à voix haute : Débar-
bouillons ce petit cœur avec le vin, et préparons-le

pour la dinde. Assunta, verse à notre aimable invité.

Amédée dut trinquer et boire plus qu'il n'avait accoutumé. La chaleur et la fatigue aidant, il commença bientôt d'y voir trouble. Il plaisantait avec moins d'effort. Protos le fit chanter; sa voix était grêle, mais on s'extasia; Assunta voulut l'embrasser. Cependant du fond de sa foi délabrée s'élevait une angoisse indéfinissable; il riait pour ne pas pleurer. Il admirait cette aisance de Cave, ce naturel... Qui d'autre que Fleurissoire et que le cardinal eût jamais pu penser qu'il feignait? Bardolotti, du reste, en force de dissimulation, en possession de soi ne le cédait en rien à l'abbé et riait, et applaudissait, et bousculait paillardement Dorino, lorsque Cave, tenant Assunta renversée dans ses bras, s'écrasait le museau contre elle; et, comme Fleurissoire penché vers Cave, le cœur à demi crevé, murmurait : — Comme vous devez souffrir! — Cave dans le dos d'Assunta lui prenait la main et la lui pressait sans rien dire, la face détournée et les regards levés au ciel.

Puis, brusquement dressé, Cave frappa dans ses mains :

— Çà! qu'on nous laisse seuls! Non : vous desservirez plus tard. Allez-vous-en. Via! Via!

Il s'assura que Dorino ni Assunta ne s'attardaient aux écoutes, et revint avec la mine subitement grave, allongée, tandis que le cardinal, en se passant la main sur le visage, en dépouilla d'un coup la profane et factice gaieté.

— Vous voyez, Monsieur de la Fleurissoire, mon enfant, vous voyez à quoi nous en sommes réduits! Ah! cette comédie! cette honteuse comédie!

— Elle nous fait prendre en horreur, reprit Protos, jusqu'à la joie la plus honnête et jusqu'à la plus pure gaieté.

— Dieu vous saura gré, pauvre cher abbé Cave,

reprenait le cardinal en se tournant vers Protos,
— Dieu vous récompensera de m'aider à vider cette
coupe; — et, par symbole, il achevait d'un coup
son verre à demi plein, tandis que sur ses traits le
dégoût le plus douloureux se peignait.

— Quoi! s'écriait Fleurissoire penché, se peut-il
que même dans cette retraite et sous ce vêtement
d'emprunt votre Éminence doive...

— Mon fils, appelez-moi Monsieur, simplement.

— Excusez : entre nous...

— Je tremble même seul.

— Ne pouvez-vous choisir vos serviteurs?

— On les choisit pour moi; et ces deux que vous
avez vus...

— Ah! si je lui disais, interrompit Protos, où ils
vont de ce pas rapporter nos moindres paroles!

— Se peut-il qu'à l'archevêché...

— Chut! pas de ces grands mots! Vous nous feriez
pendre. N'oubliez pas que c'est au chapelain Ciro
Bardolotti que vous parlez.

— Je suis à leur merci, gémissait Ciro.

Et Protos, se penchant en avant sur la table où
croisaient ses coudes, tourné de trois quarts vers
Ciro :

— Si pourtant je lui disais qu'on ne vous laisse
seul pas une heure de jour ou de nuit!

— Oui, quelque déguisement que je revête, reprenait le faux cardinal, je ne suis jamais sûr de n'avoir
pas quelque police secrète à mes trousses.

— Quoi! l'on sait qui vous êtes, ici?

— Vous ne l'entendez point, dit Protos. Entre le
cardinal San-Felice et le modeste Bardolotti, vous restez, je le dis devant Dieu, un des seuls qui puissiez
vous vanter d'établir quelque ressemblance. Mais,
comprendrez-vous ceci : leurs ennemis ne sont pas les
mêmes; et tandis que le cardinal, du fond de son

archevêché, contre les francs-maçons doit se défendre,
le chapelain Bardolotti se voit guetté par...

— Les jésuites! interrompit éperdument le chapelain.

— C'est ce que je ne lui avais pas encore appris,
ajoutait Protos.

— Ah! si nous avons les jésuites aussi contre nous,
sanglota Fleurissoire. Mais qui l'eût supposé? Les
jésuites! En êtes-vous sûr?

— Réfléchissez un peu; cela vous paraîtra tout
naturel. Comprenez que cette nouvelle politique du
Saint-Siège, toute de conciliation, d'accommodements,
est bien faite pour leur plaire, et qu'ils trouvent leur
compte dans les dernières encycliques. Et peut-être
ils ne savent pas que le pape qui les promulgue n'est
pas le *vrai;* mais ils seraient désolés qu'*il* changeât.

— Si je vous comprends bien, reprit Fleurissoire,
les jésuites seraient alliés aux francs-maçons dans cette
affaire.

— Où prenez-vous cela?

— Mais ce que Monsieur Bardolotti me révèle à
présent.

— Ne lui faites pas dire d'absurdité.

— Excusez-moi; j'entends si peu la politique.

— C'est pourquoi ne cherchez pas plus loin que ce
qu'on vous en dit : Deux grands partis sont en présence : La Loge et la Compagnie de Jésus; et comme
nous, qui sommes du secret, ne pouvons sans nous
découvrir réclamer appui de l'un ni de l'autre, nous
les avons tous contre nous.

— Hein! qu'est-ce que vous pensez de ça? demanda
le cardinal.

Fleurissoire ne pensait plus à rien; il se sentait
complètement abasourdi.

— Tous contre soi! reprit Protos, il en va toujours
ainsi quand on possède la vérité.

— Ah! que j'étais heureux quand je ne savais rien, gémit Fleurissoire. Hélas! jamais plus, à présent, je ne pourrai ne pas savoir!...

— Il ne vous dit pas tout encore, continua Protos en lui touchant doucement l'épaule. Préparez-vous au plus terrible... puis, se penchant, à voix basse : Malgré toutes les précautions, le secret a suinté; quelques aigrefins en profitent qui, dans les départements pieux, vont quêtant de famille en famille et, toujours au nom de la Croisade, récoltent pour eux l'argent qui devrait nous revenir.

— Mais c'est affreux!

— Ajoutez à cela, dit Bardolotti, qu'ils jettent le discrédit et la suspicion sur nous-mêmes, et nous forcent à redoubler d'astuce et de circonspection.

— Tenez! lisez ceci, dit Protos en tendant à Fleurissoire un numéro de *La Croix;* le journal est d'avant-hier. Ce simple entrefilet en dit long!

Nous ne saurions trop mettre en garde, lut Fleurissoire, *les âmes dévotes contre les agissements de faux ecclésiastiques, et particulièrement d'un pseudo-chanoine qui se prétend chargé de mission secrète et qui, abusant de la crédulité, arrive à soutirer de l'argent pour une œuvre qui se baptise : CROISADE POUR LA DÉLIVRANCE DU PAPE. Le titre seul de cette œuvre en dénonce l'absurdité.*

Fleurissoire sentait le sol mouvoir et céder sous ses pieds.

— A qui se fier, pourtant! Mais si je vous disais à mon tour, Messieurs, que c'est peut-être à cause de ce filou — je veux dire : le faux chanoine — que je suis présentement parmi vous!

L'abbé Cave regarda gravement le cardinal, puis frappant du poing sur la table :

— Eh bien! je m'en doutais, s'écria-t-il.

— Tout me porte à craindre à présent, continua Fleurissoire, que la personne par qui je suis au courant de l'affaire, n'ait été victime elle-même des agissements de ce bandit.

— Cela ne m'étonnerait pas, dit Protos.

— Vous voyez dès lors, reprit Bardolotti, combien notre position est difficile, entre ces aigrefins qui s'emparent de notre rôle, et la police qui, voulant les saisir, risque de nous prendre pour eux.

— C'est-à-dire, gémit Fleurissoire, qu'on ne sait plus où se tenir; je ne vois que danger partout.

— Vous étonnerez-vous encore, après cela, des excès de notre prudence? dit Bardolotti.

— Et comprendrez-vous, continua Protos, que nous n'hésitions pas, par instants, à revêtir la livrée du péché et à feindre quelque complaisance en face des plus coupables joies!

— Hélas! balbutia Fleurissoire, vous du moins, vous vous en tenez à la feinte, et c'est pour cacher vos vertus que vous simulez le péché. Mais moi... Et comme les fumées du vin se mêlaient aux nuages de la tristesse et les rots de l'ivresse aux hoquets des sanglots, penché du côté de Protos, il commença par rendre son déjeuner, puis raconta confusément la soirée avec Carola et le deuil de son pucelage. Bardolotti et l'abbé Cave avaient grand mal à ne pas s'esclaffer.

— Enfin, mon fils, vous vous êtes confessé? demanda le cardinal plein de sollicitude.

— Le lendemain matin.

— Le prêtre vous a donné l'absolution?

— Beaucoup trop facilement. C'est précisément là ce qui me tourmente... Mais pouvais-je lui confier qu'il n'avait pas affaire à un pèlerin ordinaire; révéler ce qui m'amenait dans ce pays?... Non, non! c'en est fait à présent; cette mission de choix réclamait un serviteur sans tache. J'étais tout désigné. A présent, c'en est fait. J'ai déchu! Et de nouveau le secouaient

les sanglots, tandis que, se frappant la poitrine à petits
coups, il répétait : — Je ne suis plus digne! Je ne
suis plus digne, puis reprenait dans une sorte de mélo-
pée : — Ah! vous qui m'écoutez à présent et qui
connaissez ma détresse, jugez-moi, condamnez-moi,
punissez-moi... Dites-moi quelle extraordinaire pénitence me lavera de ce crime extraordinaire? quel châtiment?

Protos et Bardolotti se regardaient. Le dernier enfin,
se levant, commença de tapoter Amédée sur l'épaule :

— Voyons, voyons! mon fils. Il ne faut pourtant
pas se laisser aller comme ça. Eh bien, oui! vous avez
péché. Mais, que diable! on n'en a pas moins besoin
de vous. (Vous êtes tout sali; tenez, prenez cette serviette; frottez!) Toutefois, je comprends votre angoisse,
et puisque vous en appelez à nous, nous voulons vous
présenter le moyen de vous racheter. (Vous vous y
prenez mal. Laissez-moi vous aider.)

— Oh! ne vous donnez pas la peine. Merci! merci,
faisait Fleurissoire; et Bardolotti, tout en le nettoyant,
continuait :

— Toutefois, je comprends vos scrupules; et, pour
les respecter, je vous offrirai tout d'abord une petite
besogne sans éclat, qui vous fournira l'occasion de vous
relever et mettra votre dévouement à l'épreuve.

— C'est tout ce que j'attends.

— Voyons, cher abbé Cave, vous avez sur vous ce
petit chèque?

Protos sortit un papier de la poche intérieure de
son sayon.

— Circonvenus comme nous sommes, reprenait le
cardinal, nous avons parfois quelque mal à toucher
les espèces des offrandes que quelques bonnes âmes
secrètement sollicitées nous envoient. Surveillés à la
fois par les francs-maçons et par les jésuites, par la
police et par les bandits, il ne convient pas qu'on nous

voie présenter des chèques ou des mandats aux gui-
chets des postes et des banques où notre personne
pourrait être reconnue. Les aigrefins dont vous parlait tantôt l'abbé Cave ont jeté sur les collectes un
tel discrédit! (Protos cependant pianotait impatiemment sur la table.) Bref, voici un modeste petit chèque
de six mille francs que je vous prie, mon cher fils,
de bien vouloir toucher à notre place; il est tiré sur
le Credito Commerciale de Rome par la duchesse de
Ponte-Cavallo; bien qu'adressé à l'archevêque, le nom
du destinataire par prudence est laissé en blanc, de
manière que le puisse toucher n'importe quel porteur;
vous le signerez sans scrupule de votre vrai nom, qui
n'éveillera pas les soupçons. Veillez bien à ne pas vous
le laisser voler, ni... Qu'avez-vous, mon cher abbé
Cave? Vous semblez nerveux.

— Allez toujours.

— Ni la somme que vous me rapporterez dans...
voyons, vous rentrez à Rome cette nuit; vous pourrez reprendre demain soir le train rapide de six heures;
à dix heures vous arriverez à Naples de nouveau et
me trouverez sur le quai de la gare à vous attendre.
Après quoi nous verrons à vous occuper à quelque
besogne plus relevée... Non, mon fils, ne baisez pas
ma main; vous voyez bien qu'elle est sans bague.

Il toucha le front d'Amédée à demi prosterné
devant lui, et Protos qui le prenait par le bras le
secouant doucement :

— Allons! buvez un coup avant de vous mettre en
route. Je regrette bien de ne pouvoir vous raccompa-
gner à Rome; mais divers soins me retiennent ici; et
mieux vaut qu'on ne nous voie pas ensemble. Adieu.
Embrassons-nous, cher Fleurissoire. Dieu vous garde! et
je le remercie de m'avoir mis à même de vous connaître.

Il raccompagna Fleurissoire jusqu'à la porte, et le
quittant :

— Ah! Monsieur, disait-il encore, que pensez-vous
du cardinal? N'est-il pas pénible de voir ce qu'ont
fait les persécutions, d'une si noble intelligence!

Puis revenant auprès du pseudo :

— Abruti! c'est malin ce que tu as inventé là! de
faire endosser ton chèque par un maladroit qui n'a
même pas de passeport et que je vais devoir tenir à
l'œil.

Mais Bardolotti, lourd de somnolence, laissait rouler sa tête sur la table en murmurant :

— Il faut occuper les vieillards.

Protos alla dans une chambre de la villa dépouiller
sa perruque et son costume de paysan; il reparut
bientôt après, rajeuni de trente ans, sous les traits
d'un employé de magasin ou de banque, de l'aspect
le plus subalterne. Il n'avait pas trop de temps pour
attraper le train qu'il savait devoir emporter aussi
Fleurissoire, et partit sans prendre congé de Bardolotti qui dormait.

VII

Fleurissoire regagna Rome et la via dei Vecchierelli
le soir même. Il était extrêmement fatigué et obtint de
Carola qu'elle le laissât dormir.

Le lendemain, dès l'éveil, son bouton, au palper,
lui parut bizarre; il l'examina dans une glace et
constata qu'une squame jaunâtre en recouvrait l'écor-
niflure; le tout avait un méchant aspect. Comme à
ce moment il entendit Carola circuler sur le palier, il
l'appela et la pria d'examiner le mal. Elle approcha
Fleurissoire de la fenêtre et affirma dès le premier
coup d'œil :

— Ça n'est pas ce que tu crois.

A vrai dire Amédée ne songeait pas bien parti-culièrement à *cela*, mais l'effort de Carola pour le ras-surer l'inquiéta au contraire. Car enfin, du moment qu'elle affirmait que ce n'était pas *cela*, c'était donc que ç'aurait pu l'être. Après tout, était-elle bien sûre que ça ne l'était pas ? Et que ce fût *cela*, lui le trouvait tout naturel ; car enfin il avait péché ; il méritait que ça le fût. Ça devait l'être. Un frisson lui coula le long du dos.

— Comment t'es-tu fait ça ? demanda-t-elle.

Ah ! qu'importait la cause occasionnelle, coupure du rasoir ou salive du pharmacien : la cause profonde, celle qui lui méritait ce châtiment, pouvait-il décem-ment la lui dire ? Et la comprendrait-elle ? Sans doute elle en rirait... Comme elle répétait sa question :

— C'est un barbier, répondit-il.

— Tu devrais mettre quelque chose dessus.

Cette sollicitude balaya ses derniers doutes ; ce qu'elle en avait dit d'abord n'était que pour le ras-surer ; il se voyait déjà le visage et le corps mangés de pustules, objet d'horreur pour Arnica ; ses yeux s'emplirent de larmes.

— Alors tu crois que...

— Mais non, ma petite biche ; il ne faut pas te frapper comme ça ; tu as l'air d'une pompe funèbre. D'abord, si c'était ça, on n'en pourrait rien savoir encore.

— Si ! si... Ah ! c'est bien fait pour moi ! C'est bien fait ! reprenait-il.

Elle s'attendrit :

— Et puis, ça n'est jamais comme ça que ça commence ; veux-tu que j'appelle la patronne, qui te le dira ?... Non ? Eh bien ! tu devrais sortir un peu pour te distraire ; et boire un coup de marsala. — Elle garda le silence un instant. Enfin n'y tenant plus :

— Écoute, reprit-elle : j'ai à te parler de choses
sérieuses. Tu n'as pas fait la rencontre, hier, d'une
espèce de curé à cheveux blancs?

Comment savait-elle cela? Stupéfait Fleurissoire
demanda :

— Pourquoi?

— Eh bien... elle hésita encore; le regarda, le vit
si pâle, qu'elle continua, dans un élan : — Eh bien!
défie-toi de lui. Crois-moi, ma pauvre poule, il va te
plumer. Je ne devrais pas te dire ça, mais... défie-toi
de lui.

Amédée s'apprêtait à sortir, complètement boule-
versé par ces derniers propos; il était déjà dans l'escalier, elle le rappela :

— Surtout, si tu le revois, ne lui dis pas que je t'ai
parlé. Ce serait comme si tu me tuais.

La vie devenait décidément trop compliquée pour
Amédée. Au surplus il se sentait les pieds gelés, le
front brûlant, et les idées fort mal en place. Comment
s'y reconnaître à présent, si l'abbé Cave lui-même
n'était qu'un farceur?... Alors, le cardinal aussi, peut-
être?... Mais ce chèque, pourtant! Il sortit le papier
de sa poche, le palpa, rassura sa réalité. Non! non,
ce n'était pas possible! Carola se trompait. Et puis,
que savait-elle des intérêts mystérieux qui forçaient
ce pauvre Cave à jouer double jeu? Sans doute
fallait-il voir là, plutôt, quelque mesquine rancune de
Baptistin, contre qui précisément le bon abbé l'avait
mis en garde... N'importe! Il ouvrirait l'œil encore
plus : il se défierait désormais de Cave, comme il se
défiait déjà de Baptistin; et qui sait si, de Carola
même...?

— Voilà bien, se disait-il, à la fois la conséquence
et la preuve de ce vice initial, de ce trébuchement
du Saint-Siège : tout le reste à la fois chavirait.

A qui se fier, sinon au pape? et dès que cette pierre angulaire cédait, sur laquelle posait l'Église, rien ne méritait plus d'être vrai.

Amédée marchait à petits pas pressés, dans la direction de la poste; car il espérait bien trouver quelques nouvelles du pays, honnêtes, où rasseoir enfin sa confiance fatiguée. Le brouillard léger du matin et cette profuse lumière où s'évaporait et s'irréalisait chaque objet favorisaient encore son vertige; il s'avançait comme en un rêve, doutant de la solidité du sol, des murs, et de la sérieuse existence des passants qu'il croisait; doutant surtout de sa présence à Rome... Il se pinçait alors pour s'arracher d'un mauvais rêve, se retrouver à Pau, dans son lit, près d'Arnica déjà levée, qui, selon sa coutume, penchée vers lui, allait enfin lui demander : — Avez-vous bien dormi, mon ami?

A la poste l'employé le reconnut, et ne fit point difficulté pour lui remettre une nouvelle lettre de son épouse.

... Je viens d'apprendre par Valentine de Saint-Prix, lui disait Arnica, *que Julius lui aussi est à Rome, appelé par un congrès. Comme je me réjouis en songeant que tu vas pouvoir le rencontrer! Malheureusement Valentine n'a pas pu me donner son adresse. Elle croit qu'il est descendu au Grand-Hôtel, mais elle n'en est pas sûre. Elle sait seulement qu'il doit être reçu au Vatican jeudi matin; il a écrit à l'avance au cardinal Pazzi pour obtenir une audience. Il vient de Milan où il a été voir Anthime qui est très malheureux parce qu'il n'obtient pas ce que lui avait promis l'Église après son procès; alors Julius veut aller trouver notre Saint-Père pour lui demander justice; car naturellement il ne sait rien encore. Il te racontera sa visite et toi tu pourras l'éclairer.*

J'espère que tu prends bien des précautions contre le mauvais air et que tu ne te fatigues pas trop. Gaston vient me voir tous les jours; tu nous manques beaucoup. Comme je serai contente quand tu nous annonceras ton retour... Etc.

Et griffonnés en travers, au crayon, sur la quatrième page, ces quelques mots de Blafaphas :

Si tu vas à Naples, tu devrais t'informer comment ils font le trou dans le macaroni. Je suis sur le chemin d'une nouvelle découverte.

Une claironnante joie envahit le cœur d'Amédée, mêlée d'une certaine gêne : Ce jeudi, jour de l'audience, c'était le jourd'hui même. Il n'osait donner à blanchir et le linge allait lui manquer. Il le craignait du moins. Il avait remis ce matin son faux col de la veille ; mais qui cessa tout aussitôt de lui paraître suffisamment propre quand il apprit qu'il pourrait rencontrer Julius. La joie qu'il eût eue de cette conjonction en fut contrariée. Repasser via dei Vecchierelli, il n'y fallait songer, s'il voulait surprendre son beau-frère à la sortie de l'audience ; et cela ne le troublait point tant que de le relancer au Grand-Hôtel. Du moins prit-il soin de retourner ses manchettes ; quant au col, il le recouvrit de son foulard, ce qui présentait en outre cet avantage de cacher à peu près son bouton.

Mais qu'importaient ces vétilles ? Le vrai c'est que Fleurissoire se sentait ineffablement tonifié par cette lettre, et que la perspective de reprendre contact avec un des siens, avec sa vie passée, brusquement remettait à leur place les monstres enfantés par son imagination de voyageur. Carola, l'abbé Cave, le cardinal, tout cela flottait devant lui comme un rêve qu'interrompt tout à coup le chant du coq. Pourquoi donc avait-il quitté Pau ? Que signifiait cette fable absurde qui l'avait dérangé de son bonheur ? Parbleu ! Il y avait un pape ; et dans quelques instants Julius allait pouvoir déclarer : je l'ai vu ! Un pape et cela suffisait. Dieu pouvait-il autoriser sa substitution, monstrueuse, à laquelle lui, Fleurissoire, n'aurait certes point cru, sans cet absurde orgueil d'avoir à jouer un rôle dans l'affaire ?

Amédée marchait à petits pas pressés; il avait peine à se retenir de courir. Il reprenait enfin confiance, tandis que tout, autour de lui, reprenait poids rassurant, mesure, position naturelle et vraisemblable réalité. Il tenait son chapeau de paille à la main; quand il arriva devant la basilique, il fut pris d'une si noble ivresse qu'il commença par faire le tour de la fontaine de droite; et tandis qu'il passait sous le vent du jet d'eau, se laissant humecter le front, il souriait à l'arc-en-ciel.

Tout à coup il stoppa. Là, près de lui, assis sur le soubassement du quatrième pilier de la colonnade, n'apercevait-il pas Julius? Il hésitait à le reconnaître, tant, si sa mise était décente, sa tenue l'était peu : le comte de Baraglioul avait posé son cronstadt de paille noire à côté de lui, sur le bec en corbin de sa canne fichée entre deux pavés, et, tout soucieux de la solennité du lieu, le pied droit sur le genou gauche, tel un prophète de la Sixtine, il maintenait sur son genou droit un cahier; par instants, abattant tout à coup sur les feuilles un crayon haut levé, il écrivait, attentif si uniquement à la dictée d'une inspiration si pressante qu'Amédée devant lui aurait pu faire la buciloque sans qu'il le vît. Tout en écrivant il parlait; et si le froissement du jet d'eau couvrait le bruit de ses paroles, du moins distinguait-on ses lèvres s'agiter.

Amédée s'approcha, contournant discrètement le pilier. Comme il allait toucher l'autre à l'épaule :

— ET DANS CE CAS, QUE NOUS IMPORTE! déclama Julius, qui consigna ces mots, en fin de page, dans son carnet, puis remit son crayon dans sa poche et, se levant brusquement, donna du nez contre Amédée.

— Par le Saint-Père, que faites-vous ici?

Amédée tremblant d'émotion, bégayait et ne pouvait dire; il pressait convulsivement une main de Julius dans les deux siennes. Julius cependant l'examinait :

— Mon pauvre ami, comme vous voilà fait!

La Providence avait bien mal loti Julius : des deux beaux-frères qui lui restaient, l'un tournait au cagot; l'autre était marmiteux. Depuis moins de trois ans qu'il n'avait revu Amédée, il le trouvait vieilli de plus de douze; ses joues étaient rentrées, sa pomme d'Adam ressortie; l'amarante de son foulard exagérait encore sa pâleur; son menton tremblait; ses yeux vairons roulaient d'une manière qui eût dû être pathétique et n'était que bouffonne; il avait rapporté de son voyage de la veille un enrouement mystérieux, de sorte que semblaient venir de loin ses paroles. Tout occupé par sa pensée :

— Alors, vous l'avez vu? dit-il.

Et tout occupé par la sienne :

— Qui? demanda Julius.

Ce *qui?* retentit en Amédée comme un glas et comme un blasphème. Il précisa discrètement :

— Je croyais que vous sortiez du Vatican?

— En effet. Excusez-moi : je n'y pensais plus... Si vous saviez ce qui m'arrive!

Ses yeux brillaient; on eût cru qu'il allait jaillir de lui-même.

— Oh! s'il vous plaît, supplia Fleurissoire : vous me direz cela ensuite; parlez-moi d'abord de votre visite. Je suis si impatient de savoir...

— Cela vous intéresse?

— Bientôt vous comprendrez combien. Parlez! parlez, je vous en prie.

— Eh bien! voilà! commença Julius, empoignant par un bras Fleurissoire et l'entraînant loin de Saint-Pierre; — Peut-être aurez-vous su dans quel dénuement sa conversion avait laissé notre Anthime! C'est en vain qu'il attend encore ce que lui promettait l'Église, en récompense de ce que lui ont ravi les francs-

maçons. Anthime a été joué : il faut le reconnaître...
Mon cher ami, vous prendrez comme vous voudrez
cette aventure; moi je la tiens pour une farce qualifiée;
mais sans laquelle je ne verrais peut-être pas aussi
clair dans ce qui nous occupe aujourd'hui, et dont
je suis pressé de vous entretenir. Voici : *un être d'inconséquence!* c'est beaucoup dire... et sans doute cette
apparente inconséquence cache-t-elle une séquence
plus subtile et cachée; l'important c'est que ce qui
le fasse agir, ce ne soit plus une simple raison d'intérêt
ou, comme vous dites ordinairement : qu'il n'obéisse
plus à des motifs intéressés.

— Je ne vous suis plus bien, dit Amédée.

— C'est vrai, pardonnez-moi : je m'écartais de ma
visite. J'avais donc résolu de prendre en main l'affaire
d'Anthime... Ah! mon ami, si vous aviez vu l'appartement qu'il occupe à Milan! — Vous ne pouvez pas
rester ici, lui ai-je dit tout de suite. Et quand je pense
à cette malheureuse Véronique! Mais lui tourne à
l'ascète, au capucin; il ne permet pas qu'on le plaigne;
ni surtout qu'on accuse le clergé! — Mon ami, lui
ai-je dit encore : je consens que le haut clergé ne
soit pas coupable, mais alors c'est qu'il n'est pas
averti. Permettez-moi d'aller l'instruire.

— Je croyais que le cardinal Pazzi... glissa Fleurissoire.

— Oui, ça n'avait pas réussi. Vous comprenez, ces
hauts dignitaires, chacun a peur de se commettre.
Il fallait pour se saisir de l'affaire quelqu'un qui ne
fût pas de la partie; moi par exemple. Car admirez
la manière dont se font les découvertes! et j'entends :
les plus importantes : on croirait à une illumination
soudaine : au fond on n'arrêtait pas d'y penser. C'est
ainsi que depuis longtemps, je m'inquiétais tout à la
fois de l'excès de logique de mes personnages et de
leur insuffisante détermination.

— Je crains, dit doucement Amédée, que vous ne
vous écartiez de nouveau.

— Nullement, reprit Julius, c'est vous qui ne suivez
pas ma pensée. Bref, c'est à notre Saint-Père lui-
même que je résolus d'adresser la supplique; et j'allai
la lui porter ce matin.

— Alors? dites vite : vous l'avez vu?

— Mon cher Amédée, si vous m'interrompez tout
le temps... Eh bien! on n'imagine pas ce que c'est
difficile de le voir.

— Parbleu! fit Amédée.

— Vous dites?

— Je parlerai tantôt.

— D'abord j'ai dû complètement renoncer à lui
faire tenir ma supplique. Je la gardais en main;
c'était un décent rouleau de papier; mais, dès la
seconde antichambre (ou la troisième; je ne me
souviens plus bien), un grand gaillard, costumé de
noir et de rouge, me l'a poliment enlevée.

A petit bruit Amédée commençait à rire comme
quelqu'un de renseigné et qui sait ce qu'il sait.

— Dans l'antichambre suivante on m'a débarrassé
de mon chapeau, qu'on a posé sur une table. Dans
la cinquième ou la sixième, où j'attendis longtemps
en compagnie de deux dames et de trois prélats, une
sorte de chambellan est venu me chercher et m'a
introduit dans la salle voisine où sitôt en face du
Saint-Père (il était, autant que j'ai pu m'en rendre
compte, juché sur une sorte de trône que protégeait
une sorte de baldaquin), il m'a invité à me prosterner,
ce que j'ai fait; de sorte que j'ai cessé de voir.

— Vous n'êtes pourtant pas resté si longtemps
incliné, et ni le front si bas que vous n'ayez...

— Mon cher Amédée, vous en parlez à votre aise;
vous ne savez donc pas quels aveugles fait de nous
le respect? Et, outre que je n'osais pas relever la tête,

une façon de majordome, avec une espèce de règle, chaque fois que je commençais à parler d'Anthime, me donnait sur la nuque des manières de petits coups, qui m'inclinaient à neuf.

— Du moins *Lui*, vous a-t-il parlé.

— Oui, de mon livre, qu'il m'a avoué n'avoir pas lu.

— Mon cher Julius, reprit Amédée après un moment de silence, ce que vous me dites là est de la plus haute importance. Ainsi vous ne l'avez pas vu : et de tout votre récit je retiens qu'il est étrangement malaisé de le voir. Ah! tout ceci confirme hélas! l'appréhension la plus cruelle. Julius, je dois vous le dire à présent... mais venez par ici; cette rue si fréquentée...

Il entraîna dans un vicolo presque désert Julius, amusé plutôt, qui se laissait faire :

— Ce que je vais vous confier est si grave... Surtout n'en laissez rien voir au-dehors. Ayons l'air de parler de matières indifférentes et préparez-vous à entendre quelque chose de terrible : Julius, mon ami, celui que vous avez vu ce matin...

— Que je n'ai pas vu, voulez-vous dire.

— Précisément... n'est pas *le vrai*.

— Vous dites?

— Je dis que vous n'avez pas pu voir le pape, pour cette monstrueuse raison que... je le tiens de source clandestine et certaine : le vrai pape est confisqué.

Cette étonnante révélation eut sur Julius l'effet le plus inattendu : il quitta soudain le bras d'Amédée et trottant par-devant, tout au travers du vicolo, il criait :

— Ah! non. Ah! ça, par exemple, non, non, non!

Puis se rapprochant d'Amédée :

— Comment! J'arrive, et à grand-peine, à me

purger l'esprit de tout cela; je me convaincs qu'il n'y a rien à attendre de là, rien à espérer, rien à admettre; qu'Anthime a été joué, que tous nous sommes joués, que ce sont là des pharmacies! et qu'il ne reste plus qu'à en rire... Eh quoi! je me libère; et je n'en suis pas plus tôt consolé que vous venez me dire : Halte-là! Il y a maldonne : Recommencez! Ah! non, par exemple! Ah! ça : non jamais! Je m'en tiens là. Si celui-là n'est pas le vrai : Tant pis!

Fleurissoire était consterné.

— Mais, disait-il, l'Église... et il déplorait que son enrouement ne lui permît pas d'éloquence.

— Mais, si l'Église elle-même est jouée?

Julius se mit de biais devant lui, lui coupant à demi la route et, sur un ton persifleur et tranchant qu'il n'avait pas accoutumé :

— Eh bien! qu'est-ce-que-ce-la-vous-fait?

Alors Fleurissoire eut un doute; un doute neuf, informe, atroce et qui vaguement se fondait dans l'épaisseur de son malaise : Julius, Julius lui-même, ce Julius auquel il parlait, Julius à quoi se raccrochait son attente et sa bonne foi désolée, ce Julius non plus n'était pas le vrai Julius.

— Quoi! c'est vous qui parlez ainsi! Vous sur qui je comptais! Vous Julius! Comte de Baraglioul, dont les écrits...

— Ne me parlez pas de mes écrits, je vous en prie. Vrai ou faux, j'ai assez de ce que m'en a dit ce matin votre pape! Et je compte bien, grâce à ma découverte, que les suivants seront meilleurs. Car il me tarde de vous parler de choses sérieuses. Vous déjeunez avec moi, n'est-ce pas?

— Volontiers; mais je vous quitterai de bonne heure. On m'attend à Naples ce soir... oui, pour affaires dont je vous parlerai. Vous ne m'emmenez pas au Grand Hôtel, j'espère.

— Non; nous irons au Cólonna.

De son côté, Julius se souciait peu d'être vu au Grand Hôtel en compagnie d'un débris tel que Fleurissoire; et celui-ci, qui se sentait pâle et défait, souffrait déjà de la pleine lumière où l'avait fait asseoir son beau-frère, à cette table de restaurant, bien en face de lui et sous son regard scrutateur. Si encore ce regard avait cherché le sien : mais non, il le sentait qui s'adressait, au ras du foulard amarante, à cet endroit honteux de son cou où le bouton suspect bourgeonnait, et qu'il sentait à découvert. Et tandis que le garçon apportait les hors-d'œuvre :

— Vous devriez prendre des bains sulfureux, dit Baraglioul.

— Ce n'est pas ce que vous croyez, protesta Fleurissoire.

— Tant mieux, reprit Baraglioul, qui du reste ne croyait rien; je vous donnais ce conseil en passant. Puis, se campant en arrière, et sur un ton professoral :

— Eh bien! voici, cher Amédée : M'est avis que, depuis La Rochefoucauld, et à sa suite, nous nous sommes fourrés dedans; que le profit n'est pas toujours ce qui mène l'homme; qu'il y a des actions désintéressées...

— Je l'espère bien, interrompit candidement Fleurissoire.

— Ne me comprenez pas si vite, je vous en prie. Par *désintéressé*, j'entends : gratuit. Et que le mal, ce que l'on appelle : le mal, peut être aussi gratuit que le bien.

— Mais, dans ce cas, pourquoi le faire?

— Précisément! par luxe, par besoin de dépense, par jeu. Car je prétends que les âmes les plus désintéressées ne sont pas nécessairement les meilleures — au sens catholique du mot; au contraire, à ce point de vue catholique, l'âme la mieux dressée est celle qui tient le mieux ses comptes.

— Et qui se sent toujours en reste avec Dieu, ajouta benoîtement Fleurissoire qui tâchait de se maintenir à hauteur.

Julius était manifestement irrité par les interruptions de son beau-frère; elles lui paraissaient saugrenues.

— Certainement le mépris de ce qui peut servir, reprit-il, est signe d'une certaine aristocratie de l'âme... Donc échappée au catéchisme, à la complaisance, au calcul, admettrons-nous une âme qui ne tienne plus de comptes du tout?

Baraglioul attendait un assentiment; mais :

— Non! non! mille fois non : nous ne l'admettrons pas! s'écria véhémentement Fleurissoire; puis soudain effrayé par l'éclat de sa propre voix, il se pencha vers Baraglioul.

— Parlons plus bas; l'on nous écoute.

— Bah! Qui voulez-vous que ce que nous disons intéresse?

— Ah! mon ami, je vois que vous ne savez pas comment ils sont dans ce pays. Pour moi, je commence à les connaître. Depuis quatre jours que je vis parmi eux, je ne sors pas des aventures! et qui m'ont inculqué de vive force, je vous jure, une précaution que je n'avais pas naturelle. On est traqué.

— Vous vous imaginez tout cela.

— Je le voudrais, hélas! et que tout cela n'existât que dans mon cerveau. Mais, que voulez-vous? lorsque le faux prend la place du vrai, il faut bien que le vrai se dissimule. Chargé de la mission que je vous dirai tout à l'heure, entre la Loge et la Société de Jésus, c'en est fait de moi. Je suis suspect à tous; tout m'est suspect. Mais si je vous avouais, mon ami, que tout à l'heure, et devant cette moquerie que vous

opposiez à ma peine, j'ai pu douter si c'était au vrai
Julius que je parlais, ou non plutôt à quelque contre-
façon de vous-même... Mais si je vous disais que, ce
matin, avant de vous avoir rencontré, j'ai pu douter
de ma propre réalité, douter d'être moi-même ici, à
Rome, ou si plutôt je rêvais simplement d'y être et
n'allais pas bientôt me réveiller à Pau, doucement couché près d'Arnica, au milieu de mon ordinaire.

— Mon ami, vous aviez la fièvre.

Fleurissoire lui saisit la main, et d'une voix pathétique :

— La fièvre! vous l'avez dit : j'ai la fièvre. Une
fièvre dont on ne guérit point, et dont on ne veut pas
guérir. Une fièvre, je l'avoue, dont j'espérais que vous
seriez saisi tout de même lorsque vous viendriez à
connaître ce que je vous ai révélé; une fièvre que
j'espérais vous communiquer, je l'avoue, afin qu'ensemble nous brûlions, mon frère... Mais non! je le
sens bien à présent, c'est solitaire que s'enfonce l'obscur
sentier que je suis, que je dois suivre; et même ce
que vous m'avez dit m'y oblige... Eh quoi! Julius,
serait-il vrai? Alors on ne LE voit pas? On ne parvient pas à le voir?...

— Mon ami, reprit Julius, en se dégageant de
l'étreinte de Fleurissoire qui s'exaltait, et lui posant à
son tour une main sur le bras : — Mon ami, je m'en
vais vous avouer quelque chose que je n'osais vous
dire tout à l'heure : Quand je me suis trouvé en présence du Saint-Père... eh bien, j'ai été pris d'une distraction.

— D'une distraction! répéta Fleurissoire abasourdi.

— Oui : brusquement je me suis surpris pensant
à autre chose.

— Dois-je croire à ce que vous dites?

— Car c'est précisément alors que j'ai eu ma révélation. Mais, me disais-je, poursuivant ma première

idée, — mais, à le supposer gratuit, l'acte mauvais, le crime, le voici tout inimputable; et imprenable celui qui l'a commis.

— Quoi! vous y revenez, soupira désespérément Amédée.

— Car le mobile, le motif du crime, c'est l'anse par où saisir le criminel. Et si, comme le juge prétendra : *Is fecit cui prodest...* vous avez fait votre droit, n'est-ce pas?

— Excusez-moi, dit Amédée dont la sueur emperlait le front.

Mais à ce moment, tout brusquement, le dialogue se rompit : le chasseur du restaurant apportait sur une assiette une enveloppe où le nom de Fleurissoire était inscrit. Celui-ci plein de stupeur ouvrit l'enveloppe, et, sur le billet qu'elle contenait, lut ces mots :

Vous n'avez pas une minute à perdre. Le train de Naples part à trois heures. Demandez à Monsieur de Baraglioul de vous accompagner au Crédit commercial où il est connu et pourra témoigner de votre identité. Cave.

— Eh bien! que vous disais-je? reprit Amédée à voix basse, plutôt soulagé par l'incident.

— En effet, voici qui n'est pas ordinaire. Comment diable sait-on mon nom? et que je suis en relation avec le Crédit commercial?

— Ces gens-là savent tout, je vous dis.

— Le ton de ce billet ne me plaît pas. Celui qui l'écrivit aurait du moins pu s'excuser de nous interrompre.

— A quoi bon? Il sait bien que ma mission passe avant tout... C'est un chèque à toucher... Non; impossible de vous en parler ici; vous voyez bien qu'on nous surveille. — Puis tirant sa montre : En effet, nous n'avons que le temps.

Il sonna le garçon.

— Laissez! Laissez, dit Julius : c'est moi qui vous invite. Le Crédit n'est pas loin; au besoin nous prendrons un fiacre. Ne vous affolez pas... Ah! je voulais vous dire encore : si vous allez à Naples ce soir, disposez donc de ce billet circulaire. Il est à mon nom; mais qu'importe. (Car Julius aimait d'obliger.) Je l'ai pris inconsidérément à Paris, pensant descendre plus au sud. Mais me voici retenu par un congrès. Combien de temps pensez-vous rester là-bas?

— Le moins possible. J'espère être de retour dès demain.

— Je vous attendrai donc pour dîner.

Au Crédit commercial, grâce à la présentation du comte de Baraglioul, on remit à Fleurissoire, sans difficultés, contre le chèque, six billets qu'il glissa dans la poche intérieure de son veston. Cependant il avait raconté, tant bien que mal, à son beau-frère, l'histoire du chèque, du cardinal et de l'abbé; Baraglioul, qui l'accompagna jusqu'à la gare, ne l'écoutait que d'une oreille distraite.

Entre-temps Fleurissoire entra chez un chemisier pour s'acheter un faux col, mais qu'il ne mit pas aussitôt, par crainte de faire trop attendre Julius qui patientait devant la boutique.

— Vous n'emportez pas de valise? demanda celui-ci lorsque l'autre l'eut rejoint.

Certes Fleurissoire fût bien volontiers passé prendre son châle, ses affaires de toilette et de nuit; mais avouer à Baraglioul la via dei Vecchierelli!...

— Oh! pour une nuit!... fit-il lestement. Du reste nous n'avons pas le temps de passer à mon hôtel.

— Au fait, où donc êtes-vous descendu?

— Derrière le Colisée, répondit l'autre à tout hasard.

C'était comme s'il avait dit : Sous les ponts.

Julius encore une fois le regarda.

— Quel drôle d'homme vous faites!

Paraissait-il vraiment si bizarre? Fleurissoire s'épongea le front. Ils firent quelques pas en silence, devant la gare, où ils étaient arrivés.

— Allons; il faut nous séparer, dit Baraglioul, en lui tendant la main.

— Vous ne... vous ne viendriez pas avec moi? balbutia craintivement Fleurissoire. Je ne sais trop pourquoi, ça m'inquiète un peu de partir seul...

— Vous êtes bien venu seul jusqu'à Rome. Que voulez-vous qu'il vous advienne? Excusez-moi de vous quitter avant le quai, mais la vue d'un train qui s'en va me cause une tristesse inexprimable. Adieu! Bon voyage! et demain rapportez-moi au Grand Hôtel mon billet de retour pour Paris.

LIVRE CINQUIÈME

Lafcadio

> — *There is only one remedy! One thing alone can cure us from being ourselves!...*
> — *Yes; strictly speaking, the question is not how to get cured, but how to live.*
>
> Joseph Conrad,
> *Lord Jim*, p. 226.

I

Après que, par l'intermédiaire de Julius et l'assistance du notaire, Lafcadio fut entré en possession des quarante mille livres de rente que feu le comte Juste-Agénor de Baraglioul lui laissait, son grand souci fut de n'en laisser rien paraître.

— Dans de la vaisselle d'or peut-être, s'était-il dit alors, mais tu mangeras des mêmes plats.

Il ne prenait pas garde à ceci, ou ne savait pas encore que, pour lui, désormais, le goût des mets allait changer. Ou du moins, comme il trouvait égal plaisir à lutter contre l'appétit, à céder à la gourmandise, maintenant que ne le pressait plus le besoin, sa résistance se relâchait. Parlons sans images : d'aristocratique nature, il n'avait permis à la nécessité de lui imposer aucun geste — qu'il se fût permis à présent, par malice, par jeu, et par l'amusement de préférer à son intérêt son plaisir.

Se conformant aux volontés du comte, il n'avait donc pas pris le deuil. Une mortifiante déconvenue l'attendait chez les fournisseurs du marquis de Gesvres, son dernier oncle, lorsqu'il se présenta pour monter sa garde-robe. Comme il se recommandait de celui-ci, le tailleur sortit quelques factures que le marquis avait négligé de payer. Lafcadio répugnait aux filouteries; il feignit aussitôt d'être venu précisément pour régler

ces notes, et paya comptant les nouveaux vêtements.
Même aventure chez le bottier. Quant au chemisier,
Lafcadio jugea plus prudent de s'adresser à un autre.

— L'oncle de Gesvres, si seulement je savais son
adresse; j'aurais plaisir à lui envoyer acquittées ses
factures, pensait Lafcadio. Cela me vaudrait son
mépris; mais je suis Baraglioul et désormais, coquin
de marquis, je te débarque de mon cœur.

Rien ne le retenait à Paris, ni ailleurs; traversant
l'Italie à petites journées, il gagnait Brindisi d'où il
pensait s'embarquer sur quelque Lloyd, pour Java.

Tout seul dans le wagon qui l'éloignait de Rome il
avait, malgré la chaleur, jeté en travers de ses genoux
un moelleux plaid couleur de thé, sur lequel il se plaisait à contempler ses mains gantées couleur de cendre.
A travers la souple et floconneuse étoffe de son complet,
il respirait le bien-être par tous ses pores; le cou non
serré dans un col presque haut mais peu empesé, d'où
s'échappait, mince comme un orvet, une cravate en
foulard bronzé, sur la chemise à plis. Il se sentait
bien dans sa peau, bien dans ses vêtements, bien dans
ses bottes — de souples mocassins taillés dans le même
daim que ses gants; dans cette prison molle, son pied
se tendait, se cambrait, se sentait vivre. Son chapeau
de castor, rabattu devant ses yeux, le séparait du pay-
sage; il fumait une pipette de genièvre et abandonnait
ses pensées à leur mouvement naturel. Il pensait :

« La vieille, avec un petit nuage blanc au-dessus
de sa tête et qui me le montrait en disant : la pluie,
ça ne sera pas encore pour aujourd'hui!... cette vieille
dont j'ai chargé le sac sur mes épaules (par fantaisie
il avait fait à pied, en quatre jours la traversée des
Apennins entre Bologne et Florence, couchant à Covigliajo) et que j'ai embrassée au haut de la côte... ça
fait partie de ce que le curé de Covigliajo appelait :
les bonnes actions, — je l'aurais tout aussi bien ser-

rée à la gorge — d'une main qui ne tremble pas — quand j'ai senti cette sale peau ridée sous mon doigt... Ah! comme elle caressait le col de ma veste, pour en enlever la poussière! en disant : *figlio mio! carino!*... D'où me venait cette intense joie quand, après et encore en sueur, à l'ombre de ce grand châtaignier, et pourtant sans fumer, je me suis étendu sur la mousse? Je me sentais d'étreinte assez large pour embrasser l'entière humanité; ou l'étrangler peut-être... Que peu de chose la vie humaine! Et que je risquerais la mienne agilement, si seulement s'offrait quelque belle prouesse un peu joliment téméraire à oser!... Je ne peux tout de même pas me faire alpiniste ou aviateur... Qu'est-ce que me conseillerait ce claquemuré de Julius?... Fâcheux qu'il soit emporté! ça m'aurait plu d'avoir un frère.

« Pauvre Julius! Tant de gens qui écrivent et si peu de gens qui lisent! C'est un fait : on lit de moins en moins... si j'en juge par moi, comme disait l'autre. Ça finira par une catastrophe; quelque belle catastrophe, tout imprégnée d'horreur! on foutra l'imprimé par-dessus bord; et ce sera miracle si le meilleur ne rejoint pas au fond le pire.

« Mais la curiosité, c'est de savoir ce que la vieille aurait dit si j'avais commencé de serrer... On imagine *ce qui arriverait si*, mais il reste toujours un petit laps par où l'imprévu se fait jour. Rien ne se passe jamais tout à fait comme on aurait cru... C'est là ce qui me porte à agir... On fait si peu!... " Que tout ce qui peut être soit! " c'est comme ça que je m'explique la Création... Amoureux de ce qui pourrait être... Si j'étais l'État, je me ferais enfermer.

« Pas très étourdissante la correspondance de ce M. Gaspard Flamand que j'ai été réclamer comme mienne, à la poste restante de Bologne. Rien qui valût la peine de lui être renvoyé.

« Dieu! qu'on rencontre peu de gens dont on souhaiterait fouiller les valises!... Et pourtant qu'il en est peu dont on n'obtiendrait avec tel mot, tel geste, quelque bizarre réaction!... Belle collection de marionnettes; mais les fils sont trop apparents, par ma foi! On ne croise plus dans les rues que jean-foutres et paltoquets. Est-ce le fait d'un honnête homme, Lafcadio, je vous le demande, de prendre cette farce au sérieux?... Allons! plions bagage; il est temps! En fuite vers un nouveau monde; quittons l'Europe en imprimant notre talon nu sur le sol!... S'il est encore à Bornéo, au profond des forêts, quelque anthropopithèque attardé, là-bas, nous irons supputer les ressources d'une possible humanité!...

« J'aurais voulu revoir Protos. Sans doute il a cinglé vers l'Amérique. Il n'estimait, prétendait-il, que les barbares de Chicago... Pas assez voluptueux pour mon goût, ces loups : Je suis de nature féline. Passons.

« Le curé de Covigliajo, si débonnaire, ne se montrait pas d'humeur à dépraver beaucoup l'enfant avec lequel il causait. Assurément il en avait la garde. Volontiers j'en aurais fait mon camarade; non du curé, parbleu! mais du petit... Quels beaux yeux il levait vers moi! qui cherchaient aussi inquiètement mon regard que mon regard cherchait le sien; mais que je détournais aussitôt... Il n'avait pas cinq ans de moins que moi. Oui : quatorze à seize ans, pas plus... Qu'est-ce que j'étais à cet âge? Un *stripling* plein de convoitise, que j'aimerais rencontrer aujourd'hui; je crois que je me serais beaucoup plu... Faby, les premiers temps, était confus de se sentir épris de moi; il a bien fait de s'en confesser à ma mère : après quoi son cœur s'est senti plus léger. Mais combien sa retenue m'agaçait!... Quand plus tard, dans l'Aurès, je lui ai raconté cela sous la tente, nous en avons bien

ri... Volontiers, je le reverrais aujourd'hui; c'est
fâcheux qu'il soit mort. Passons.

« Le vrai, c'est que j'espérais déplaire au curé. Je
cherchais ce que je pourrais lui dire de désagréable :
je n'ai rien su trouver que de charmant... Que j'ai
de mal à ne paraître pas séduisant! Je ne peux pourtant pas passer au brou de noix mon visage, comme
me le conseillait Carola; ou me mettre à manger de
l'ail... Ah! ne pensons plus à cette pauvre fille? Les
plus médiocres de mes plaisirs, c'est à elle que je les
dois... Oh! d'où sort cet étrange vieillard? »

Par la porte à coulisse du couloir, Amédée Fleurissoire venait d'entrer.

Fleurissoire avait voyagé seul dans son compart-
ment jusqu'à la station de Frosinone. A cet arrêt du
train, un Italien entre deux âges était monté dans le
wagon, s'était assis non loin de lui et avait commencé
à le dévisager d'un air sombre qui promptement
invita Fleurissoire à déguerpir.

Dans le compartiment voisin, la jeune grâce de Lafcadio, tout au contraire, l'attira :

« Ah! l'aimable garçon! presque un enfant encore,
pensa-t-il. — En vacances sans doute. Qu'il est bien
mis! Son regard est candide. Quel repos ce sera de
dépouiller ma défiance! S'il savait le français je lui
parlerais volontiers... »

Il s'assit en face de lui, dans un coin près de la
portière. Lafcadio releva le bord de son castor et
commença de le considérer d'un œil morne, indifférent en apparence.

« Entre ce sale magot et moi, quoi de commun?
songeait-il. On dirait qu'il se croit malin. Qu'a-t-il à
me sourire ainsi? Pense-t-il que je vais l'embrasser!
Se peut-il qu'il y ait des femmes pour caresser encore
les vieillards!... Il serait bien surpris sans doute d'apprendre que je sais lire écriture ou imprimé, couram-

ment, à l'envers ou par transparence, au verso, dans
les glaces ou sur les buvards; trois mois d'études et
deux années d'apprentissage; et cela pour l'amour de
l'art. Cadio, mon petit, le problème se pose : faire
accroc à cette destinée. Mais par où?... Tiens! Je vais
lui offrir du cachou. Qu'il accepte ou non, nous verrons toujours bien dans quelle langue. »

— Grazio! grazio! — dit Fleurissoire en refusant.

— Rien à faire avec le tapir. Dormons! reprend à
part soi Lafcadio, et rabattant son castor sur ses yeux,
il tâche à faire un rêve d'un souvenir de sa jeunesse :

Il se revoit, du temps qu'on l'appelait Cadio, dans
ce château perdu des Karpathes, qu'ils occupèrent,
sa mère et lui, deux étés, en compagnie de Baldi l'Italien et du prince Wladimir Bielkowski. Sa chambre
est à l'extrémité d'un couloir; c'est la première année
qu'il couche loin de sa mère... La poignée de cuivre
de sa porte, en forme de tête de lion, est retenue par
un gros clou... Ah! que les souvenirs de ses sensations
sont précis!... Une nuit il est tiré du plus profond de
son sommeil et croit rêver encore en voyant au chevet de son lit l'oncle Wladimir, qui lui paraît plus
gigantesque encore que de coutume, fait comme un
cauchemar, drapé dans un vaste cafetan couleur
rouille, la moustache retombée et coiffé d'un extra-
vagant bonnet de nuit dressé comme un bonnet per-
san, qui l'allonge jusqu'à n'en plus finir. Il tient à la
main une lanterne sourde qu'il pose sur la table, près
du lit, à côté de la montre de Cadio en repoussant
un peu un sac de billes. La première pensée de Cadio
c'est que sa mère est morte, ou malade; il va ques-
tionner Bielkowski, quand celui-ci pose un doigt sur
ses lèvres et lui fait signe de se lever. En hâte l'enfant passe la robe de chambre qu'il revêt au sortir du
bain, que son oncle a prise au dos d'une chaise et lui
tend; tout cela, les sourcils roulés et d'un air à ne

point plaisanter. Mais Cadio a si grande confiance en Wladi qu'il n'a pas peur un seul instant; il enfile ses pantoufles, et le suit fort intrigué par ses manières et, comme toujours, en appétit d'amusement.

Ils sortent dans le couloir; Wladimir avance gravement, mystérieusement, portant loin devant lui la lanterne; on dirait qu'ils accomplissent un rite ou qu'ils suivent une procession; Cadio chancelle un peu car il est encore ivre de rêves; mais la curiosité bientôt a nettoyé son cerveau. Devant la porte de sa mère, tous deux s'arrêtent un instant, prêtant l'oreille : pas un bruit; la maison dort. Arrivés sur le palier, ils entendent le ronflement d'un valet dont la chambre ouvre près du grenier. Ils descendent. Wladi pose des pieds de coton sur les marches; au moindre craquement il se retourne d'un air si furieux que Cadio a peine à ne pas rire. Il indique une marche en particulier, faisant signe de la franchir, aussi sérieusement que s'il y eût eu péril. Cadio ne gâte point son plaisir à se demander si ces précautions sont nécessaires, non plus que rien de ce qu'ils font; il se prête au jeu et, glissant le long de la rampe, franchit le degré... Il est si prodigieusement amusé par Wladi qu'il traverserait du feu pour le suivre.

Quand ils ont atteint le rez-de-chaussée, sur l'avant-dernière marche tous deux s'assoient pour souffler un instant; Wladi hoche la tête et fait entendre un petit soupir du nez, comme pour dire : ah! nous l'avons échappé belle. Ils repartent. Quelles précautions devant la porte du salon! La lanterne, qu'à présent tient Cadio, éclaire la pièce si bizarrement que l'enfant la reconnaît à peine; elle lui paraît démesurée; un peu de lune glisse par l'entrebâillement d'un volet; tout baigne dans une tranquillité surnaturelle; on dirait un étang où l'on va jeter clandestinement l'épervier; et il reconnaît bien et à sa place chaque chose, mais, pour la première fois, il en comprend l'étrangeté.

Wladi s'approche du piano, l'entrouvre, caresse du bout du doigt quelques touches qui répondent très faiblement. Tout à coup le couvercle échappe et fait en retombant un boucan formidable (Lafcadio sursaute encore en y songeant). Wladi se précipite sur la lanterne, qu'il aveugle, puis s'écroule dans un fauteuil; Cadio glisse sous une table; tous deux restent longtemps dans le noir, sans remuer, aux écoutes... mais rien; rien n'a bougé dans la maison; au loin, un chien jappe à la lune. Alors, doucement, lentement, Wladi redonne un peu de lumière.

Dans la salle à manger, de quel air il tourne la clef du buffet! L'enfant sait bien que ce n'est là qu'un jeu, mais l'oncle y semble pris lui-même. Il renifle comme pour flairer où cela sent le meilleur; s'empare d'une bouteille de tokay; en verse deux petits verres où tremper des biscuits; il invite à trinquer, un doigt sur les lèvres; le cristal sonne imperceptiblement... La collation nocturne terminée, Wladi s'occupe à tout remettre en ordre, il va rincer avec Cadio les verres dans le baquet de l'office, les essuie, rebouche la bouteille, referme la boîte à biscuits, époussette méticuleusement les miettes, regarde une dernière fois le tout bien à sa place dans l'armoire... Ni vu, ni connu.

Wladi réaccompagne Cadio jusqu'à sa chambre et le quitte avec un profond salut. Cadio reprend son somme où il l'avait laissé, et se demandera le lendemain s'il n'a pas rêvé tout cela.

Drôle de jeu pour un enfant! Qu'eût pensé de cela Julius?

Lafcadio, bien que les yeux fermés, ne dort pas; il ne parvient pas à dormir.

« Le petit vieux, que je sens là, croit que je dors, pensait-il. Si j'entrouvrais les yeux, je le verrais qui me regarde. Protos prétendait qu'il est particulièrement difficile de feindre de dormir tout en prêtant attention ; il se faisait fort de reconnaître le faux sommeil à ce léger petit tremblement des paupières... que je réprime en ce moment. Protos lui-même y serait pris... »

Le soleil cependant s'était couché ; déjà s'atténuaient les reflets derniers de sa gloire, que Fleurissoire ému contemplait. Tout à coup, au plafond voûté du wagon, l'électricité jaillit dans le lustre ; éclairage trop brutal, auprès de ce crépuscule attendri ; et, par crainte aussi qu'il ne troublât le sommeil de son voisin, Fleurissoire tourna le commutateur, ce qui n'amena point l'obscurité complète, mais dériva le courant du lustre central au profit d'une lampe veilleuse azurée. Au gré de Fleurissoire cette ampoule bleue versait trop de lumière encore ; il donna un tour de plus à la clavette ; la veilleuse s'éteignit, mais s'allumèrent aussitôt deux appliques pariétales, plus désobligeantes que le lustre du milieu ; un tour encore, et la veilleuse de nouveau : il s'y tint.

« A-t-il bientôt fini de jouer avec la lumière ? pensait Lafcadio impatienté. Que fait-il à présent ? (Non ! je ne lèverai pas les paupières.) Il est debout... Serait-il attiré par ma valise ? Bravo ! Il constate qu'elle est ouverte. Pour en perdre la clef aussitôt, c'était bien adroit d'y avoir fait mettre, à Milan, une serrure compliquée qu'on a dû crocheter à Bologne ! Un cadenas du moins se remplace... Dieu me damne : il enlève sa veste ? Ah ! tout de même regardons. »

Sans attention pour la valise de Lafcadio, Fleurissoire, occupé à son nouveau faux col, avait mis bas sa veste pour pouvoir le boutonner plus aisément ; mais le madapolam empesé, dur comme du carton, résistait à tous ses efforts.

« Il n'a pas l'air heureux, reprenait à part soi Lafcadio. Il doit souffrir d'une fistule, ou de quelque
affection cachée. L'aiderai-je! Il n'y parviendra pas
tout seul... »

Si pourtant! le col enfin admit le bouton. Fleurissoire reprit alors, sur le coussin où il l'avait posée près
de son chapeau, de sa veste et de ses manchettes, sa
cravate et, s'approchant de la portière, chercha comme
Narcisse sur l'onde, sur la vitre, à distinguer du pay-
sage son reflet.

« Il n'y voit pas assez. »

Lafcadio redonna de la lumière. Le train longeait
alors un talus, qu'on voyait à travers la vitre, éclairé
par cette lumière de chaque compartiment projetée;
cela formait une suite de carrés clairs qui dansaient
le long de la voie et se déformaient tour à tour selon
chaque accident du terrain. On apercevait au milieu
de l'un d'eux, danser l'ombre falote de Fleurissoire;
les autres carrés étaient vides.

« Qui le verrait? pensait Lafcadio. Là, tout près de
ma main, sous ma main, cette double fermeture, que
je peux faire jouer aisément; cette porte qui, cédant
tout à coup, le laisserait crouler en avant; une petite
poussée suffirait; il tomberait dans la nuit comme une
masse; même on n'entendrait pas un cri... Et demain,
en route pour les îles!... Qui le saurait? »

La cravate était mise, un petit nœud marin tout
fait; à présent Fleurissoire avait repris une manchette
et l'assujettissait au poignet droit; et, ce faisant, il examinait, au-dessus de la place où il était assis tout à
l'heure, la photographie (une des quatre qui déco-
raient le compartiment) de quelque palais près de
la mer.

« Un crime immotivé, continuait Lafcadio : quel
embarras pour la police! Au demeurant, sur ce sacré
talus, n'importe qui peut, d'un compartiment voisin,

remarquer qu'une portière s'ouvre, et voir l'ombre du
Chinois cabrioler. Du moins les rideaux du couloir
sont tirés... Ce n'est pas tant des événements que j'ai
curiosité, que de moi-même. Tel se croit capable de
tout, qui, devant que d'agir, recule... Qu'il y a loin,
entre l'imagination et le fait!... Et pas plus le droit
de reprendre son coup qu'aux échecs. Bah! qui pré-
voirait tous les risques, le jeu perdrait tout intérêt!...
Entre l'imagination d'un fait et... Tiens! le talus cesse.
Nous sommes sur un pont, je crois; une rivière... »

Sur le fond de la vitre, à présent noire, les reflets
apparaissaient plus clairement, Fleurissoire se pencha
pour rectifier la position de sa cravate.

« Là, sous ma main, cette double fermeture — tandis
qu'il est distrait et regarde au loin devant lui —
joue, ma foi! plus aisément encore qu'on eût cru.
Si je puis compter jusqu'à douze, sans me presser,
avant de voir dans la campagne quelque feu, le tapir
est sauvé. Je commence : Une; deux; trois; quatre;
(lentement! lentement!) cinq; six; sept; huit; neuf...
Dix, un feu... »

II

Fleurissoire ne poussa pas un cri. Sous la poussée
de Lafcadio et en face du gouffre brusquement ouvert
devant lui, il fit pour se retenir un grand geste, sa
main gauche agrippa le cadre lisse de la portière,
tandis qu'à demi retourné il rejetait la droite en arrière
par-dessus Lafcadio, envoyant rouler sous la banquette,
à l'autre extrémité du wagon, la seconde manchette
qu'il était au moment de passer.

Lafcadio sentit s'abattre sur sa nuque une griffe

affreuse, baissa la tête et donna une seconde poussée
plus impatiente que la première; les ongles lui
raclèrent le col; et Fleurissoire ne trouva plus où se
raccrocher que le chapeau de castor qu'il saisit
désespérément et qu'il emporta dans sa chute.

« A présent, du sang-froid, se dit Lafcadio. Ne
claquons pas la portière : on pourrait entendre à
côté. »

Il tira la portière à lui, contre le vent, avec effort,
puis la referma doucement.

« Il m'a laissé son hideux chapeau plat; qu'un peu
plus, d'un coup de pied, j'allais envoyer le rejoindre;
mais il m'a pris le mien, qui lui suffit. Bonne précaution
que j'ai eue d'en enlever les initiales!... Mais, sur la
coiffe, reste la marque du chapelier, à qui l'on ne
commande pas des feutres de castor tous les jours...
Tant pis, c'est joué... Qu'on puisse croire à un accident... Non, puisque j'ai refermé la portière... Faire
stopper le train?... Allons, allons; Cadio, pas de
retouches : tout est comme tu l'as voulu.

« Preuve que je me possède parfaitement : je vais
d'abord regarder tranquillement ce que représente
cette photographie que le vieux contemplait tout à
l'heure... *Miramar!* Aucun désir d'aller voir ça... On
manque d'air ici. »

Il ouvrit la fenêtre.

« L'animal m'a griffé. Je saigne... Il m'a fait très
mal. Un peu d'eau là-dessus; la toilette est au bout
du couloir, à gauche. Emportons un second mouchoir. »

Il atteignit, dans le filet au-dessus de lui, sa valise
et l'ouvrit sur le coussin de la banquette, à l'endroit
où il était précédemment assis.

« Si je croise quelqu'un dans le couloir : du calme...
Non, mon cœur ne bat plus. Allons-y!... Ah! sa
veste; aisément je la peux cacher sous la mienne.

Des papiers dans la poche : de quoi nous occuper
pendant le reste du trajet. »

C'était un pauvre veston élimé, couleur réglisse,
de drap mince, rêche et vulgaire, et qui le dégoûtait
un peu, que Lafcadio suspendit à une patère, dans
l'étroit cabinet-toilette où il s'enferma; puis, penché
sur le lavabo, il commença de s'examiner dans le miroir.

Son cou, à deux endroits, était assez vilainement
balafré; une étroite traînée rouge partait de derrière
la nuque et, tournant vers la gauche, venait mourir
au-dessus de l'oreille; une autre, plus courte, franche
écorchure celle-là, deux centimètres au-dessus de la
première, montait droit vers l'oreille dont elle avait
atteint et un peu décollé le lobe. Cela saignait; mais
moins qu'il n'aurait pu craindre; par contre, la
douleur, qu'il n'avait pas sentie d'abord, s'éveillait
assez vive. Il trempa son mouchoir dans la cuvette,
étancha le sang, puis lava le mouchoir.

« Pas de quoi tacher un faux col, pensa-t-il en se
rajustant; tout va bien. »

Il allait ressortir; à ce moment la locomotive siffla;
une file de lumières passa derrière la vitre dépolie
du closet. C'était Capoue. A cette station si proche
de l'accident, descendre et courir dans la nuit se
ressaisir de son castor... cette pensée surgit éblouissante.
Il regrettait beaucoup son chapeau souple, léger,
soyeux, tiède et frais à la fois, infroissable, d'une
élégance si discrète. Pourtant il n'écoutait jamais tout
entier son désir et n'aimait pas céder, fût-ce à lui-
même. Mais par-dessus tout il avait l'indécision en
horreur, et gardait depuis nombre d'années, comme
un fétiche, le dé d'un jeu de tric-trac que dans le
temps lui avait donné Baldi; il le portait toujours sur
lui, il l'avait là, dans le gousset de son gilet :

« Si j'amène six, se dit-il en sortant le dé, je descends! » Il amena cinq.

« Je descends quand même. Vite! le veston du sinistré!... A présent, ma valise... »

Il courut à son compartiment.

Ah! combien, devant l'étrangeté d'un fait, l'exclamation semble inutile! Plus surprenant est l'événement et plus mon récit sera simple. Je dirai donc tout net ceci : Quand Lafcadio rentra dans le compartiment pour y reprendre sa valise, la valise n'y était plus.

Il crut d'abord s'être trompé, ressortit dans le couloir... Si fait... Si fait; c'est bien ici qu'il était tantôt. Voici la vue de Miramar... mais alors?... Il bondit à la fenêtre et crut rêver : sur le quai de la gare, non loin encore du wagon, sa valise s'en allait tranquillement, en compagnie d'un grand gaillard qui l'emportait à petits pas.

Lafcadio voulut s'élancer; le geste qu'il fit pour ouvrir la portière laissa couler le veston réglisse à ses pieds.

« Diable! diable! Un peu plus et je m'enfermais!... Tout de même le farceur s'en irait un peu plus vite s'il pensait que je lui puisse courir après. Aurait-il vu?... »

A ce moment, comme il restait penché en avant, une goutte de sang ruissela le long de sa joue.

« Tant pis pour la valise! Le dé l'avait bien dit : je ne dois pas descendre ici. »

Il referma la portière et se rassit.

« Pas de papiers dans la valise; et mon linge n'est pas marqué; que risqué-je?... N'importe : m'embarquer le plus tôt possible; ce sera peut-être un peu moins amusant; mais, à coup sûr, beaucoup plus sage. »

Le train cependant repartait.

« Ce n'est pas tant la valise que je regrette... mais mon castor, que j'aurais bien voulu repêcher. N'y pensons plus. »

Il bourra une nouvelle pipette, l'alluma, puis plongeant la main dans la poche intérieure de l'autre veston, il en sortit d'un coup une lettre d'Arnica, un carnet de l'agence Cook et une enveloppe de papier bulle qu'il ouvrit.

« Trois, quatre, cinq, six billets de mille! N'intéresse pas les gens honnêtes. »

Il remit les billets dans l'enveloppe et l'enveloppe dans la poche du veston.

Mais quand, un instant après, il examina le carnet Cook, Lafcadio eut un éblouissement. Sur la première feuille, le nom de *Julius de Baraglioul* était inscrit.

« Est-ce que je deviens fou? pensa-t-il. Quel rapport avec Julius?... billet volé?... non; pas possible. Billet prêté sans aucun doute. Diable! diable! J'ai peut-être fait du gâchis : ces vieillards sont mieux ramifiés qu'on ne croit... »

Puis, en tremblant d'interrogation il ouvrit la lettre d'Arnica. L'événement apparaissait trop étrange; il avait peine à fixer son attention; sans doute, il ne parvenait pas bien à démêler quelle parenté ou quels rapports entre Julius et ce vieux, mais il saisit ceci du moins : que Julius était à Rome. Aussitôt sa résolution fut prise : un urgent désir de revoir son frère l'envahit, une curiosité débridée d'assister au retentissement de cette affaire sur ce calme et logique esprit :

« C'est dit! Ce soir je couche à Naples; je dégage ma malle et demain je retourne à Rome par le premier train. Ce sera sûrement beaucoup moins sage, mais peut-être un peu plus amusant. »

III

A Naples, Lafcadio descendit dans un hôtel voisin
de la gare; il eut soin de prendre sa malle avec lui,
parce que sont suspects les voyageurs sans bagages
et qu'il prenait garde de n'attirer point sur lui
l'attention; puis courut se procurer les quelques objets
de toilette qui lui manquaient et un chapeau pour
remplacer l'odieux canotier (et du reste étroit à son
front) que lui avait laissé Fleurissoire. Il désirait
également acheter un revolver, mais dut remettre
au lendemain cette emplette; déjà les magasins
fermaient.

Le train qu'il voulait prendre le lendemain partait
de bonne heure; on arrivait à Rome pour déjeuner...

Son intention était de n'aborder Julius qu'après
que les journaux auraient parlé du « crime ». Le
crime! Ce mot lui semblait plutôt bizarre; et tout à
fait impropre, s'adressant à lui, celui de *criminel*. Il
préférait celui d'*aventurier*, mot aussi souple que son
castor, et dont il pouvait relever les bords à son gré.

Les journaux du matin ne parlaient pas encore de
l'*aventure*. Il attendait impatiemment ceux du soir,
pressé de revoir Julius et de sentir s'engager la partie;
comme l'enfant à cligne-musette, qui certes ne veut
pas qu'on le trouve, mais qui veut du moins qu'on
le cherche, en attendant il s'ennuyait. C'était un
vague état qu'il ne connaissait pas encore; et les
gens qu'il coudoyait dans la rue lui paraissaient particulièrement médiocres, désagréables et hideux.

Quand vint le soir, il acheta le *Corriere* à un crieur
sur le Corso; puis entra dans un restaurant, mais
par une sorte de défi et comme pour aviver son désir,
il se força d'abord de dîner, laissant le journal tout

plié, posé là, à côté de lui, sur la table; puis ressortit, et dans le Corso de nouveau, s'arrêtant à la clarté d'une devanture, il déploya le journal et, en seconde page, vit ces mots, en titre d'un des faits divers :

CRIME, SUICIDE... OU ACCIDENT

Puis lut ceci que je traduis :

En gare de Naples, les employés de la Compagnie ont ramassé dans le filet d'un compartiment de première classe du train venu de Rome, une veste de couleur sombre. Dans la poche intérieure de ce veston une enveloppe jaune tout ouverte contenait six billets de mille francs; aucun autre papier qui permît d'identifier le propriétaire du vêtement. S'il y a eu crime, on s'explique malaisément qu'une somme aussi importante ait été laissée sur le vêtement de la victime; cela semble indiquer tout au moins que le crime n'aurait pas eu le vol pour mobile.

Aucune trace de lutte n'a pu être relevée dans le compartiment; mais on a retrouvé, sous une banquette, une manchette avec un double bouton qui figure deux têtes de chat, reliées l'une à l'autre par une chaînette d'argent doré et taillées dans un quartz semi-transparent, dit : agate nébuleuse à reflets, de l'espèce que les bijoutiers appellent : pierre de lune.

Des recherches sont faites activement le long de la voie.

Lafcadio froissa le journal.

— Quoi! les boutons de Carola maintenant! Ce vieillard est un carrefour.

Il tourna la page et vit en dernière heure :

RÉCENTISSIME

UN CADAVRE LE LONG DE LA VOIE

Sans lire plus avant, Lafcadio courut au Grand Hôtel.

Il mit dans une enveloppe sa carte où ces mots inscrits sous son nom :

LAFCADIO WLUIKI

vient voir si le Comte Julius de Baraglioul n'a pas besoin d'un secrétaire.

Puis fit passer.

Un laquais enfin vint le prendre dans le hall où il patientait, le guida le long des couloirs, l'introduisit.

Au premier coup d'œil Lafcadio distingua, jeté dans un coin de la chambre, le *Corriere della Sera*. Sur la table, au milieu de la pièce, un grand flacon d'eau de Cologne débouché répandait sa forte senteur, Julius ouvrit les bras.

— Lafcadio! Mon ami... que je suis donc heureux de vous voir!

Ses cheveux soulevés flottaient et s'agitaient sur ses tempes; il semblait dilaté; il tenait un mouchoir à pois noirs à la main et s'éventait avec. — Vous êtes bien une des personnes que j'attendais le moins; mais celle au monde avec qui je souhaitais le plus pouvoir causer ce soir... C'est Madame Carola qui vous a dit que j'étais ici?

— Quelle bizarre question!

— Ma foi! comme je viens de la rencontrer... Du reste, je ne suis pas sûr qu'elle m'ait vu.

— Carola! Elle est à Rome?

— Ne le saviez-vous pas?

— J'arrive de Sicile à l'instant et vous êtes la première personne que je vois ici. Je ne tiens pas à revoir l'autre.

— Elle m'a paru bien jolie.

— Vous n'êtes pas difficile.

— Je veux dire : bien mieux qu'à Paris.

— C'est de l'exotisme; mais si vous êtes en appétit...

— Lafcadio, de tels propos ne sont pas de mise entre nous.

Julius voulut prendre un air sévère, ne réussit qu'une grimace, puis reprit :

— Vous me voyez très agité. Je suis à un tournant de ma vie. J'ai la tête en feu et ressens à travers tout le corps une espèce de vertige, comme si j'allais m'évaporer. Depuis trois jours que je suis à Rome, appelé par un congrès de sociologie, je cours de surprise en surprise. Votre arrivée m'achève... Je ne me connais plus.

Il marchait à grands pas; il s'arrêta devant la table, saisit le flacon, versa sur son mouchoir un flot d'odeur, appliqua sur son front la compresse, l'y laissa.

— Mon jeune ami... vous permettez que je vous appelle ainsi... Je crois que je tiens mon nouveau livre! La manière, encore qu'excessive, dont vous me parlâtes, à Paris, de *L'Air des cimes*, me laisse supposer qu'à celui-ci vous ne demeurerez pas insensible.

Ses pieds esquissèrent une sorte d'entrechat; le mouchoir tomba à terre; Lafcadio s'empressa pour le ramasser et tandis qu'il était courbé, il sentit la main de Julius doucement se poser sur son épaule comme avait fait précisément la main du vieux Juste-Agénor. Lafcadio souriait en se relevant.

— Voilà si peu de temps que je vous connais, dit Julius; mais ce soir je ne me retiens pas de vous parler comme à un...

Il s'arrêta.

— Je vous écoute comme un frère, Monsieur de

Baraglioul, reprit Lafcadio enhardi, — puisque vous
voulez bien m'y inviter.

— Voyez-vous, Lafcadio, dans le milieu où je vis
à Paris, parmi tous ceux que je fréquente : gens du
monde, gens d'Église, gens de lettres, académiciens,
je ne trouve à vrai dire personne à qui parler; je veux
dire : à qui confier les nouvelles préoccupations qui
m'agitent. Car je dois vous avouer que, depuis notre
première rencontre, mon point de vue a complètement
changé.

— Allons, tant mieux! dit impertinemment Lafcadio.

— Vous ne sauriez croire, vous qui n'êtes pas du
métier, combien une éthique erronée empêche le libre
développement de la faculté créatrice. Aussi rien n'est
plus éloigné de mes anciens romans que celui que je
projette aujourd'hui. La logique, la conséquence, que
j'exigeais de mes personnages, pour les mieux assurer
je l'exigeais d'abord de moi-même; et cela n'était pas
naturel. Nous vivons contrefaits, plutôt que de ne pas
ressembler au portrait que nous avons tracé de nous
d'abord : c'est absurde; ce faisant, nous risquons de
fausser le meilleur.

Lafcadio souriait toujours, attendant venir et s'amusant à reconnaître l'effet lointain de ses premiers
propos.

— Que vous dirais-je, Lafcadio? Pour la première
fois je vois devant moi le champ libre... Comprenez-
vous ce que veulent dire ces mots : le champ libre?...
Je me dis qu'il l'était déjà; je me répète qu'il l'est
toujours, et que seules jusqu'à présent, m'obligeaient
d'impures considérations de carrière, de public, et de
juges ingrats dont le poète espère en vain récompense.
Désormais je n'attends plus rien que de moi. Désormais
j'attends tout de moi; j'attends tout de l'homme
sincère; et j'exige n'importe quoi; puisque aussi bien je

pressens à présent les plus étranges possibilités en
moi-même. Puisque ce n'est que sur le papier, j'ose
leur donner cours. Nous verrons bien!

Il respirait profondément, rejetait l'épaule en
arrière, soulevait l'omoplate à la manière presque
d'une aile déjà, comme si l'étouffaient à demi de
nouvelles perplexités. Il poursuivait confusément, à
voix plus basse :

— Et puisqu'ils ne veulent pas de moi, ces Messieurs
de l'Académie, je m'apprête à leur fournir de bonnes
raisons de ne pas m'admettre; car ils n'en avaient
pas. Ils n'en avaient pas.

Sa voix devenait brusquement presque aiguë, scandant ces derniers mots; il s'arrêtait, puis reprenait,
plus calme :

— Donc, voici ce que j'imagine... Vous m'écoutez?

— Jusque dans l'âme, dit en riant toujours Lafcadio.

— Et me suivez?

— Jusqu'en enfer.

Julius humecta de nouveau son mouchoir, s'assit
dans un fauteuil; en face de lui, Lafcadio se mit à
fourchon sur une chaise :

— Il s'agit d'un jeune homme, dont je veux faire
un criminel.

— Je n'y vois pas difficulté.

— Eh! eh! fit Julius, qui prétendait à la difficulté.

— Mais, romancier, qui vous empêche? et du
moment qu'on imagine, d'imaginer tout à souhait?

— Plus ce que j'imagine est étrange, plus j'y dois
apporter de motif et d'explication.

— Il n'est pas malaisé de trouver des motifs de
crime.

— Sans doute... mais précisément, je n'en veux
point. Je ne veux pas de motif au crime; il me suffit
de motiver le criminel. Oui; je prétends l'amener à

commettre gratuitement le crime; à désirer commettre un crime parfaitement immotivé.

Lafcadio commençait à prêter une oreille plus attentive.

— Prenons-le tout adolescent : je veux qu'à ceci se reconnaisse l'élégance de sa nature, qu'il agisse surtout par jeu, et qu'à son intérêt il préfère couramment son plaisir.

— Ceci n'est pas commun peut-être... hasarda Lafcadio.

— N'est-ce pas! dit Julius tout ravi. Ajoutons-y qu'il prend plaisir à se contraindre...

— Jusqu'à la dissimulation.

— Inculquons-lui l'amour du risque.

— Bravo! fit Lafcadio toujours plus amusé : S'il sait prêter l'oreille au démon de la curiosité, je crois que votre élève est à point.

Ainsi tour à tour bondissant et dépassant, puis dépassé, on eût dit que l'un jouait à saute-mouton avec l'autre :

Julius. — Je le vois d'abord qui s'exerce; il excelle aux menus larcins.

Lafcadio. — Je me suis maintes fois demandé comment il ne s'en commettait pas davantage. Il est vrai que les occasions ne s'offrent d'ordinaire qu'à ceux-là seuls, à l'abri du besoin, qui ne se laissent pas solliciter.

Julius. — A l'abri du besoin; il est de ceux-là, je l'ai dit. Mais ces seules occasions le tentent qui exigent de lui quelque habileté, de la ruse...

Lafcadio. — Et sans doute l'exposent un peu.

Julius. — Je disais qu'il se plaît au risque. Au demeurant il répugne à l'escroquerie; il ne cherche point à s'approprier, mais s'amuse à déplacer subrepticement les objets. Il y apporte un vrai talent d'escamoteur.

Lafcadio. — Puis l'impunité l'encourage...

Julius. — Mais elle le dépite à la fois. S'il n'est pas pris, c'est qu'il se proposait jeu trop facile.

Lafcadio. — Il se provoque au plus risqué.

Julius. — Je le fais raisonner ainsi...

Lafcadio. — Êtes-vous bien sûr qu'il raisonne?

Julius, poursuivant. — C'est par le besoin qu'il avait de le commettre que se livre l'auteur du crime.

Lafcadio. — Nous avons dit qu'il était très adroit.

Julius. — Oui; d'autant plus adroit qu'il agira la tête froide. Songez donc : un crime que ni la passion, ni le besoin ne motive. Sa raison de commettre le crime, c'est précisément de le commettre sans raison.

Lafcadio. — C'est vous qui raisonnez son crime; lui, simplement, le commet.

Julius. — Aucune raison pour supposer criminel celui qui a commis le crime sans raison.

Lafcadio. — Vous êtes trop subtil. Au point où vous l'avez porté, il est ce qu'on appelle : un homme libre.

Julius. — A la merci de la première occasion.

Lafcadio. — Il me tarde de le voir à l'œuvre. Qu'allez-vous bien lui proposer?

Julius. — Eh bien, j'hésitais encore. Oui; jusqu'à ce soir, j'hésitais... Et tout à coup, ce soir, le journal, aux dernières nouvelles, m'apporte tout précisément l'exemple souhaité. Une aventure providentielle! C'est affreux : figurez-vous qu'on vient d'assassiner mon beau-frère!

Lafcadio. — Quoi! le petit vieux du wagon, c'est...

Julius. — C'était Amédée Fleurissoire, à qui j'avais prêté mon billet, que je venais de mettre dans le train. Une heure auparavant il avait pris six mille francs à ma banque, et, comme il les portait sur lui, il ne me quittait pas sans craintes; il nourrissait des idées grises, des idées noires, que sais-je? des pressentiments. Or, dans le train... Mais vous avez lu le journal.

Lafcadio. — Le titre simplement du « fait divers ».

Julius. — Écoutez, que je vous le lise. (Il déploya le *Corriere* devant lui.) Je traduis :

La police qui faisait d'actives recherches le long de la voie ferrée, entre Rome et Naples, a découvert, cet après-midi, dans le lit à sec du Volturne, à cinq kilomètres de Capoue, le corps de la victime à laquelle appartient sans doute la veste retrouvée hier soir dans un wagon. C'est un homme d'apparence modeste, d'une cinquantaine d'années environ. (Il paraissait plus âgé qu'il n'était.) *On n'a trouvé sur lui aucun papier qui permette d'établir son identité.* (Cela me donne heureusement le temps de respirer.) *Il a apparemment été projeté du wagon, assez violemment pour passer par-dessus le parapet du pont, en réparation à cet endroit et remplacé simplement par des poutres.* (Quel style!) *Le pont est élevé de plus de quinze mètres au-dessus de la rivière; la mort a dû suivre la chute, car le corps ne porte pas la trace de blessures. Il est en bras de chemise; au poignet droit, une manchette, semblable à celle que l'on a retrouvée dans le wagon, mais à laquelle le bouton manque...* (Qu'avez-vous ? — Julius s'arrêta : Lafcadio n'avait pu réprimer un sursaut, car l'idée traversa son esprit que le bouton avait été enlevé depuis le crime.) — Julius reprit : *Sa main gauche est restée crispée sur un chapeau de feutre mou...*

— De feutre mou! Les rustres! murmura Lafcadio.

Julius releva le nez de dessus le journal.

— Qu'est-ce qui vous étonne?

— Rien, rien! Continuez.

... de feutre mou, beaucoup trop large pour sa tête et qui paraît être plutôt celui de l'agresseur; la marque de provenance a été soigneusement découpée dans le cuir de la coiffe, où il manque un morceau, de la forme et de la dimension d'une feuille de laurier...

Lafcadio se leva, se pencha derrière Julius pour lire par-dessus son épaule et peut-être pour dissimuler sa pâleur. Il n'en pouvait plus douter à présent : le crime avait été retouché; quelqu'un avait passé par là-dessus; avait découpé cette coiffe; sans doute l'inconnu qui s'était emparé de sa valise.

Julius cependant continuait :

... *ce qui semble indiquer la préméditation de ce crime.* (Pourquoi précisément de ce crime? Mon héros avait peut-être pris ses précautions à tout hasard...) *Sitôt après les constatations policières, le cadavre a été transporté à Naples pour permettre son identification.* (Oui, je sais qu'ils ont là-bas les moyens et l'habitude de conserver les corps très longtemps...)

— Êtes-vous bien sûr que ce soit lui? (La voix de Lafcadio tremblait un peu.)

— Parbleu; je l'attendais ce soir pour dîner.

— Vous avez renseigné la police?

— Pas encore. J'ai besoin d'abord de mettre un peu d'ordre dans mes idées. En deuil déjà, de ce côté du moins (j'entends : celui du vêtement), je suis tranquille; mais vous comprenez que, sitôt divulgué le nom de la victime, il faudra que j'avertisse toute ma famille, que j'envoie des dépêches, que j'écrive des lettres, que je m'occupe des faire-part, de l'inhumation, que j'aille à Naples réclamer le corps, que... Oh! mon cher Lafcadio, à cause de ce congrès auquel je vais être tenu d'assister, accepteriez-vous, par procuration, de chercher le corps à ma place?...

— Nous verrons cela tout à l'heure.

— Si toutefois cela ne vous impressionne pas trop. En attendant j'épargne à ma pauvre belle-sœur des heures cruelles; d'après les vagues renseignements des journaux, comment irait-elle supposer...? Je reviens à mon sujet : Quand j'ai donc lu ce *fait divers*, je me suis dit : ce crime-ci, que j'imagine si

bien, que je reconstitue, que je vois — je connais,
moi, je connais la raison qui l'a fait commettre; et
sais que, s'il n'y eût pas eu cet appât des six mille
francs, le crime n'eût pas été commis.

— Mais supposons pourtant que...

— Oui, n'est-ce pas : supposons un instant qu'il
n'y ait pas eu ces six mille francs, ou mieux : que le
criminel ne les ait pas pris : c'est mon homme.

Lafcadio cependant s'était levé; il avait ramassé le
journal que Julius avait laissé tomber, et l'ouvrant
à la seconde page :

— Je vois que vous n'avez pas lu la dernière heure :
le... criminel, précisément, n'a pas pris les six mille
francs, — dit-il du plus froid qu'il put. Tenez, lisez :
« *Cela semble indiquer tout au moins que le crime n'aurait
pas eu le vol pour mobile.* »

Julius saisit la feuille que Lafcadio lui tendait, lut
avidement; puis se passa la main sur les yeux; puis
s'assit; puis se releva brusquement, s'éleva sur Lafcadio
et l'empoignant par les deux bras :

— Pas le vol pour mobile! cria-t-il, et comme saisi
d'un transport, il secouait Lafcadio furieusement.
— Pas le vol pour mobile! Mais alors... — Il repoussait Lafcadio, courait à l'autre extrémité de la chambre
et s'éventait, et se frappait le front, et se mouchait :
— Alors je sais, parbleu! je sais pourquoi ce bandit
l'a tué... Ah! malheureux ami! ah! pauvre Fleurissoire!
C'est donc qu'il disait vrai! Et moi qui le croyais
déjà fou... Mais alors c'est épouvantable.

Lafcadio s'étonnait, attendait la fin de la crise; il
s'irritait un peu; il lui semblait que n'avait pas le
droit d'échapper ainsi Julius :

— Je croyais que précisément vous...

— Taisez-vous! vous ne savez rien. Et moi qui
perds mon temps près de vous dans des échafaude-
ments ridicules... Vite! ma canne, mon chapeau.

— Où courez-vous?

— Prévenir la police, parbleu!

Lafcadio se mit en travers de la porte.

— Expliquez-moi d'abord, dit-il impérativement. Ma parole on dirait que vous devenez fou.

— C'est tout à l'heure que j'étais fou. Je me réveille de ma folie... Ah! pauvre Fleurissoire! ah! malheureux ami! Sainte victime! A temps sa mort m'arrête sur le chemin de l'irrespect, du blasphème. Son sacrifice me ramène. Moi qui riais de lui!...

Il avait recommencé de marcher; puis s'arrêtant net et posant sa canne et son chapeau près du flacon, sur la table, il se campa devant Lafcadio :

— Voulez-vous savoir pourquoi le bandit l'a tué?

— Je croyais que c'était sans motif.

Julius alors furieusement :

— D'abord il n'y a pas de crime sans motif. On s'est débarrassé de lui parce qu'il détenait un secret... qu'il m'avait confié, un secret considérable; et d'ailleurs beaucoup trop important pour lui. On avait peur de lui, comprenez-vous? Voilà... Oh! cela vous est facile de rire, à vous qui n'entendez rien aux choses de la foi. — Puis tout pâle et se redressant : — Le secret, c'est moi qui l'hérite.

— Méfiez-vous! c'est de vous qu'ils vont avoir peur maintenant.

— Vous voyez bien qu'il faut que je prévienne aussitôt la police.

— Encore une question, dit Lafcadio, l'arrêtant de nouveau.

— Non. Laissez-moi partir. Je suis horriblement pressé. Cette surveillance continue, qui tant affolait mon pauvre frère, vous pouvez tenir pour certain que c'est contre moi qu'ils l'exercent; qu'ils l'exercent dès à présent. Vous ne sauriez croire combien ces gens-là sont habiles. Ces gens-là savent tout, je vous dis... Il

devient plus opportun que jamais que vous alliez
rechercher le corps à ma place... Surveillé comme je
le suis à présent, on ne sait pas ce qui pourrait bien
m'advenir. Je vous demande cela comme un service,
Lafcadio, mon cher ami. — Il joignait les mains,
implorait. — Je n'ai pas la tête à moi pour l'instant,
mais je prendrai des informations à la questure, de
manière à vous munir d'une procuration bien en
règle. Où pourrai-je vous l'adresser?

— Pour plus de commodité, je prendrai chambre à
cet hôtel. A demain. Courez vite.

Il laissa Julius s'éloigner. Un grand dégoût montait
en lui, et presque une espèce de haine contre lui-même
et contre Julius; contre tout. Il haussa les épaules,
puis sortit de sa poche le carnet Cook inscrit au nom
de Baraglioul qu'il avait pris dans le veston de Fleurissoire, le posa sur la table, en évidence, accoté contre
le flacon de parfum; éteignit la lumière et sortit.

IV

Malgré toutes les précautions qu'il avait prises, malgré les recommandations à la questure, Julius de Baraglioul n'avait pu empêcher les journaux ni de divul-
guer ses liens de parenté avec la victime, ni même de
désigner en toutes lettres l'hôtel où il était descendu.

Certes, la veille au soir, il avait traversé des minutes
de rare angoisse, lorsque au retour de la questure, vers
minuit, il avait trouvé dans sa chambre, exposé bien
en évidence, le billet Cook inscrit à son nom et dont
s'était servi Fleurissoire. Il avait aussitôt sonné et, res-
sorti blême et tremblant dans le couloir, avait prié
le garçon de regarder sous son lit; car il n'osait regar-

der lui-même. Une espèce d'enquête qu'il poussa
séance tenante n'aboutit à aucun résultat; mais
comment se fier au personnel des grands hôtels?...
Pourtant, après une nuit de bon sommeil derrière une
porte solidement verrouillée, Julius s'était réveillé plus
à l'aise; la police à présent le protégeait. Il écrivit
nombre de lettres et de dépêches, qu'il alla porter
lui-même à la poste.

Comme il rentrait, on le vint avertir qu'une dame
était venue le demander; elle n'avait pas dit son nom,
attendait dans le reading-room. Julius s'y rendit et
ne fut pas peu surpris de retrouver là Carola.

Non dans la première salle, mais dans une autre
plus retraite, plus petite et peu éclairée, elle s'était
assise de biais, au coin d'une table reculée, et, pour se
prêter contenance, feuilletait distraitement un album.
En voyant entrer Julius elle se leva, plus confuse que
souriante. Le manteau noir qui la recouvrait s'ouvrait sur un corsage sombre, simple, presque de bon
goût; par contre, son chapeau tumultueux quoique
noir la signalait d'une manière désobligeante.

— Vous allez me trouver bien osée, Monsieur le
Comte. Je ne sais pas comment j'ai trouvé le courage
d'entrer dans votre hôtel et de vous y demander; mais
vous m'avez saluée si gentiment hier... Et puis ce que
j'ai à vous dire est trop important.

Elle restait debout derrière la table; ce fut Julius
qui s'approcha; par-dessus la table il lui tendit la
main sans façons :

— Qu'est-ce qui me vaut le plaisir de votre visite?
Carola baissa le front :

— Je sais que vous venez d'être bien éprouvé.

Julius ne comprit pas d'abord; mais comme Carola
sortait un mouchoir et le passait devant ses yeux :

— Quoi! c'est une visite de condoléance?

— Je connaissais M. Fleurissoire, reprit-elle.

— Bah!

— Oh! pas depuis bien longtemps. Mais je l'aimais bien. Il était si gentil, si bon... C'est même moi qui lui avais donné ses boutons de manchettes; vous savez, ceux dont on a lu la description dans le journal; c'est ça qui m'a permis de le reconnaître. Mais je ne savais pas que c'était Monsieur votre beau-frère. J'ai été bien surprise, et vous pensez si ça m'a fait plaisir... Oh! pardon; ça n'est pas ça que je voulais dire.

— Ne vous troublez pas, chère mademoiselle, vous voulez dire sans doute que vous êtes heureuse de cette occasion de me revoir.

Sans répondre Carola enfouit son visage dans son mouchoir; des sanglots la secouèrent et Julius crut devoir lui prendre la main :

— Moi aussi, disait-il d'un ton pénétré, moi aussi, chère demoiselle, croyez bien que...

— Le matin même, avant qu'il ne parte, je lui disais bien de se méfier. Mais ça n'était pas dans sa nature... Il était trop confiant, vous savez.

— Un saint, mademoiselle; c'était un saint, fit Julius avec élan et sortant son mouchoir à son tour.

— C'est bien ça que j'avais compris, s'écria Carola. La nuit, quand il croyait que je dormais, il se relevait, il se mettait à genoux au pied du lit, et...

Cet inconscient aveu acheva de troubler Julius, il remit son mouchoir en poche, et s'approchant encore :

— Otez donc votre chapeau, chère demoiselle.

— Merci; il ne me gêne pas.

— C'est moi qu'il gêne... Permettez.

Mais comme Carola se reculait sensiblement, il se ressaisit.

— Permettez-moi de vous demander : vous avez quelque raison particulière de craindre?

— Moi?

— Oui; quand vous avez dit à mon beau-frère de se méfier, je vous demande si vous aviez des raisons de supposer... Parlez à cœur ouvert : il ne vient personne ici le matin et l'on ne peut pas nous entendre. Vous soupçonnez quelqu'un?

Carola baissa la tête.

— Comprenez que cela m'intéresse particulièrement, continua Julius volubile, et mettez-vous en face de ma situation. Hier soir, en rentrant de la questure où j'avais été déposer, je trouve dans ma chambre, sur la table, au beau milieu de ma table, le billet de chemin de fer avec lequel ce pauvre Fleurissoire avait voyagé. Il était inscrit à mon nom; ces billets circulaires sont strictement personnels, c'est entendu; j'avais eu tort de le prêter; mais là n'est pas la question... Dans ce fait de me rapporter mon billet, cyniquement, dans ma chambre, en profitant d'un instant où j'en suis sorti, je dois voir un défi, une fanfaronnade, et presque une insulte... qui ne me troublerait pas, cela va sans dire, si je n'avais de bonnes raisons de me croire à mon tour visé, voici pourquoi : Ce pauvre Fleurissoire, votre ami, était possesseur d'un secret... d'un secret abominable... d'un secret très dangereux... que je ne lui demandais pas... que je ne me souciais nullement de savoir... qu'il avait eu la plus fâcheuse imprudence de me confier. Et maintenant, je vous le demande : celui qui pour étouffer ce secret n'a pas craint d'aller jusqu'au crime... vous savez qui c'est?

— Rassurez-vous, Monsieur le comte : hier soir je l'ai dénoncé à la police.

— Mademoiselle Carola, je n'attendais pas moins de vous.

— Il m'avait promis de ne pas lui faire de mal; il n'avait qu'à tenir sa promesse, j'aurais tenu la mienne. A présent j'en ai assez; il peut bien me faire ce qu'il voudra.

Carola s'exaltait, Julius passa derrière la table et s'approchant d'elle de nouveau :

— Nous serions peut-être mieux dans ma chambre pour causer.

— Oh! Monsieur, dit Carola, je vous ai dit maintenant tout ce que j'avais à vous dire; je ne voudrais pas vous retenir plus longtemps.

Comme elle s'écartait encore, elle acheva de contourner la table et se retrouva près de la sortie.

— Il vaut mieux que nous nous quittions à présent, mademoiselle, reprit dignement Julius qui, de cette résistance, prétendait garder le mérite. Ah! je voulais dire encore : si, après-demain, vous aviez l'idée de venir à l'inhumation, il vaut mieux que vous ne me reconnaissiez pas.

C'est sur ces mots qu'ils se quittèrent, sans avoir prononcé le nom de l'insoupçonné Lafcadio.

V

Lafcadio ramenait de Naples la dépouille de Fleurissoire. Un fourgon mortuaire la contenait, qu'on avait accroché en queue du train, mais dans lequel Lafcadio n'avait pas cru indispensable de monter lui-même. Toutefois, par décence, il s'était installé dans le compartiment non pas absolument le plus proche, car le dernier wagon était un wagon de seconde, du moins aussi près du corps que les « premières » le permettaient. Parti le matin de Rome, il devait y rentrer le soir du même jour. Il s'avouait mal volontiers le sentiment nouveau qui bientôt envahit son âme, car il ne tenait rien en si grand-honte que l'ennui, ce mal secret dont les beaux appétits insouciants de sa jeunesse, puis la dure nécessité, l'avaient préservé jusqu'alors. Et quittant son compartiment le cœur vide d'espoir et de joie, d'un bout à l'autre du wagon-couloir, il rôdait, harcelé par une curiosité indécise et cherchant douteusement il ne savait quoi de neuf et d'absurde à tenter. Tout paraissait insuffisant à son désir. Il ne songeait plus à s'embarquer, reconnaissait à contrecœur que Bornéo ne l'attirait guère; non plus le reste de l'Italie : même il se désintéressait des suites de son aventure; elle lui paraissait aujourd'hui compromettante et saugrenue. Il en voulait à Fleurissoire de ne s'être pas mieux défendu; il protestait contre cette piteuse figure, eût voulu l'effacer de son esprit.

Par contre il eût revu volontiers le gaillard qui s'était emparé de sa valise; un fameux farceur celui-là!... Et, comme s'il l'eût dû retrouver, à la station de Capoue, il se pencha à la portière, fouillant des yeux le quai désert. Mais le reconnaîtrait-il seulement? Il ne l'avait vu que de dos, distant déjà et s'éloignant dans la pénombre... Il le suivait en imagination à travers la nuit, regagnant le lit du Volturne, retrouvant le cadavre hideux, le détroussant et, par une sorte de défi, découpant dans la coiffe du chapeau, de son chapeau à lui, Lafcadio, ce morceau de cuir « de la forme et de la dimension d'une feuille de laurier » comme disait élégamment le journal. Cette petite pièce à conviction où figurait l'adresse de son fournisseur, Lafcadio, après tout, était fort reconnaissant à son dévaliseur de l'avoir soustraite à la police. Sans doute, ce détrousseur de morts avait tout intérêt lui-même à n'attirer point sur soi l'attention; et s'il prétendait malgré tout se servir de sa découpure, ma foi! ça pourrait être assez plaisant d'entrer en composition avec lui.

La nuit à présent était close. Un garçon de wagon-restaurant, circulant d'un bout à l'autre du train, vint

avertir les voyageurs de première et de seconde classe
que le dîner les attendait. Sans appétit, mais du moins
sauvé de son désœuvrement pour une heure, Lafcadio s'achemina à la suite de quelques autres, mais
assez loin derrière eux. Le restaurant était en tête du
train. Les wagons au travers desquels Lafcadio passait étaient vides; de-ci, de-là divers objets, sur les
banquettes, indiquaient et réservaient les places des
dîneurs : châles, oreillers, livres, journaux. Une serviette d'avocat accrocha son regard. Sûr d'être le dernier, il s'arrêta devant le compartiment, puis entra.
Cette serviette au demeurant ne l'attirait guère; ce
fut proprement par acquit de conscience qu'il fouilla.

Sur un soufflet intérieur, en discrètes lettres d'or,
la serviette portait cette indication :

Defouqueblize

Faculté de Droit de Bordeaux

Elle contenait deux brochures sur le droit criminel
et six numéros de la *Gazette des Tribunaux*.

— Encore quelque bétail pour le congrès. Pouah!
pensa Lafcadio qui remit le tout à sa place, puis se
hâta de rejoindre la petite file des voyageurs qui se
rendaient au restaurant.

Une frêle fillette et sa mère fermaient la marche,
toutes deux en grand deuil; les précédait immédiatement un monsieur en redingote, coiffé d'un chapeau
haut de forme, à cheveux longs et plats et à favoris
grisonnants; apparemment Monsieur Defouqueblize,
le possesseur de la serviette. On avançait lentement,
en titubant aux cahots du train. Au dernier coude du
couloir, à l'instant que le professeur allait s'élancer
dans cette sorte d'accordéon qui relie un wagon à
l'autre, une secousse plus forte le chavira; pour recou-
vrer son équilibre il fit un brusque mouvement, qui

précipita son pince-nez, toute attache rompue, dans
le coin de l'étroit vestibule que forme le couloir devant
la porte des commodités. Tandis qu'il se courbait à
la recherche de sa vue, la dame et la fillette passèrent.
Lafcadio, quelques instants, se divertit à contempler
les efforts du savant; piteusement désemparé, il lan-
çait au hasard d'inquiètes mains à fleur de sol; il
nageait dans l'abstrait; on eût dit la danse informe
d'un plantigrade, ou que, de retour en enfance, il
jouât à « Savez-vous planter les choux? » — Allons!
Lafcadio, un bon mouvement! Cède à ton cœur, qui
n'est pas corrompu. Viens en aide à l'infirme. Tends-
lui ce verre indispensable; il ne l'atteindra pas tout
seul. Il y tourne le dos. Un peu plus, il va l'écraser...
A ce moment un nouveau cahot projeta le malheureux, tête baissée contre la porte du closet; le haut-
de-forme amortit le choc, en se défonçant à demi et
s'enfonçant sur les oreilles. M. Defouqueblize fit un
gémissement; se redressa; se découvrit. Lafcadio
cependant, estimant que la farce avait assez duré,
ramassa le pince-nez, le déposa dans le chapeau du
quêteur, puis s'enfuit, éludant les remerciements.

Le repas était commencé. A côté de la porte vitrée,
à droite du passage, Lafcadio s'assit à une table de
deux couverts; la place en face de lui restait vide.
A gauche du passage, à même hauteur que lui, la
veuve occupait, avec sa fille, une table de quatre
couverts dont deux restaient inoccupés.

— Quel ennui règne dans ces lieux! se disait
Lafcadio, dont le regard indifférent glissait au-dessus
des convives sans trouver figure où se poser. — Tout
ce bétail s'acquitte comme d'une corvée monotone
de ce divertissement qu'est la vie, à la bien prendre...
Qu'ils sont donc mal vêtus! Mais, nus, qu'ils seraient
laids! Je meurs avant le dessert si je ne commande
pas du champagne.

Entra le professeur. Apparemment il venait de se laver les mains qu'avait souillées du bout sa recherche; il examinait ses ongles. En face de Lafcadio un garçon de restaurant le fit asseoir. Le sommelier passait de table en table. Lafcadio, sans mot dire, indiqua sur la carte un Montebello Grand-Crémant de vingt francs, tandis que M. Defouqueblize demandait une bouteille d'eau de Saint-Galmier. A présent, tenant entre deux doigts son pince-nez, il haletait dessus doucement, puis, du coin de sa serviette, il en clarifiait les verres. Lafcadio l'observait, s'étonnait de ses yeux de taupe clignotant sous d'épaisses paupières rougies.

— Heureusement il ne sait pas que c'est moi qui viens de lui rendre la vue! S'il commence à me remercier, à l'instant je lui fausserai compagnie.

Le sommelier revint avec la Saint-Galmier et le champagne, qu'il déboucha d'abord et posa entre les deux convives. Cette bouteille ne fut pas plus tôt sur la table, Defouqueblize s'en saisit, sans distinguer quelle elle était, s'en versa un plein verre qu'il avala d'un trait... Le sommelier déjà faisait un geste, que Lafcadio retint en riant.

— Oh! qu'est-ce que je bois là? s'écria Defouqueblize avec une grimace affreuse.

— Le Montebello de Monsieur votre voisin, dit le sommelier dignement. La voilà, votre eau de Saint-Galmier. Tenez.

Il posa la seconde bouteille.

— Mais je suis désolé, Monsieur... J'y vois si mal... Absolument confus, croyez bien...

— Quel plaisir vous me feriez, Monsieur, interrompit Lafcadio, en ne vous excusant pas; et même en acceptant un second verre, si ce premier-là vous a plu.

— Hélas! Monsieur, je vous avouerai que j'ai trouvé cela détestable; et je ne comprends pas

comment, dans ma distraction, j'ai pu en avaler un
plein verre; j'avais si soif... Dites-moi, Monsieur, je
vous prie : c'est extrêmement fort, ce vin-là?... parce
que, je m'en vais vous dire... je ne bois jamais que
de l'eau... la moindre goutte d'alcool me porte infailli-
blement à la tête... Mon Dieu! mon Dieu! qu'est-ce
que je vais devenir?... Si je retournais tout de suite
à mon compartiment?... Je ferais sans doute bien de
m'étendre.

Il fit geste de se lever.

— Restez! restez donc, cher Monsieur, dit Lafcadio
qui commençait à s'amuser. Vous feriez bien de
manger au contraire, sans vous inquiéter de ce vin.
Je vous ramènerai tout à l'heure si vous avez besoin
qu'on vous soutienne; mais n'ayez crainte : ce que
vous en avez bu ne griserait pas un enfant.

— J'en accepte l'augure. Mais, vraiment, je ne sais
comment vous... Vous offrirai-je un peu d'eau de
Saint-Galmier?

— Je vous remercie beaucoup; mais permettez-
moi de préférer mon champagne.

— Ah! vraiment, c'était du champagne! Et... vous
allez boire tout cela?

— Pour vous rassurer.

— Vous êtes trop aimable; mais, à votre place, je...

— Si vous mangiez un peu, interrompit Lafcadio,
mangeant lui-même, et que Defouqueblize embêtait.

Son attention à présent se portait sur la veuve :
Certainement une Italienne. Veuve d'officier sans
doute. Quelle décence dans son geste! quelle tendresse
dans son regard! Comme son front est pur! Que ses
mains sont intelligentes! Quelle élégance dans sa
mise, pourtant si simple... Lafcadio, quand tu n'enten-
dras plus en ton cœur les harmoniques d'un tel
accord, puisse ton cœur avoir cessé de battre! Sa
fille lui ressemble; et de quelle noblesse déjà, un peu

sérieuse et même presque triste, se tempère l'excès
de grâce de l'enfant! Vers elle avec quelle sollicitude
la mère se penche! Ah! devant de tels êtres le démon
céderait; pour de tels êtres, Lafcadio, ton cœur se
dévouerait sans doute...

A ce moment le garçon passa changer les assiettes.
Lafcadio laissa partir la sienne à demi pleine, car ce
qu'il voyait à présent l'emplissait soudain de stupeur :
la veuve, la délicate veuve se courbait en dehors,
vers le passage, et, relevant lestement sa jupe, du
mouvement le plus naturel, découvrait un bas écarlate
et le mollet le mieux formé.

Si inopinément cette note ardente éclatait dans cette
grave symphonie... rêvait-il? Cependant le garçon
apportait un nouveau plat. Lafcadio s'allait servir;
ses yeux se reportèrent sur son assiette, et ce qu'il
vit alors l'acheva :

Là, devant lui, à découvert, au milieu de l'assiette
tombé l'on ne sait d'où, hideux et reconnaissable entre
mille... n'en doute pas, Lafcadio : c'est le bouton
de Carola! Celui des deux boutons qui manquait
à la seconde manchette de Fleurissoire. Voici qui
tourne au cauchemar... Mais le garçon se penche
avec le plat. D'un coup de main, Lafcadio nettoie
l'assiette, faisant glisser le vilain bijou sur la nappe;
il replace l'assiette par-dessus, se sert abondamment,
emplit son verre de champagne, qu'il vide aussitôt,
puis remplit. Car maintenant si l'homme à jeun a
déjà des visions ivres... Non, ce n'était pas une hallu-
cination; il entend le bouton crisser sous l'assiette; il
soulève l'assiette, s'empare du bouton; le glisse à côté
de sa montre dans le gousset de son gilet; tâte encore,
s'assure : le bouton est là, bien en sûreté... Mais qui
dira comment il est venu dans l'assiette? Qui l'y a
mis?... Lafcadio regarde Defouqueblize : le savant
mange innocemment, le nez bas. Lafcadio veut

penser à autre chose : il regarde de nouveau la veuve;
mais dans son geste et dans sa mise tout est redevenu
décent, banal; il la trouve à présent moins jolie. Il
tâche d'imaginer à neuf le geste provocant, le bas
rouge; il ne peut pas. Il tâche de revoir sur son
assiette le bouton; et s'il ne le sentait pas là, dans sa
poche, certes il douterait... Mais, au fait, pourquoi
l'a-t-il pris, ce bouton?... qui n'était pas à lui. Par ce
geste instinctif, absurde, quel aveu! quelle reconnaissance! Comme il se désigne à lui, quel qu'il soit, et
de la police peut-être, qui l'observe sans doute, le
guette... Dans ce piège grossier il a donné tout droit
comme un sot. Il se sent blêmir. Il se retourne brusquement : derrière la porte vitrée du passage, personne...
Mais quelqu'un tout à l'heure peut-être l'aura vu!
Il se force à manger encore; mais de dépit ses dents
se serrent. Le malheureux! ce n'est pas son crime
affreux qu'il regrette, c'est ce geste malencontreux.
Qu'a donc à présent le professeur à lui sourire?...

Defouqueblize avait achevé de manger. Il s'essuya
les lèvres, puis, les deux coudes sur la table et chiffon-
nant nerveusement sa serviette, commença de regarder
Lafcadio; un bizarre rictus agitait ses lèvres; à la
fin, comme n'y tenant plus :

— Oserais-je, Monsieur, vous en demander un
petit peu?

Il avança son verre craintivement vers la bouteille
presque vide.

Lafcadio, distrait de son inquiétude et tout heureux
de la diversion, lui versa les dernières gouttes :

— Je serais embarrassé de vous en donner beaucoup... Mais voulez-vous que j'en redemande?

— Alors je crois qu'une demi-bouteille suffirait.

Defouqueblize, déjà sensiblement éméché, avait
perdu le sentiment des convenances. Lafcadio, que
n'effrayait pas le vin sec et que la naïveté de

l'autre amusait, fit déboucher un second Montebello.

— Non! non! ne m'en versez pas trop! disait Defouqueblize en levant son vacillant verre que Lafcadio achevait de remplir. C'est curieux que cela m'ait paru si mauvais d'abord. On se fait ainsi des monstres de bien des choses, tant qu'on ne les connaît pas. Simplement je croyais boire de l'eau de Saint-Galmier; alors je trouvais que, pour de l'eau de Saint-Galmier, elle avait un drôle de goût, vous comprenez. C'est comme si l'on vous versait de l'eau de Saint-Galmier quand vous croyez boire du champagne, vous diriez n'est-ce pas : pour du champagne, je trouve qu'il a un drôle de goût!...

Il riait à ses propres paroles, puis se penchait pardessus la table vers Lafcadio qui riait aussi, et, à demi-voix :

— Je ne sais pas ce que j'ai à rire comme ça; c'est certainement la faute à votre vin. Je le soupçonne tout de même d'être un peu plus chaud que vous ne dites. Eh! eh! eh! Mais vous me ramenez dans mon wagon, c'est convenu, n'est-ce pas? Nous y serons seuls, et si je suis indécent vous saurez pourquoi.

— En voyage, hasarda Lafcadio, cela ne tire pas à conséquence.

— Ah! Monsieur, reprit l'autre aussitôt, tout ce qu'on ferait dans cette vie, si seulement on pouvait être bien certain que cela ne tire pas à conséquence, comme vous dites si justement! Si seulement on était assuré que cela n'engage à rien... Tenez; rien que ça, que je vous dis là, maintenant, et qui n'est pourtant qu'une pensée bien naturelle, croyez-vous que je l'oserais exprimer sans plus de détours, si seulement nous étions à Bordeaux? Je dis Bordeaux, parce que c'est Bordeaux que j'habite. J'y suis connu, respecté; bien que pas marié, j'y mène une petite vie tranquille, j'y exerce une profession considérée : professeur à la faculté de droit; oui : criminologie comparée, une chaire nouvelle... Vous comprenez que, là, je n'ai pas la permission, ce qui s'appelle : la permission de m'enivrer, fût-ce un jour par hasard. Ma vie doit être respectable. Songez donc : un de mes élèves me rencontrerait saoul dans la rue!... Respectable; sans que ça ait l'air contraint; c'est là le hic; il ne faut pas donner à penser : Monsieur Defouqueblize (c'est mon nom) fait rudement bien de se retenir!... Il faut non seulement ne rien faire d'insolite, mais encore persuader autrui qu'on ne ferait rien d'insolite, même avec toute licence; qu'on n'a rien d'insolite en soi, qui demanderait à sortir. Reste-t-il encore un peu de vin? Quelques gouttes seulement, mon cher complice, quelques gouttes... Une pareille occasion ne se retrouve pas deux fois dans la vie. Demain, à Rome, à ce congrès qui nous rassemble, je retrouverai quantité de collègues, graves, apprivoisés, retenus, aussi compassés que je le redeviendrai moi-même dès que j'aurais recouvré ma livrée. Des gens de la société, comme vous ou moi, se doivent de vivre contrefaits.

Le repas cependant s'achevait; un garçon passait, récoltant, avec le dû, les pourboires.

A mesure que la salle se vidait, la voix de Defouqueblize devenait plus sonore; par instants, ses éclats inquiétaient un peu Lafcadio. Il continuait :

— Et quand il n'y aurait pas la société pour nous contraindre, ce groupe y suffirait de parents et d'amis auxquels nous ne savons pas consentir à déplaire. Ils opposent à notre sincérité incivile une image de nous, de laquelle nous ne sommes qu'à demi responsables, qui ne nous ressemble que fort peu, mais qu'il est indécent, je vous dis, de déborder. En ce moment, c'est un fait : j'échappe à ma figure, je m'évade de moi... O vertigineuse aventure! ô périlleuse volupté!... Mais je vous romps la tête?

— Vous m'intéressez étrangement.

— Je parle! je parle... Que voulez-vous! même ivre on reste professeur; et le sujet me tient à cœur... Mais, si vous avez fini de manger, peut-être voulez-vous bien m'offrir votre bras pour m'aider à regagner mon compartiment tandis que je me soutiens encore. Je crains, si je m'attarde un peu davantage, de n'être plus en état de me lever.

Defouqueblize, à ces mots, prit une sorte d'élan comme pour abandonner sa chaise, mais retombant tout aussitôt et s'affalant à demi sur la table desservie, le haut du corps jeté vers Lafcadio, il reprit d'une voix adoucie et quasi confidentielle :

— Voici ma thèse : Savez-vous ce qu'il faut pour faire de l'honnête homme un gredin? Il suffit d'un dépaysement, d'un oubli! Oui, Monsieur, un trou dans la mémoire, et la sincérité se fait jour!... La cessation d'une continuité; une simple interruption de courant. Naturellement je ne dis pas cela dans mes cours... Mais, entre nous, quel avantage pour le bâtard! Songez donc : celui dont l'être même est le produit d'une incartade, d'un crochet dans la droite ligne.

La voix du professeur de nouveau s'était haussée; il fixait à présent sur Lafcadio des yeux bizarres, dont le regard tantôt vague et tantôt perçant commençait à l'inquiéter. Lafcadio se demandait à présent si la myopie de cet homme n'était pas feinte, et, presque, il reconnaissait ce regard. A la fin, plus gêné qu'il n'eût voulu en convenir, il se leva et, brusquement :

— Allons! Prenez mon bras, Monsieur Defouqueblize, dit-il. Levez-vous. Assez bavardé.

Defouqueblize, fort incommodément, quitta sa chaise. Tous deux s'acheminèrent, en titubant le long du couloir, vers le compartiment où la serviette du professeur était restée. Defouqueblize entra le premier ; Lafcadio l'installa, prit congé. Il n'avait pas plus tôt tourné le dos pour repartir, que sur son épaule s'abattit une poigne puissante. Il fit volte-face aussitôt, Defouqueblize d'un bond s'était dressé... mais était-ce encore Defouqueblize — qui, d'une voix à la fois moqueuse, autoritaire et jubilante, s'écriait :

— Faudrait voir à ne pas abandonner si vite un ami, monsieur Lafcadio Lonnesaitpluski !... Alors quoi ! c'est donc vrai ! on avait voulu s'évader ?

Du funambulesque professeur éméché de tout à l'heure plus rien ne subsistait dans le grand gaillard vert et dru, en qui Lafcadio n'hésitait plus à reconnaître Protos. Un Protos grandi, élargi, magnifié et qui s'annonçait redoutable.

— Ah ! c'est vous, Protos, dit-il simplement. J'aime mieux cela. Je n'en finissais pas de vous reconnaître.

Car, pour terrible qu'elle fût, Lafcadio préférait une *réalité* au saugrenu cauchemar dans lequel il se débattait depuis une heure.

— J'étais pas mal grimé, hein ?... Pour vous, je m'étais mis en frais... Mais, tout de même, c'est vous qui devriez porter des lunettes, mon garçon ; ça vous jouera de mauvais tours, si vous ne reconnaissez pas mieux que ça les subtils.

Que de souvenirs mal endormis ce mot de *subtil* faisait lever dans l'esprit de Cadio ! Un subtil, dans l'argot dont Protos et lui se servaient du temps qu'ils étaient en pension ensemble, un subtil, c'était un homme qui, pour quelque raison que ce fût, ne présentait pas à tous ou en tous lieux même visage. Il y avait, d'après leur classement, maintes catégories de subtils, plus ou moins élégants et louables, à quoi répondait et s'opposait l'unique grande famille des *crustacés*, dont les représentants, du haut en bas de l'échelle sociale, se carraient.

Nos copains tenaient pour admis ces axiomes :
1º Les subtils se reconnaissent entre eux. 2º Les crustacés ne reconnaissent pas les subtils. — Lafcadio se
souvenait maintenant de tout cela ; comme il était de
ces natures qui se prêtent à tous les jeux, il sourit.
Protos reprit :

— Tout de même, l'autre jour, heureux que je me
sois trouvé là, hein ?... Ça n'était peut-être pas tout
à fait par hasard. J'aime à surveiller les novices : c'est
imaginatif, c'est entreprenant, c'est coquet... Mais ça
s'imagine un peu trop facilement pouvoir se passer
de conseils. Votre travail avait fameusement besoin
de retouches, mon garçon !... A-t-on idée de se coiffer
d'un galurin pareil quand on se met à la besogne ?
Avec l'adresse du fournisseur sur cette pièce à conviction, on vous coffrait avant huit jours. Mais pour les
vieux amis, moi j'ai du cœur ; et je le prouve. Savez-
vous que je vous ai beaucoup aimé, Cadio ? J'ai toujours pensé qu'on ferait quelque chose de vous. Beau
comme vous étiez, on aurait fait marcher pour vous
toutes les femmes, et chanter, qu'à cela ne tienne,
plus d'un homme par-dessus le marché. Que j'ai été
heureux d'avoir enfin de vos nouvelles et d'apprendre
que vous veniez en Italie ! Ma parole ! Il me tardait
de savoir ce que vous étiez devenu depuis le temps
qu'on fréquentait chez notre ancienne. Vous n'êtes
pas mal encore, savez-vous ! Ah ! elle ne se mouchait
pas du pied, Carola !

L'irritation de Lafcadio devenait toujours plus manifeste, et son effort pour la cacher ; tout cela amusait
grandement Protos, qui feignait de n'en rien voir. Il
avait tiré de la poche de son gilet une petite rondelle
de cuir et l'examinait.

— J'ai proprement découpé ça ? hein !

Lafcadio l'aurait étranglé ; il serrait les poings et

ses ongles entraient dans sa chair. L'autre continuait,
gouailleur :

— Mince de service! Ça vaut bien les six billets
de mille... que, voulez-vous me dire pourquoi, vous
n'avez pas empochés?

Lafcadio sursauta :

— Me prenez-vous pour un voleur?

— Écoutez, mon petit, reprit tranquillement Protos, je n'aime pas beaucoup les amateurs; mieux vaut
que je vous le dise tout de suite franchement. Et puis,
avec moi, vous savez, il ne s'agit pas de faire le fan-
faron, ni l'imbécile. Vous montrez des dispositions,
c'est entendu, de brillantes dispositions, mais...

— Cessez de persifler, interrompit Lafcadio qui ne
retenait plus sa colère. — Où prétendez-vous en
venir? J'ai fait un pas de clerc l'autre jour; pensez-
vous que j'aie besoin qu'on me l'apprenne? Oui, vous
avez une arme contre moi; je ne vais pas examiner
s'il serait bien prudent pour vous-même de vous en
servir. Vous désirez que je rachète ce petit bout de
cuir. Allons, parlez! Cessez de rire et de me dévisager ainsi. Vous voulez de l'argent. Combien?

Le ton était si décidé que Protos avait fait un petit
retrait en arrière; il se ressaisit aussitôt.

— Tout beau! tout beau! dit-il. Que vous ai-je dit
de malhonnête? On discute entre amis, posément. Pas
de quoi s'emballer. Ma parole, vous avez rajeuni,
Cadio.

Mais comme il lui caressait légèrement le bras,
Lafcadio se dégagea dans un sursaut.

— Asseyons-nous, reprit Protos; nous serons mieux
pour causer.

Il se cala dans un coin, à côté de la portière du couloir, et posa ses pieds sur l'autre banquette.

Lafcadio pensa qu'il prétendait barrer l'issue. Sans
doute Protos était armé. Lui, présentement, ne por-

tait aucune arme. Il réfléchit que dans un corps à
corps il aurait sûrement le dessous. Puis, s'il avait un
instant pu souhaiter de fuir, la curiosité déjà l'emportait, cette curiosité passionnée contre quoi rien, même
sa sécurité personnelle, n'avait pu jamais prévaloir.
Il s'assit.

— De l'argent? Ah! fi donc! dit Protos. Il sortit
un cigare d'un étui, en offrit un à Lafcadio qui refusa.
— La fumée vous gêne peut-être?... Eh bien, écoutez-
moi. Il tira quelques bouffées de son cigare, puis, très
calme :

— Non, non, Lafcadio, mon ami, non ce n'est pas
de l'argent que j'attends de vous; mais de l'obéissance. Vous ne paraissez pas, mon garçon (excusez
ma franchise), vous rendre un compte bien exact de
votre situation. Il vous faut hardiment vous dresser
en face d'elle; permettez-moi de vous y aider.

« Ainsi, de ces cadres sociaux qui nous enserrent,
un adolescent a voulu s'échapper; un adolescent sym-
pathique; et même tout à fait comme je les aime :
naïf et gracieusement primesautier; car il n'apportait
à cela, je présume, pas grand calcul... Je me souviens, Cadio, combien, dans le temps, vous étiez ferré
sur les chiffres, mais que, pour vos propres dépenses,
jamais vous ne consentiez à compter... Bref, le régime
des crustacés vous dégoûte; je laisse quelque autre s'en
étonner... Mais ce qui m'étonne, moi, c'est que, intel-
ligent comme vous êtes, vous avez cru, Cadio, qu'on
pouvait si simplement que ça sortir d'une société, et
sans tomber du même coup dans une autre; ou qu'une
société pouvait se passer de lois.

« " Lawless ", vous vous souvenez; nous avions lu
cela quelque part · *Two bawks in the air, two fishes
swimming in the sea not more lawless than we*... Que c'est
beau la littérature! Lafcadio! mon ami, apprenez la
loi des subtils.

— Vous pourriez peut-être avancer.

— Pourquoi se presser? Nous avons du temps devant nous. Je ne descends qu'à Rome. Lafcadio, mon ami, il arrive qu'un crime échappe aux gendarmes; je m'en vais vous expliquer pourquoi nous sommes plus malins qu'eux : c'est que nous, nous jouons notre vie. Où la police échoue, nous réussissons quelquefois. Parbleu; vous l'avez voulu, Lafcadio; la chose est faite et vous ne pouvez plus échapper. Je préférerais que vous m'obéissiez, parce que, voyez-vous, je serais vraiment désolé de devoir livrer un vieil ami comme vous à la police; mais qu'y faire? Désormais vous dépendez d'elle — ou de nous.

— Me livrer, c'est vous livrer vous-même...

— J'espérais que nous parlions sérieusement. Comprenez donc ceci, Lafcadio : la police coffre les insoumis; mais en Italie, volontiers elle compose avec les subtils. « Compose », oui, je crois que c'est le mot. Je suis un peu de la police, mon garçon. J'ai l'œil. J'aide au bon ordre. Je n'agis pas : je fais agir.

« Allons! cessez de regimber, Cadio. Ma loi n'a rien d'affreux. Vous vous faites des exagérations sur ces choses; si naïf, si spontané! Pensez-vous que ce n'est pas déjà par obéissance, et parce que je le voulais ainsi, que vous avez repris sur l'assiette, à dîner, le bouton de Mademoiselle Venitequa? Ah! geste imprévoyant : geste idyllique! Mon pauvre Lafcadio! Vous en êtes-vous assez voulu de ce petit geste, hein? L'emmerdant, c'est que je n'ai pas été seul à le voir. Bah! ne vous frappez pas; le garçon, la veuve et l'enfant sont de mèche. Charmants. Il ne tient qu'à vous de vous en faire des amis. Lafcadio, mon ami, soyez raisonnable; vous soumettez-vous? »

Par excessif embarras peut-être, Lafcadio avait pris le parti de ne rien dire. Il restait, le torse raidi, les

lèvres serrées, les yeux fixés droit devant lui. Protos
reprit avec un haussement d'épaules :

— Drôle de corps ! Et, en réalité, si souple !... Mais
déjà vous auriez acquiescé, peut-être, si j'avais d'abord
dit ce que nous attendons de vous. Lafcadio, mon ami,
ôtez-moi d'un doute : Vous que j'avais quitté si
pauvre, ne pas ramasser six billets de mille que le
hasard jette à vos pieds, vous trouvez cela naturel ?...
Monsieur de Baraglioul père vint à mourir, m'a dit
Mademoiselle Venitequa, le lendemain du jour où le
comte Julius, son digne fils, est venu vous faire visite ;
et le soir de ce jour vous plaquiez Mademoiselle Venitequa. Depuis, vos relations avec le comte Julius sont
devenues, ma foi, bien intimes ; voudriez-vous m'expliquer pourquoi ?... Lafcadio, mon ami, dans le temps
je vous avais connu de nombreux oncles ; votre pedi-
gree, depuis lors, me paraît s'être un peu bien emba-
raglioullé !... Non ! ne vous fâchez pas ; je plaisante.
Mais que voulez-vous qu'on suppose ?... à moins pourtant que vous ne deviez directement à Monsieur
Julius votre présente fortune, ce qui (permettez-moi
de vous le dire ?) séduisant comme vous l'êtes, Lafcadio, me paraîtrait sensiblement plus scandaleux.
D'une manière comme d'une autre, et quoi que vous
nous laissiez supposer, Lafcadio, mon ami, l'affaire
est claire et votre devoir est tracé : vous ferez chanter
Julius. Ne vous rebiffez pas, voyons ! Le chantage est
une saine institution, nécessaire au maintien des
mœurs. Eh ! quoi ! vous me quittez ?... Lafcadio s'était
levé.

— Ah ! laissez-moi passer, enfin ! cria-t-il, enjam-
bant le corps de Protos ; en travers du compartiment,
étalé de l'une à l'autre des deux banquettes, celui-ci
ne fit aucun geste pour le saisir. Lafcadio étonné de
ne se sentir point retenu ouvrit la porte du couloir
et, s'écartant :

— Je ne me sauve pas, n'ayez crainte. Vous pouvez me garder à vue; mais tout, plutôt que de vous écouter plus longtemps... Excusez-moi de vous préférer la police. Allez l'avertir : je l'attends.

VI

Ce même jour, le train du soir amenait de Milan les Anthime; comme ils voyageaient en troisième, ils ne virent qu'à l'arrivée la comtesse de Baraglioul et sa fille aînée qu'amenait de Paris le sleeping-car du même train.

Peu d'heures avant la dépêche de deuil, la comtesse avait reçu une lettre de son mari; le comte y parlait éloquemment de l'abondant plaisir apporté par la rencontre inopinée de Lafcadio; et sans doute n'y flottait aucune allusion à cette demi-fraternité qui, aux yeux de Julius, ornait d'un si perfide attrait le jeune homme (Julius, fidèle à l'ordre de son père, ne s'en était ouvertement expliqué avec sa femme, pas plus qu'il n'avait fait avec l'autre), mais certaines allusions, certaines réticences, avertissaient suffisamment la comtesse; même je ne suis pas bien sûr que Julius, à qui l'amusement manquait dans le trantran de sa vie bourgeoise, ne se fît pas un jeu de tourner autour du scandale et de s'y brûler le bout des doigts. Je ne suis pas sûr non plus que la présence à Rome de Lafcadio, l'espoir de le revoir, ne fût pas pour quelque chose, pour beaucoup, dans la décision que prit Geneviève d'accompagner là-bas sa mère.

Julius était à leur rencontre à la gare. Il les emmena rapidement au Grand-Hôtel, ayant quitté presque aussitôt les Anthime qu'il devait retrouver parmi le funèbre cortège, le lendemain. Ceux-ci regagnèrent, via di Bocca di Leone, l'hôtel où ils étaient descendus à leur premier séjour.

Marguerite apportait au romancier d'heureuses nouvelles : son élection ne faisait plus un pli; l'avant-veille, le cardinal André l'avait officieusement avertie : le candidat n'aurait même plus à recommencer ses visites; d'elle-même l'Académie venait à lui, portes ouvertes : on l'attendait.

— Tu vois bien! disait Marguerite. Qu'est-ce que je te disais à Paris? Tout vient à point. Dans ce monde, il suffit d'attendre.

— Et de ne pas changer, reprenait avec componction Julius en portant la main de son épouse à ses lèvres, et sans voir le regard de sa fille, fixé sur lui, se charger de mépris. — Fidèle à vous, à mes pensées, à mes principes. La persévérance est la plus indispensable vertu.

Déjà s'éloignaient de lui le souvenir de sa plus récente embardée, et toute autre pensée qu'orthodoxe, et tout autre projet que décent. A présent renseigné, il se ressaisissait sans effort. Il admirait cette conséquence subtile par quoi son esprit s'était un instant dérouté. Lui n'avait pas changé : c'était le pape.

— Quelle constance de ma pensée, tout au contraire, se disait-il; quelle logique! Le difficile, c'est de savoir à quoi s'en tenir. Ce pauvre Fleurissoire en est mort, d'avoir pénétré les coulisses. Le plus simple, quand on est simple, c'est de s'en tenir à ce qu'on sait. Ce hideux secret l'a tué. La connaissance ne fortifie jamais que les forts... N'importe; je suis heureux que Carola ait pu prévenir la police; ça me permet de méditer plus librement... Tout de même, s'il savait que ce n'est pas au *vrai* Saint-Père qu'il doit son infortune et son exil, quelle consolation pour Armand-Dubois! quel encouragement dans sa foi! quel soulas!... Demain, après la cérémonie funèbre, je ferai bien de lui parler.

Cette cérémonie n'attira pas grande affluence. Trois
voitures suivaient le corbillard. Il pleuvait. Dans la
première voiture Blafaphas accompagnait amicalement Arnica (dès que le deuil aura pris fin, il l'épou-
sera sans nul doute) ; tous deux partis de Pau l'avant-
veille (abandonner la veuve à son chagrin, la laisser
seule entreprendre ce long voyage, Blafaphas n'en
supportait pas la pensée ; et quand bien même ! Pour
n'être pas de la famille, il n'en avait pas moins pris
le deuil ; quel parent valait un tel ami ?), mais arrivés à Rome depuis quelques heures à peine, par suite
d'un ratage de train.

Dans la dernière voiture avait pris place Madame
Armand-Dubois avec la comtesse et sa fille ; dans
la seconde le comte avec Anthime Armand-Dubois.

Sur la tombe de Fleurissoire, il ne fut fait aucune
allusion à sa malchanceuse aventure. Mais, au retour
du cimetière, Julius de Baraglioul, de nouveau seul
avec Anthime, commença :

— Je vous avais promis d'intercéder pour vous près
du Saint-Père.

— Dieu m'est témoin que je ne vous en avais pas prié.

— Il est vrai : outré du dénuement où vous
abandonnait l'Église, je n'avais écouté que mon cœur.

— Dieu m'est témoin que je ne me plaignais point.

— Je sais !... Je sais !... M'avez-vous assez agacé
avec votre résignation ! Et même, puisque vous
m'invitez à y revenir, je vous avouerai, mon cher
Anthime, que je reconnaissais là moins de sainteté
que d'orgueil et que l'excès de cette résignation, la
dernière fois que je vous vis à Milan, m'avait paru
beaucoup plus près de la révolte que de la véritable
piété, et m'avait grandement incommodé dans ma
foi. Dieu ne vous en demandait pas tant, que diable !
Parlons franc ! votre attitude m'avait choqué.

— La vôtre, je puis donc aussi vous l'avouer, m'avait attristé, mon cher frère. N'est-ce pas vous, précisément, qui m'incitiez à la révolte, et...

Julius qui s'échauffait, l'interrompit :

— J'avais suffisamment éprouvé par moi-même, et donné à entendre aux autres dans tout le cours de ma carrière, qu'on peut être parfait chrétien sans pourtant faire fi des légitimes avantages que nous offre le rang où Dieu a trouvé sage de nous placer. Ce que je reprochais à votre attitude, c'était précisément, par son affectation, de sembler prendre avantage sur la mienne.

— Dieu m'est témoin que...

— Ah! ne protestez pas toujours! interrompit de nouveau Julius. — Dieu n'a que faire ici. Je vous explique précisément, quand je dis que votre attitude était tout près de la révolte... j'entends : de ma révolte à moi; et c'est là précisément ce que je vous reproche : c'est, en acceptant l'injustice, de laisser autrui se révolter pour vous. Car je n'admettais pas, moi, que l'Église fût dans son tort; et votre attitude, sans avoir l'air d'y toucher, l'y mettait. J'avais donc résolu de me plaindre à votre place. Vous allez voir bientôt combien j'avais raison de m'indigner.

Julius dont le front s'emperlait posa sur ses genoux son haut-de-forme.

— Voulez-vous que je donne un peu d'air? et Anthime, complaisamment, baissa la vitre de son côté.

— Sitôt à Rome, reprit Julius, je sollicitai donc une audience. Je fus reçu. Un étrange succès devait couronner ma démarche...

— Ah! dit indifféremment Anthime.

— Oui, mon ami. Car si je n'obtins en l'espèce rien de ce que j'étais venu réclamer, je remportai du moins de ma visite une assurance... qui mettait notre Saint-Père à l'abri de toutes les suppositions injurieuses que nous formions à son endroit.

— Dieu m'est témoin que je n'ai jamais rien formulé d'injurieux à l'endroit de notre Saint-Père.

— Je formulais pour vous. Je vous voyais lésé; je m'indignais.

— Arrivez au fait, Julius : vous avez vu le pape?

— Eh bien, non! je n'ai pas vu le pape, éclata enfin Julius — mais je me suis saisi d'un secret; secret douteux d'abord, mais qui bientôt, par la mort de notre cher Amédée, devait trouver une confirmation soudaine; secret effroyable, déconcertant, mais où votre foi, cher Anthime, saura puiser du réconfort. Car sachez que de ce déni de justice dont vous fûtes victime, le pape est innocent...

— Eh! je n'en ai jamais douté.

— Anthime, écoutez bien : Je n'ai pas vu le pape parce que personne ne peut le voir; celui qui présentement est assis sur le trône pontifical et que l'Église écoute et qui promulgue; celui qui m'a parlé, le pape qu'on voit au Vatican, le pape que j'ai vu *n'est pas le vrai*.

Anthime, à ces mots, commença d'être secoué tout entier d'un gros rire.

— Riez! riez! reprit Julius piqué. Moi aussi je riais d'abord. Eussé-je un peu moins ri, on n'eût pas assassiné Fleurissoire. Ah! saint ami! tendre victime!... Sa voix expira dans les sanglots.

— Dites donc! c'est sérieux ce que vous nous baillez là?... Ah mais!... Ah mais!... Ah mais!... fit Armand-Dubois que le pathos de Julius inquiétait. — C'est que tout de même il faudrait savoir...

— C'est pour avoir voulu savoir qu'il est mort.

— Parce qu'enfin, si j'ai fait bon marché de mes biens, de ma situation, de ma science, si j'ai consenti qu'on me jouât... continuait Anthime qui peu à peu à son tour se montait.

— Je vous le dis : de tout cela *le vrai* n'est en rien responsable; celui qui vous jouait, c'est un suppôt du Quirinal.

— Dois-je croire à ce que vous dites?

— Si vous ne me croyez pas, croyez-en ce pauvre martyr.

Tous deux demeurèrent quelques instants silencieux.

Il avait cessé de pleuvoir; un rayon écartait la nue. La voiture avec de lents cahots rentrait dans Rome.

— Dans ce cas, je sais ce qui me reste à faire, reprit Anthime, de sa voix la mieux décidée : Je vends la mèche.

Julius sursauta.

— Mon ami, vous m'épouvantez. Sûr, vous allez vous faire excommunier.

— Par qui? Si c'est par un faux pape, on s'en fout.

— Et moi qui pensais vous aider à goûter dans ce secret quelque vertu consolatrice, reprit Julius consterné.

— Vous plaisantez?... Et qui me dira si Fleurissoire en arrivant au paradis n'y découvre pas tout de même que son bon Dieu non plus n'est pas *le vrai?*

— Voyons; mon cher Anthime, vous divaguez. Comme s'il pouvait y en avoir deux! comme s'il pouvait y en avoir UN AUTRE.

— Non, mais vraiment vous en parlez trop à votre aise, vous qui n'avez pour *lui* rien délaissé; vous à qui, vrai ou faux, tout profite... Ah! tenez, j'ai besoin de m'aérer.

Penché sur la portière il toucha du bout de sa canne l'épaule du cocher et fit arrêter la voiture. Julius s'apprêtait à descendre avec lui.

— Non! laissez-moi. J'en sais assez pour me conduire. Gardez le reste pour un roman. Pour moi,

j'écris au grand maître de l'Ordre ce soir même, et
dès demain je reprends mes chroniques scientifiques
de *La Dépêche*. On rira bien.

— Quoi! vous boitez, dit Julius, surpris de le voir
de nouveau clopiner.

— Oui, depuis quelques jours, mes douleurs m'ont
repris.

— Ah! vous m'en direz tant! fit Julius qui, sans le
regarder s'éloigner, se rencogna dans la voiture.

VII

Protos était-il dans l'intention de livrer Lafcadio
à la police, ainsi qu'il l'en avait menacé?

Je ne sais : l'événement prouva du reste qu'il ne
comptait point, parmi ces messieurs de la police, rien
que des amis. Ceux-ci, prévenus la veille par Carola,
avaient dressé, vicolo dei Vecchierelli, leur souricière;
ils connaissaient de longue date la maison et savaient
qu'elle offrait, à l'étage supérieur, de faciles communi-
cations avec la maison voisine, dont ils gardèrent
également les issues.

Protos ne craignait point les argousins; l'accusation
ne lui faisait point peur, ni l'appareil de la justice;
il se savait peu facile à saisir, coupable en réalité
d'aucun crime, et rien que de délits si menus qu'ils
échapperaient à la prise. Donc il ne s'effraya pas à
l'excès lorsqu'il comprit qu'il était cerné et c'est ce
qu'il comprit très vite, ayant un flair particulier pour
reconnaître, sous n'importe quel déguisement, ces
messieurs.

A peine un peu perplexe, il s'enferma d'abord dans
la chambre de Carola, attendant le retour de celle-ci

qu'il n'avait pas revue depuis l'assassinat de Fleurissoire; il était désireux de lui demander conseil et
laisser quelques indications, au cas probable où il
ferait du bloc.

Carola cependant, déférant aux volontés de Julius,
n'avait point paru au cimetière; nul ne sut que,
cachée derrière un mausolée et sous un parapluie,
elle assistait de loin à la triste cérémonie. Elle attendit
patiemment, humblement, que fussent désertés les
abords de la tombe fraîche; elle vit se reformer le
cortège, Julius remonter avec Anthime et les voitures,
sous la pluie fine, s'éloigner. Alors elle s'approcha de
la tombe à son tour, sortit de dessous son fichu un
gros bouquet d'asters qu'elle posa, loin à l'écart des
couronnes de la famille : puis resta longuement sous
la pluie, ne regardant rien, ne pensant à rien, et
pleurant faute de prières.

Lorsqu'elle revint vicolo dei Vecchierelli, elle distingua bien, sur le seuil, deux figures insolites; ne
comprit point pourtant que la maison était gardée. Il
lui tardait de rejoindre Protos; ne doutant point que
ce ne fût l'assassin, elle le haïssait à présent...

Quelques instants plus tard la police accourait à
ses cris; trop tard, hélas! Exaspéré de se savoir livré
par elle, Protos venait d'étrangler Carola.

Ceci se passait vers midi. Les journaux du soir en
publiaient déjà la nouvelle, et comme on avait trouvé
sur Protos la découpure de la coiffe du chapeau,
sa double culpabilité ne laissait de doute pour personne.

Lafcadio cependant avait vécu jusqu'au soir dans
une attente ou une crainte vague, non point peut-
être de la police dont l'avait menacé Protos, mais
de Protos lui-même ou de je ne sais quoi dont il ne
cherchait plus à se défendre. Une incompréhensible

torpeur pesait sur lui, qui n'était peut-être que de la fatigue : il renonçait.

La veille il n'avait revu Julius qu'un instant, lorsque celui-ci, à l'arrivée du train de Naples, était allé prendre livraison du cadavre; puis il avait longtemps marché au travers de la ville, au hasard, pour user cette exaspération que lui laissait, après la conversation du wagon, le sentiment de sa dépendance.

Et pourtant la nouvelle de l'arrestation de Protos n'apporta pas à Lafcadio le soulagement qu'il eût pu croire. On eût dit qu'il était déçu. Bizarre être! D'autant qu'il n'avait plus délibérément repoussé tout profit matériel du crime, il ne se dessaisissait volontiers d'aucun des risques de la partie. Il n'admettait pas qu'elle fût aussitôt finie. Volontiers, comme il faisait naguère aux échecs, il eût donné la tour à l'adversaire, et, comme si l'événement tout à coup lui faisait le gain trop facile et désintéressait tout son jeu il sentait qu'il n'aurait de cesse qu'il n'eût poussé plus loin le défi.

Il dîna dans une trattoria voisine, pour n'avoir pas à se mettre en habit. Sitôt après, rentrant à l'hôtel, il aperçut, à travers la porte vitrée du restaurant, le comte Julius, attablé en compagnie de sa femme et de sa fille. Il fut frappé par la beauté de Geneviève qu'il n'avait pas revue depuis sa première visite. Il s'attardait dans le fumoir, attendant la fin du repas, lorsqu'on vint l'avertir que le comte était remonté dans sa chambre et l'attendait.

Il entra. Julius de Baraglioul était seul; il s'était remis en veston.

— Eh bien; l'assassin est coffré, dit-il aussitôt en lui tendant la main.

Mais Lafcadio ne la prit pas. Il restait dans l'embrasure de la porte.

— Quel assassin? demanda-t-il.

— L'assassin de mon beau-frère, parbleu.

— L'assassin de votre beau-frère, c'est moi.

Il dit cela sans trembler, sans changer de ton, sans baisser la voix, sans un geste, et d'une voix si naturelle que Julius d'abord ne comprit pas. Lafcadio dut se répéter :

— On n'a pas arrêté, vous dis-je, l'assassin de Monsieur votre beau-frère, pour cette raison que l'assassin de Monsieur votre beau-frère, c'est moi.

Lafcadio aurait été d'aspect farouche, que peut-être Julius aurait pris peur; mais son air était enfantin. Même il paraissait plus jeune encore que la première fois que l'avait rencontré Julius; son regard était aussi limpide, sa voix aussi claire. Il avait refermé la porte, mais restait accoté contre elle. Julius, près de la table, s'affala dans un fauteuil.

— Mon pauvre enfant, dit-il d'abord, parlez plus bas : ... Qu'est-ce qui vous a pris? Comment auriez vous fait cela?

Lafcadio baissa la tête, déjà regrettant d'avoir parlé.

— Est-ce qu'on sait? J'ai fait ça très vite, pendant que j'avais envie de le faire.

— Qu'aviez-vous contre Fleurissoire, ce digne homme si plein de vertus?

— Je ne sais pas... Il n'avait pas l'air heureux... Comment voulez-vous que je vous explique ce que je ne puis m'expliquer moi-même?

Un pénible silence croissait entre eux, que leurs paroles rompaient par saccades, puis qui se refermait plus profond; on entendait alors les vagues d'une banale musique napolitaine monter du grand hall de l'hôtel. Julius grattait du bout de l'ongle de son petit doigt, qu'il portait en pointe et fort long, une petite tache de bougie, sur le tapis de la table. Soudain il s'aperçut que ce bel ongle était cassé. C'était une

froissure transversale qui ternissait dans toute sa
largeur le ton carné du cabochon. Comment avait-il
fait cela ? Et comment ne s'en était-il pas aussitôt
aperçu ? Quoi qu'il en fût, le mal était irréparable ;
Julius n'avait plus rien à faire qu'à couper. Il en éprouva
une contrariété très vive, car il prenait grand soin
de ses mains et de cet ongle en particulier qu'il avait
lentement formé et qui faisait valoir le doigt dont il
accusait l'élégance. Les ciseaux étaient dans le tiroir
de la table de toilette et Julius allait se lever pour les
prendre, mais il eût fallu passer devant Lafcadio ; plein
de tact, il remit à plus tard la délicate opération.

— Et... qu'est-ce que vous comptez faire à présent ?
dit-il.

— Je ne sais pas. Peut-être me livrer. Je me donne
la nuit pour réfléchir.

Julius laissa retomber son bras contre le fauteuil ;
il contempla quelques instants Lafcadio, puis, sur un
ton tout découragé, soupira :

— Et moi qui commençais à vous aimer !...

C'était dit sans méchante intention. Lafcadio ne
s'y pouvait méprendre. Mais, pour inconsciente, cette
phrase n'en était pas moins cruelle, et l'atteignit au
cœur. Il releva la tête, raidi contre l'angoisse qui brusquement l'étreignait. Il regarda Julius : — Est-ce là
vraiment celui dont hier je me sentais presque le
frère ? se disait-il. Il promena ses regards dans cette
pièce où, l'avant-veille, malgré son crime, il avait pu
causer si joyeusement ; le flacon de parfum était encore
sur la table, presque vide.

— Écoutez, Lafcadio, reprit Julius : votre situation ne me paraît pas absolument désespérée. L'auteur
présumé de ce crime...

— Oui, je sais qu'on vient de l'arrêter, interrompit Lafcadio sèchement : Allez-vous me conseiller de
laisser accuser à ma place un innocent ?

— Celui que vous appelez : un innocent, vient d'assassiner une femme; et même que vous connaissiez...

— Cela me met à l'aise, n'est-ce pas ?

— Je ne dis pas précisément cela, mais...

— Ajoutons qu'il est le seul précisément qui pouvait me dénoncer.

— Tout n'est pas sans espoir, vous voyez bien.

Julius se leva, se dirigea vers la fenêtre, rectifia les plis du rideau, revint sur ses pas, puis, penché en avant, les bras croisés sur le dos du fauteuil qu'il venait de quitter :

— Lafcadio, je ne voudrais pas vous laisser partir sans un conseil : Il ne tient qu'à vous, j'en suis convaincu, de redevenir un honnête homme, et de prendre rang dans la société, autant du moins que votre naissance le permet... L'Église est là pour vous aider. Allons; mon garçon, un peu de courage : allez vous confesser.

Lafcadio ne put réprimer un sourire :

— Je vais réfléchir à vos obligeantes paroles. — Il fit un pas en avant, puis · — Sans doute préférez-vous ne pas toucher une main d'assassin. Je voudrais pourtant vous remercier de votre...

— C'est bien; c'est bien, fit Julius, avec un geste cordial et distant. — Adieu, mon garçon. Je n'ose vous dire : au revoir. Pourtant, si, dans la suite, vous...

— Pour le moment, vous ne voyez plus rien à me dire ?

— Plus rien pour le moment.

— Adieu, Monsieur.

Lafcadio salua gravement et sortit.

Il regagna sa chambre, à l'étage au-dessus. Il se dévêtit à demi, se jeta sur son lit. La fin du jour avait été très chaude; la nuit n'avait pas apporté de fraî-

cheur. Sa fenêtre était large ouverte, mais aucun
souffle n'agitait l'air; les lointains globes électriques
de la place des Thermes, dont le séparaient les jardins, emplissaient sa chambre d'une bleuâtre et dif-
fuse clarté qu'on eût cru venir de la lune. Il voulait
réfléchir, mais une torpeur étrange engourdissait
désespérément sa pensée; il ne songeait ni à son
crime, ni aux moyens de s'échapper; il essayait seulement de ne plus entendre ces mots atroces de
Julius : « Je commençais de vous aimer »... Si lui
n'aimait pas Julius, ces mots méritaient-ils ses larmes?
Était-ce vraiment pour cela qu'il pleurait?... La nuit
était si douce, il lui semblait qu'il n'aurait eu qu'à
se laisser aller pour mourir. Il atteignit une carafe
d'eau près de son lit, trempa un mouchoir et l'appliqua sur son cœur qui lui faisait mal.

— Nulle boisson de ce monde ne rafraîchira plus
désormais ce cœur sec, se disait-il, laissant couler ses
larmes jusqu'à ses lèvres pour en savourer l'amertume.
Des vers chantent à son oreille lus il ne savait où,
dont il ne savait pas se souvenir :

> *My heart aches; a drowsy numbness pains*
> *My senses...*

Il s'assoupit.

Rêve-t-il? N'a-t-il pas entendu frapper à sa porte?
La porte, que jamais il ne ferme la nuit, doucement
s'ouvre, pour laisser une frêle forme blanche avancer. Il entend appeler faiblement :
— Lafcadio... Êtes-vous ici, Lafcadio?
A travers son demi-sommeil, Lafcadio reconnaît
pourtant cette voix. Mais doute-t-il encore de la réalité
d'une apparition si plaisante? Craint-il qu'un mot,
qu'un geste ne la mette en fuite?... Il se tait.

Geneviève de Baraglioul, dont la chambre était à côté de celle de son père, avait tout entendu, malgré elle, de la conversation entre son père et Lafcadio. Une intolérable angoisse l'avait poussée jusqu'à la chambre de celui-ci, et puisqu'à présent son appel restait sans réponse, persuadée que Lafcadio venait de se tuer, elle se jeta vers le chevet du lit et tomba à genoux sanglotante.

Comme elle restait ainsi, Lafcadio se souleva, se pencha, tout entier rassemblé vers elle, sans pourtant oser encore poser ses lèvres sur le beau front que dans l'ombre il voyait luire. Geneviève de Baraglioul sentit alors toute sa volonté se défaire; rejetant en arrière ce front que déjà l'haleine de Lafcadio caressait, et ne sachant plus en appeler contre lui, qu'à lui-même :

— Ayez pitié de moi, mon ami, dit-elle.

Lafcadio se ressaisit aussitôt, et s'écartant d'elle et la repoussant à la fois :

— Relevez-vous, mademoiselle de Baraglioul. Retirez-vous ! Je ne suis pas... je ne peux plus être votre ami.

Geneviève se releva, mais ne s'écarta pas du lit où restait à demi couché celui qu'elle avait cru mort et, touchant tendrement le front brûlant de Lafcadio comme pour s'assurer qu'il vivait :

— Mais, mon ami, j'ai tout entendu de ce que vous avez dit ce soir à mon père. Ne comprenez-vous pas que c'est pour cela que je viens ?

Lafcadio, se redressant à demi, la regarda. Ses cheveux dénoués retombaient autour d'elle; tout son visage était dans l'ombre, de sorte qu'il ne distinguait pas ses yeux, mais sentait l'envelopper son regard. Comme s'il n'en pouvait supporter la douceur, cachant sa face dans ses mains :

— Ah ! pourquoi vous ai-je rencontrée si tard ? gémit-il. Qu'ai-je fait pour que vous m'aimiez ? Pour-

quoi me parlez-vous ainsi, quand déjà je ne suis plus
libre et plus digne de vous aimer?

Elle protesta tristement :

— C'est vers vous que je viens, Lafcadio, non vers
un autre. C'est vers vous criminel. Lafcadio! que de
fois j'ai soupiré votre nom, depuis ce premier jour où
vous m'êtes apparu en héros, et même un peu trop
téméraire... Il faut que vous le sachiez maintenant :
en secret je m'étais promise à vous dès l'instant où
je vous ai vu vous dévouer d'une manière si magna-
nime. Que s'est-il passé donc depuis? Se peut-il que
vous ayez tué? Que vous êtes-vous laissé devenir?

Et comme Lafcadio sans répondre secouait la tête :

— N'ai-je pas entendu mon père dire qu'un autre
était arrêté? reprit-elle; un bandit qui venait de
tuer... Lafcadio! tandis qu'il en est temps encore,
sauvez-vous; dès cette nuit, partez! Partez.

Alors Lafcadio :

— Je ne peux plus, murmura-t-il. Et comme les
cheveux défaits de Geneviève touchaient ses mains il
les saisit, les pressa passionnément sur ses yeux, sur
ses lèvres : — Fuir; est-ce là ce que vous me conseil-
lez? Mais où voulez-vous maintenant que je fuie?
Quand bien même j'échapperais à la police, je n'échapperais pas à moi-même... Et puis vous me méprise-
riez d'échapper.

— Moi! vous mépriser, mon ami...

— Je vivais inconscient; j'ai tué comme dans un
rêve; un cauchemar où, depuis, je me débats...

— Dont je veux vous arracher, cria-t-elle.

— Pourquoi me réveiller? si c'est pour me réveiller
criminel. Il lui saisit le bras : — Ne comprenez-vous
pas que j'ai l'impunité en horreur? Que me reste-
t-il à faire à présent? sinon, quand le jour paraîtra,
me livrer.

— C'est à Dieu qu'il faut vous livrer, non aux

hommes. Si mon père ne vous l'avait point dit, je
vous le dirais à présent : Lafcadio, l'Église est là
pour vous prescrire votre peine et pour vous aider à
retrouver la paix, par-delà votre repentir.

Geneviève a raison; et certes Lafcadio n'a rien de
mieux à faire qu'une commode soumission; il l'éprou-
vera tôt ou tard, et que les autres issues sont bou-
chées... Fâcheux que ce soit cette andouille de Julius
qui lui ait conseillé cela d'abord!

— Quelle leçon me récitez-vous là? dit-il hostile-
ment. Est-ce vous qui me parlez ainsi?

Il laisse aller le bras qu'il retenait, le repousse; et
tandis que Geneviève s'écarte, il sent grandir en lui,
avec je ne sais quelle rancune contre Julius, le besoin
de détourner Geneviève de son père, de l'amener plus
bas, plus près de lui; comme il baisse les yeux, il
distingue, chaussés de petites mules de soie, ses pieds
nus.

— Ne comprenez-vous pas que ce n'est pas le
remords que je crains, mais...

Il a quitté son lit; il se détourne d'elle; il va vers
la fenêtre ouverte; étouffe; il appuie son front à la
vitre et ses paumes brûlantes sur le fer glacé du balcon; il voudrait oublier qu'elle est là, qu'il est près
d'elle...

— Mademoiselle de Baraglioul, vous avez fait pour
un criminel tout ce qu'une jeune fille de bonne famille
peut tenter; même presque un peu plus; je vous en
remercie de tout mon cœur. Il vaut mieux que vous
me laissiez à présent. Retournez à votre père, à vos
coutumes, à vos devoirs... Adieu. Qui sait si je vous
reverrai? Songez que c'est pour être un peu moins
indigne de l'affection que vous me témoignez, que
j'irai me livrer demain. Songez que... Non! ne m'ap-
prochez pas... Pensez-vous qu'une poignée de main
me suffirait?

Geneviève braverait le courroux de son père, l'opinion du monde et ses mépris, mais devant ce ton
glacé de Lafcadio, le cœur lui manque. N'a-t-il donc
pas compris que pour venir ainsi, la nuit, lui parler,
lui faire ainsi l'aveu de son amour, elle non plus
n'est pas sans résolution ni courage et que son amour
vaut peut-être mieux qu'un merci?... Mais comment
lui dirait-elle qu'elle aussi, jusqu'à ce jour, s'agitait
comme dans un rêve — un rêve dont elle n'échappait par instants qu'à l'hôpital où, parmi les pauvres
enfants et pansant leurs plaies véritables, il lui semblait prendre parfois contact, enfin, avec quelque
réalité — un médiocre rêve où s'agitaient à ses côtés
ses parents et se dressaient toutes les conventions saugrenues de leur monde, et qu'elle ne parvenait pas à
prendre leurs gestes non plus que leurs opinions, leurs
ambitions, leurs principes, non plus que leur personne
même, au sérieux? Quoi d'étonnant si Lafcadio n'avait
pas pris au sérieux Fleurissoire!... Se peut-il qu'ils se
séparent ainsi? L'amour la pousse, l'élance vers lui.
Lafcadio la saisit, la presse, couvre son pâle front de
baisers...

Ici commence un nouveau livre.

O vérité palpable du désir; tu repousses dans la
pénombre les fantômes de mon esprit.

Nous quitterons nos deux amants à cette heure du
chant du coq où la couleur, la chaleur et la vie vont
triompher enfin de la nuit. Lafcadio, au-dessus de
Geneviève endormie, se soulève. Pourtant ce n'est pas
le beau visage de son amante, ce front que trempe
une moiteur, ces paupières nacrées, ces lèvres chaudes
entrouvertes, ces seins parfaits, ces membres las, non,
ce n'est rien de tout cela qu'il contemple — mais,
par la fenêtre grande ouverte, l'aube où frissonne un
arbre du jardin.

Il sera bientôt temps que Geneviève le quitte; mais il attend encore; il écoute, penché sur elle, à travers son souffle léger, la vague rumeur de la ville qui déjà secoue sa torpeur. Au loin, dans les casernes, le clairon chante. Quoi! va-t-il renoncer à vivre? et pour l'estime de Geneviève, qu'il estime un peu moins depuis qu'elle l'aime un peu plus, songe-t-il encore à se livrer?

DU MÊME AUTEUR

Aux Éditions Gallimard

Poésie

LES CAHIERS ET LES POÉSIES D'ANDRÉ WALTER.
AMYNTAS.

Soties

LES CAVES DU VATICAN.
LE PROMÉTHÉE MAL ENCHAÎNÉ.
PALUDES.

Récits

ISABELLE
LA SYMPHONIE PASTORALE.
L'ÉCOLE DES FEMMES, *suivi de* ROBERT *et de* GENE
  VIÈVE.
THÉSÉE.

Roman

LES FAUX-MONNAYEURS.

Divers

LE VOYAGE D'URIEN.
LE RETOUR DE L'ENFANT PRODIGUE.
SI LE GRAIN NE MEURT.
VOYAGE AU CONGO.
LE RETOUR DU TCHAD.

Correspondance

CORRESPONDANCE AVEC FRANCIS JAMMES (1893-1938). *(Préface et notes de Robert Mallet.)*

CORRESPONDANCE AVEC PAUL CLAUDEL (1899-1926). *(Préface et notes de Robert Mallet.)*

CORRESPONDANCE AVEC PAUL VALÉRY (1890-1942). *(Préface et notes de Sidney D. Braun.)*

CORRESPONDANCE AVEC FRANÇOIS MAURIAC (1912-1950). *(Introduction et notes de Jacqueline Morton – Cahiers André Gide, n° 2.)*

CORRESPONDANCE AVEC ROGER MARTIN DU GARD, I (1913-1934) et II (1935-1951). *(Introduction par Jean Delay.)*

CORRESPONDANCE AVEC HENRI GHÉON (1897-1944), I et II. *(Édition de Jean Tipy; introduction et notes d'Anne-Marie Moulènes et Jean Tipy.)*

CORRESPONDANCE AVEC JACQUES-ÉMILE BLANCHE (1892-1939). *(Présentation et notes par Georges-Paul Collet – Cahiers André Gide, n° 8.)*

CORRESPONDANCE AVEC DOROTHY BUSSY, I (juin 1918-décembre 1924). *(Présentation et notes de Jean Lambert – Cahiers André Gide, n° 9.)*

Bibliothèque de la Pléiade

JOURNAL 1889-1939.

JOURNAL 1939-1949. SOUVENIRS.

ANTHOLOGIE DE LA POÉSIE FRANÇAISE.

ROMANS, RÉCITS ET SOTIES, ŒUVRES LYRIQUES.

Chez d'autres éditeurs

DOSTOÏEVSKY.
ESSAI SUR MONTAIGNE. *(Épuisé.)*
NUMQUID ET TU? *(Épuisé.)*
L'IMMORALISTE.
LA PORTE ÉTROITE.
PRÉTEXTES.
NOUVEAUX PRÉTEXTES.
OSCAR WILDE (In Memoriam – De Profundis)
UN ESPRIT NON PRÉVENU.

Impression Bussière Camedan Imprimeries
à Saint-Amand (Cher),
le 29 décembre 1997.
Dépôt légal : décembre 1997.
1ᵉʳ dépôt légal dans la collection : février 1972.
Numéro d'imprimeur : 1/3394.
ISBN 2-07-036034-2./Imprimé en France.

85346